데스마치에서 시작되는
이세계 광상곡
15

루루
루보크 왕국 출신.
아리사의 언니.

나나
무표정한 호문쿨루스.

리자
주황 비늘 종족의 소녀.

사토
이세계를 헤매고 있는
서른 줄 프로그래머.

아리사
쿠보크 왕국의 예 왕녀,
전생에 일본인.

미아
말수가 적고 음악을 좋아하는
엘프.

포치
강아지 귀 종족의 소녀.

타마
고양이 귀 종족의 소녀.

자기 방에
틀어박혀 버린
카리나에게
사토는—.

"놀라게 해 버렸나요?"

데스마치에서 시작되는 이세계 광상곡

15

★ ★ ★

아이나나 히로

Death Marching to the
Parallel World Rhapsody
Presented by Hiro Ainana

CONTENTS

Death Marching
to the
Parallel World
Rhapsody
15

제나의 수행

"사토입니다. 처음 한 걸음을 내딛는 것은 누구나 많든 적든 무서운 것이 아닐까요? 하지만 용기를 가지고 그 한 걸음을 내디딘 사람 앞에는, 새로운 세상이 기다리고 있다고 생각합니다."

"저, 사토 씨를—."

해님 같은 색의 금발을 엮어서 정리한 세류 백작령 영지군의 마법병. 마리엔텔 사작 가문의 제나 씨가 새빨간 얼굴로 주먹을 쥐고서 나를 올려다보았다.

미궁도시에 있는 내 저택의 문 앞에서 그녀와 만나고 있었다.

"—아뇨, 사토 씨한테 부탁이 있어요!"

"어떤 부탁인가요? 제가 할 수 있는 일이라면 도울게요."

부탁의 종류는 모르겠지만, 제나 씨의 부탁이라면 어지간해서는 이루어주고 싶었다.

"강해지고 싶어요. 누군가를 지킬 수 있을 정도로 강하게……."

고백이라도 하는 건가 싶어서 대비하고 있었는데, 그건 내가 너무 우쭐거리는 거였던 모양이다.

뭐, 정말로 고백할 셈이라면 영지군의 군복으로 올 리가 없으니까.

제나 씨가 진지한 표정으로 나를 올려다보며 말을 이었다.

"그러니까, 가르쳐주세요! 어떡하면 사토 씨 일행처럼 강해질 수 있는지!"

"—강해지는 방법이요?"

나는 조금 맥이 빠지는 기분으로 되물었다.

그것은 저택의 현관에서 엿보고 있는 동료들도 마찬가지였는지, 그쪽 방향에서 이완된 분위기가 전해졌다.

나는 분명히 파워 레벨링을 해달라고 부탁하는 건 줄 알았는데, 성실한 제나 씨는 강해지기 위한 비결만 가르쳐줘도 되는 모양이다.

요전에 세류 백작령 영지군 미궁선발대가 참가한 미궁탐색에서, 제나 씨는 격이 높은 마물— 검부 사마귀에게 기습을 받아서 빈사의 중상을 입은 참이었다.

어쩌다가 근처를 지나던 전생자이자 흡혈귀의 진조(眞祖)인 반이 구출해주긴 했지만, 그때 반이 흡혈귀의 안개화로 옮겨 줬기 때문에 수수께끼의 마물에 납치됐다고 대소동이 일어났다.

최종적으로 나— 사토에게 의뢰를 받고 구출하러 갔다는 설정의 쿠로가 지상으로 귀환시켰지만, 반이 우연히 지나가지 않았다면 제나 씨가 목숨을 잃었을 가능성이 높다.

그런 일을 당했으니, 그녀가 강해지고 싶다는 생각을 하는 것도 이해가 간다.

"네. 뻔뻔스런 부탁이라는 건 잘 알고 있어요."

내 말을 부정으로 받아들였는지, 제나 씨가 조금 시선을 내리고 목소리의 톤을 떨어뜨렸다.

"부탁드려요! 제가 할 수 있는 일이라면 뭐든지 할 테니까요—."

고개를 훌쩍 든 제나 씨가 여유가 없는 느낌으로 애원했다.

이런 식으로 힘차게 밀어붙이는 제나 씨를 보고 있으니, 처음 세류 시에 도착했을 무렵이 떠오르네.

그때는 「마리엔텔 가문의 이름을 걸고, 반드시 인사를 드리러 가겠어요」라고 했었지.

"가르쳐 드리는 건 상관없으니까 진정하세요, 제나 씨."

나는 밀어붙이는 제나 씨의 어깨를 톡톡 두드리며 달랬다.

"그리고, 한창 나이의 여자애가 『할 수 있는 건 뭐든지 한다』 라는 말을 하면 안 됩니다."

"죄, 죄송해요."

내가 농담처럼 주의를 주자, 제나 씨도 자신의 실언을 깨닫고 고개를 숙였다.

"그러니까, 강해지는 방법에 대해 알려달라는 말이군요."

"네. 가르쳐주실 수 있는 범위만이라도 가르쳐주실 수 있을까요?"

"딱히 비밀로 할 만큼 특별한 일은 하지 않았어요."

나는 그것부터 말해두고, 동료들을 단련한 방법을 가르쳐줬다.

"리자와 포치, 타마는 제나 씨도 아시는 것처럼 세류 시의 지하미궁에서 어느 정도 레벨을 올렸지만, 다른 애들은 여행을 하면서 알게 된 달인에게 가르침을 받거나, 마주친 마물이나 도적을 퇴치하여 조금씩 경험을 쌓았어요."

공도까지 여행하는 사이에 파워 레벨링을 한 건 루루 정도일까?

무노 남작령의 원령 요새는 안전지대의 확보를 내가 한 정도고, 그 뒤에는 평범하게 싸웠을 거다.

"미궁도시에 도착한 다음에는, 미궁에 틀어박히면서 동격이거나 조금 더 격이 높은 마물을 상대로 연전을 반복했어요. 역시 여러 종류의 강적을 상대로 싸우는 게 가장 몸에 익으니까요."

동료들을 육성하면서 알게 된 건데, 같은 레벨의 상대를 20마리 정도 쓰러뜨리면 레벨 업을 한단 말이지. 반대로 격이 낮은 상대라면 상당한 수를 남획하지 않으면 레벨이 안 오른다.

다만 엘프는 레벨 업에 필요한 경험치가 2배 가깝게 필요하기 때문에 미아만 내가 파워 레벨링으로 경험치를 조정했다.

"저, 저기, 사토 씨. 『은광』 분들은 『탐색자는 동격이나 격이 높은 적에게는 손을 대지 않는 게 상식이다』, 『아무리 수입이 좋아도, 큰 부상을 입으면 손해가 막심하니까 안전하게 쓰러뜨릴 수 있는 적하고만 싸운다』라고 말씀하셨는데요. 그건 틀린 건가요?"

제나 씨가 중견 여성 탐색자 집단에게 들은 이야기를 토대로 물었다.

"아뇨, 맞는 말이에요."

직전의 발언을 부정하는 내 대답에 제나 씨의 표정이 흐려졌다.

잘 전해지지 않은 것 같아서 말을 덧붙였다.

"그러니까, 동격 이상의 적하고 싸울 수 있도록 이것저것 궁리를 했죠."

제나 씨가 내 말이 이어지길 기다렸다.

"되도록 부상을 입지 않도록, 가능한 한 가장 좋은 장비를 갖추고, 부상을 입었을 때를 대비해서 회복 수단을 윤택하게 갖추며─."

지금은 상급 마족이랑 치고받아도, 그렇게 간단히 죽지 않을 정도로 좋은 장비가 됐다고 자부하고 있다.

"─그리고 그것에 더해 정보를 모았어요."

"정보인가요?"

"네, 유리하게 싸울 수 있도록 미궁의 지형이나 마물의 분포를 파악하여 그 구역에 출현하는 마물의 정보를 조사하고, 그것들을 동료들에게 정보 공유하면서 다수의 적과 싸우지 않아도 되게 움직인 거죠."

뭐 실제로는 「모든 맵 탐사」 마법을 사용했으니까, 맵의 상세 정보를 읽었을 뿐이라 그렇게 잘난 척할 수는 없지.

하지만 정보를 수집하는 건 미궁 탐색에서도 중요한 일이니까, 일부러 거창하게 말했다.

"……굉장, 하네요."

"미궁의 제1구역 주변에 나오는 일반적인 마물의 정보라면 탐색자 길드에서도 공개하고 있어요. 미궁의 지도상인 중에서도 어떤 마물이 나오는지 지도에 적어놓은 자도 있죠. 어느 지도 상인이 도움이 되는지는 베테랑 탐색자들과 교류해서 가르침을 받으면 좋을 거라고 생각해요."

덤으로, 내가 주최했던 신인 탐색자 교습회에 한 번 출석하도록 권했다.

탐색자 학교의 실습에서 쓰고 있는 구역의 지도라면 내가 제공할 수 있고, 그밖에 다른 구역은 조사해서 새롭게 작성해도 된다.

"그렇지. 우리 애들의 첫 선생님이라면 탐색자 학교에서 강사를 해주고 계시니까 괜찮으면 소개할게요."

"에잇! 주인님은 참 싱겁다니까아!"

활기찬 목소리로, 불길하다는 말을 듣는 보라색 머리칼을 금발 가발로 감춘 어린 소녀 아리사가 끼어들었다.

방금 전까지 현관문 뒤에서 엿보고 있었는데, 더는 못 참고는 뛰쳐나온 모양이다.

"선생님이라면 우리가 있잖아!"

"맡겨둬?!"

"포치도 가르쳐주는 거예요!"

사나이답게 가슴을 턱 두드리는 아리사 좌우에, 고양이 귀 고양이 꼬리에 백발 단발인 어린 소녀 타마와 강아지 귀 강아지 꼬리에 다갈색 보브컷의 어린 소녀 포치 둘이 서 있었다.

「척」과 「탓」 포즈를 취하며 자신들의 의욕을 제나 씨에게 어필했다.

"주제넘지만, 창술이나 마물과 싸우는 법이라면 가르쳐드릴 수 있을 겁니다."

타마와 포치가 실례를 하지 않도록 따라온 리자도 은인인 제나 씨에게 말했다.

주황 비늘 종족의 특징인 오렌지색의 비늘로 덮인 꼬리 끝이 그녀의 의욕을 반영하여 하늘을 척, 가리켰다.

"방패술이라면 교습이 가능하다고 고합니다."

무표정한 얼굴로 리자 등 뒤에서 주장한 것은 금발을 포니테일로 묶은 거유 미녀 나나다.

"마법."

내 뒤에서, 미아가 단어로 주장했다.

「마법을 가르치는 건 나한테 맡겨」라는 말을 하고 싶은 거겠지.

트윈 테일로 묶은 옅은 청록색 머리칼 틈으로 엘프의 특징인 약간 뾰족한 귀가 엿보인다.

"저는 호신술이랑 사격 정도밖에 못 가르쳐드리지만, 그래도 괜찮다면 돕게 해주세요."

겸허하게, 경성(傾城)이라는 말도 미소 한 번으로 날려버릴 절세의 미소녀 루루가 말했다.

그야말로 비단결처럼 반짝이며 빛나는, 윤기가 흐르는 흑발이 미궁도시 세리빌라의 거친 모래바람에도 지지 않고 얌전하게 흔들렸다.

"제나 씨, 어떤가요? 달인이라고 해서 좋은 사범이라고 할 수는 없다고 생각해요. 한 번 동료들이 하는 훈련을 같이 해보시겠어요?"

"앗, 네! 꼭, 부탁드려요!"

내 물음에 제나 씨가 붕붕 고개를 세로로 끄덕였다.

예정으로는 낮부터 제나 씨를 맛있는 레스토랑에 데리고 갈

셈이었는데, 서두를 일도 아니니까 연기해도 괜찮겠지.

◆

"오늘은 제나 씨 일행이 탐색자 학교에서 훈련을 할 예정입니다만, 카리나 님도 함께 어떠신가요?"

"⋯⋯탐색자 학교에서 훈련?"

내가 권유하는 말을 듣고서, 내 주군인 무노 남작 가문의 차녀 카리나 양이 화려한 미모에 싫다는 분위기를 띠었다.

"싫답니다."

그녀는 세로 롤의 화려한 금발을 뒤로 넘기면서 거부의 말을 내뱉었다.

탐색자 학교에 체험 입학을 했다가 한나절 만에 쫓겨난 것이 트라우마가 된 모양이다.

"같이 가자~?"

"포치도 같이 가주는 거예요?"

타마와 포치가 카리나 양을 달랬다.

아무래도 이 둘은 연상인 카리나 양을 여동생처럼 느끼는 모양이다.

"싫답니다. 두 사람도 『실전이 최고의 훈련』이라고 하지 않았나요?"

카리나 양의 말에 타마와 포치가 부들부들 손을 떨었다.

"우웁스~?"

"그, 그랬었던 거예요. 포치는 망태 속에서 탈락했던 거예요!"

아마도, 포치는 「태만 속에서 타락했다」라고 말하고 싶었던 거겠지.

태만이라는 건 말이 지나치지만, 지난 2주일 정도 격이 같은 마물을 상대하질 못했으니 포치는 그런 식으로 느껴버렸을지도 모른다.

"알면 되는 걸요! 저희들은 미궁에 가겠어요! 괜찮겠죠?"

타마와 포치의 설득에 성공한 카리나 양이 가슴 아래에 팔짱을 끼고 자신 있게 나를 보았다.

팔 위에 올라간 마유(魔乳)가 뿜어내는 흉악한 매료 효과에 시선이 빨려 들어가는 것을, 의지의 힘으로 붙잡아 시선을 돌렸다.

"네, 상관없어요. 오늘도 미궁 개미를 노리는 건가요?"

"물론임다!"

"그쵸. 카리나 님."

내 말에 대답한 것은 카리나 양이 아니라 그녀의 호위 메이드를 하고 있는 똘마니 어조의 에리나와 신입 아가씨 둘이었다.

신입 아가씨는 어째선지 아무도 이름을 불러주지 않는 불우한 아이지만, 본인도 신경 쓰지 않는 모양이라 에리나가 그녀의 이름을 부를 때까지는 이대로 둘까 생각하고 있었다.

"물론이랍니다!"

카리나 양은 신경 쓰지 않고 고개를 끄덕였지만, 호위 메이드들의 상사인 시녀 피나는 방금 두 사람의 지나친 태도를 꾸짖고 있었다.

어째선지 피나는 무노 남작령에서 아리사가 유행시킨 메이드 복이 아니라 움직이기 쉬운 전투복과 길이 잘 든 가죽 갑옷을 입고서, 미궁도시의 운반인이 흔히 쓰는 커다란 바구니를 메고 있었다.

"어라? 피나도 미궁에 가는 거야?"

"네, 저택에 있어도 할 일이 없으니까요. 미궁 개미의 소재를 운반하는 걸 돕는 것 정도는 저도 할 수 있어요."

갸륵한 마음가짐처럼 들리지만, 눈을 달러 마크로 만들면서 말하고 있으니 진의가 다 보인다.

지난번 카리나 양의 미궁 탐색에서 다 들고 오지 못한 미궁 개미의 소재를 잔뜩 미궁에 버리고 왔다고 했다. 아마 그걸 아깝게 느낀 거겠지.

동료들에게는 트러블 방지를 위해서, 요정가방으로 마물 소재를 옮기지 말라고 말을 해뒀단 말이지.

"다치지 않게 조심해. 위험해지면 소재를 버리고 도망쳐야 된다."

만약을 위해 피나에게 못을 박아두었다.

◆

"주인 나리. 마리엔텔 님과 일행 분들이 오셨습니다."

포치와 타마를 호위로 붙인 카리나 양 일행이 미궁으로 출발하고 약 1시간 정도 뒤에 제나 씨 일행이 찾아왔다.

메이드장인 미테르나 씨의 안내에 따라 응접실로 가자, 제나 씨와 그녀의 분대에 소속된 여성 병사들 3명— 제나 씨의 절친한 친구인 척후 릴리오, 미인이며 대검을 쓰는 이오나 양, 몸집이 크고 대형 방패를 쓰는 루우 씨가 기다리고 있었다.

어째선지, 그녀들 말고도 세 명이 덤으로 찾아왔다.

제나 씨 일행, 세류 백작령 영지군 미궁선발대의 대장인 젊은 기사 헨스와 문관 남녀 두 사람이었다.

그들 미궁선발대는 자기들 영지의 영도에 새롭게 생긴 미궁 운영을 위해서 미궁도시 세리빌라의 치안 유지나 길드 운영의 노하우를 배울 목적으로 왔다고, 제나 씨가 전에 말했다.

"오랜만입니다, 기사 헨스. 그쪽 두 사람은 처음 뵙겠습니다, 가 맞겠죠? 저는 무노 남작 가문 가신, 사토 펜드래건 명예사작입니다."

내가 자기소개를 하자 문관 두 사람도 고풍스런 말투로 자기소개를 했다. 이마가 좀 후퇴하고 있는 게 신경 쓰이는 중년 남성이 트릴 문관, 딱딱해 보이는 20대 후반의 여성이 카라나 문관이라고 했다.

"요전에는 제나 일행에게 값비싼 마법약을 제공해줬다고 들었습니다. 그 마법약이 없었다면 부하들 몇 명은 목숨을 잃었겠죠. 펜드래건 사작의 후의에 감사할 따름입니다."

"도움이 됐다면 다행입니다."

인사를 하는 기사 헨스에게 무난한 말로 대답했다.

제나 씨가 미궁에 갈 때 중급 마법약이나 만능약을 포함한 각종 마법약을 들려줬던 걸 말하는 거겠지.

"펜드래건 사작, 마법병 제나의 구출에 힘을 써준 것도 아울러 감사를 드립니다."

기사 헨스에 이어서 남성 문관이 나에게 인사를 했다.

아무래도 헨스 대장과 문관 두 사람은 지난번 일에 대한 인사를 하러 제나 씨 일행과 동행을 한 모양이다.

"이것은 사소한 것이지만, 저희들 세류 백작령 영지군 미궁선발대의 감사의 마음입니다."

남성 문관의 신호로, 여성 문관이 천에 감싼 나무 상자를 책상 위에 놓았다.

상자 안에서는 와이번의 갈고리 발톱으로 만든 비싸 보이는 나이프와 작은 항아리가 두 개 있었다.

AR표시로 보자, 한쪽 항아리는 「해독약: 만능」의 주재료가 되는 정제한 용백석의 분말. 또 하나의 항아리가 비룡향(飛竜香)이라는 향료였다.

둘 다 미궁도시에서는 상당히 비싸다.

"훌륭한 나이프로군요. 와이번의 발톱을 사용한 물건인가요?"

"네, 세류 백작령의 명장 트레반이 만든 일품입니다."

남성 문관이 조금 자랑스럽게 대답했다.

"그건 굉장하군요. 감사히 쓰겠습니다."

와이번의 갈고리 발톱은 튼튼하니까 마물을 해체할 때 편리해 보였다.

이걸로 그들의 용건은 끝난 것 같지만 용건이 끝났다고 곧장 돌아가도록 하는 것도 예의가 아니니까 잠시 무난한 대화를 나누었다.

"—그러면, 저희들은 이만 실례하겠습니다. 제나 일행을 잘 부탁드립니다."

"네, 맡겨 주세요."

대화가 끊어진 타이밍에서 기사 헨스가 물러나준 덕분에 악수를 하고 그와 문관들을 배웅했다.

남성 문관과 기사 헨스는 태수 공관으로, 여성 문관은 탐색자 길드로 가는 모양이다.

마차로 이동하는 세 사람과 헤어져서, 나는 제나 분대의 네 명과 걸어서 저택 옆에 있는 탐색자 학교로 발길을 옮겼다.

◆

"사토 씨. 이런 비싸 보이는 장비를 빌려도 괜찮을까요?"

"동료들이 쓰던 장비를 수선한 물건이니까 신경 쓰지 말아주세요."

제나 씨 일행의 장비는 요전에 검부 사마귀와 전투를 하다가 파손되어 수리중이기 때문에, 동료들이 전에 쓰던 장비를 리메이크해서 제공했다.

아무리 그래도 「구역의 주인」과 싸우는 건 무리지만, 하급 마족 정도 상대라면 문제없이 싸울 수 있을 정도의 방어력이 있다. 적어도 검부 사마귀와 싸우는 정도라면 치명상을 입는 일은 없을 것이다.

"이게, 중고품?"

"아무리 봐도 새 거지?"

"루우, 릴리오, 못난 말이네요. 사작님의 호의니까 괜한 말을 하지 말도록 해요."

얼굴을 마주본 루우 씨와 릴리오를 이오나 양이 작은 소리로 타일렀다.

"그것도 그렇네."

"마물 소재 같은데, 가볍고 튼튼하고, 꽤 좋은데."

"충격 내성도 높아 보여요."

"어이, 이오나. 확인한답시고 내 배를 때리지마!"

냉정한 느낌의 이오나 양이 농담을 하는 건 처음 봤다.

새로운 장비로 꽤 들뜬 모양이군.

"아이참! 사토 씨한테 먼저 인사를 해야죠?"

제나 씨도 새로운 장비가 기쁜지, 타이르는 목소리가 조금 들떠 있는 느낌이었다. 마음에 든 모양이라 참 다행이야.

제나 씨 일행에게 새삼 인사를 들은 뒤, 일정 확인을 했다.

"훈련기간에 대해서 말인데요. 저희들은 8일 뒤에 비공정으로 왕도에 가야 하니까 그 전 날까지가 되겠습니다만, 괜찮을까요?"

"네, 괜찮아요!"

제나 씨가 흔쾌히 승낙한 다음, 릴리오가 물었다.

"소년은 뭐 하러 왕도에 가는데?"

"『계층의 주인』을 토벌한 공적으로 서훈을 받으러 가요."

"헤에, 굉장하네."

릴리오가 「제나, 소년이 또 승진한대」라며 제나 씨에게 귓속말을 했다.

"그리고 주군인 무노 남작님이 연시의 왕국회의에 출석하기 위해서 왕도에 오시니까, 영애 카리나 님을 왕도까지 배웅하는 것도 있네요."

"카리나 님이라면, 그 금발 롤 머리의 굉장한 미인 말이지?"

"네, 맞아요."

내가 수긍하자, 릴리오가 「꾸물거리고 있다간, 미인한테 소년을 빼앗길 거야~」라고 말하며 제나 씨를 놀렸다.

제나 씨가 진심으로 걱정스런 표정을 짓기에, 「카리나 님하고는 그런 사이가 아닙니다」라고 부정해뒀다.

아리사나 미아가 「맞아맞아. 그런 사이인 건 우리들이니까」라거나, 「응, 약혼자」라고 하여 이 자리의 긴장을 풀어줬다.

어디, 조금 샛길로 빠졌지만 다시 돌아와서 훈련을 시작해볼까.

"그러면 전위와 후위로 나눠서 가르쳐줄까?"

아리사가 대충 분류하자, 릴리오가 확인의 말을 했다.

"나는 척후인데, 어느 쪽으로 가면 좋을까?"

"척후를 가르칠 수 있는 타마는 카리나 님이랑 미궁에 갔으니까, 오늘은 전위의 훈련에 섞이면 되지 않을까?"

"알았어. 그렇게 할게. 또 봐, 제나."

릴리오는 아리사에게 고개를 끄덕이고, 제나 씨에게 가볍게 손을 흔들면서 이오나 양을 따라 이동했다.

"그러면, 제나는 우리들이 후위의 방식을 가르쳐줄게."

"응, 맡겨."

"네, 부탁드려요."

"이곳에서는 리자 씨한테 방해가 될 테니까 저쪽으로 가서 하자."

아리사와 미아가 제나 씨를 데리고 나무 그늘로 이동했다.

남은 루루는 나랑 같이 견학이다.

"일단은, 나나가 상대를 합니다. 직전에 멈출 필요는 없으니, 있는 힘껏 공격해 주십시오."

리자의 말에 돌아보자, 그쪽은 일찍부터 훈련이 시작되고 있었다.

"그러면, 저부터 하죠."

이오나 양이 대형 방패를 겨누며 나나 앞으로 나섰다.

"세 명이 동시라도 상관없다고 고합니다."

그것을 본 나나가 무표정을 유지하며 담담하게 말했다.

"그건 너무 얕보는 거잖아."

"그래그래. 신병 훈련도 아니고, 실력 좋은 리로 부대장도 다 못 막거든."

릴리오와 루우의 말에, 나나가 고개를 옆으로 갸우뚱 기울였다.

나나라면 여유일 거라고 생각하지만, 나나의 실력을 모르는 그녀들에게 그것을 이해하라고 하는 건 가혹한 일이다.

"알겠습니다. 그러면, 일단 봐줄 필요가 없다는 걸 제가 보여 드리겠습니다."

나랑 비슷한 생각을 했는지, 리자가 나나 앞으로 나서서 창을 겨누었다.

"갑니다, 나나."

"언제든지 괜찮다고 고합니다."

순동을 병용한 연속 찌르기가 나나를 공격한다.

부채꼴 모양으로 이동하면서 뿜어낸 리자의 창이 붉은 잔광을 끌면서 나나의 방어를 찢어내고자 공격한다.

"우옷."

"저게 뭐야……."

"어마어마하군요."

제나 분대의 세 사람이 놀란 소리를 냈다.

공방의 격렬함에, 아리사 일행의 강의를 듣고 있던 제나 씨도 걱정스런 표정으로 나를 보았다.

"사, 사토 씨, 괜찮은 걸까요?"

"괜찮아요."

제나 씨에게 대답한 뒤, 리자와 나나의 공방을 지켜보았다.

아무리 리자라도, 포치나 타마의 보조 없이 나나의 방어를 돌파할 수는 없는 모양이다.

"역시, 나나의 방어는 단단하군요."

"창으로만 공격해서 돌파하는 것은 어렵다고 대답합니다."

나나는 오늘의 리자는 꼬리 공격이나 마인포로 페이크를 안 쓰니까, 방어가 편하다고 말하고 싶은 모양이다.

필살기로 밀어붙이면 나나의 방어를 돌파할 수 있을지도 모르지만, 아무래도 그래서는 훈련의 범위를 넘어버린다.

"보시는 바와 같습니다. 여러분의 공격으로 나나가 상처를 입는 일은 없습니다. 힘 조절 없이, 있는 힘껏 공격해 주십시오."

리자가 말하더니, 이오나 양 일행에게 나나를 상대로 싸우라고 고했다.

"알겠습니다. 아까 한 실언을 사과하죠. 갑니다— 루우, 릴리오."

"좋아, 간다."

"그래, 알았어."

대형 방패를 겨눈 루우 씨를 선두로, 이오나 양이 메인 어태커, 릴리오가 유격을 맡아 나나와 훈련을 시작했다.

리자는 관전을 하면서 지도하는 역할을 할 모양이다.

그쪽은 리자에게 맡겨두면 문제가 없어 보이기에 제나 씨 쪽으로 의식을 돌렸다.

"그러면, 공격, 방어, 회복, 색적, 지원, 방해, 통신 같은 건 일단 다 할 수 있구나."

"네, 영지군에서 바람 마법사는 서포트를 하는 일이 많아서, 실전에서는 별로 공격마법은 안 써요."

아리사와 제나 씨의 대화를 들어보니, 제나 씨는 올라운더 타입의 바람 마법사인 모양이다.

이 세계의 평범한 바람 마법사는 기나긴 주문을 암기해야 하니까, 특기 분야인 마법 말고는 마법서로 복습하지 않으면 쓰지 못하는 자도 많았다.

"공격은 지원용 단일 개체 공격 마법과, 넓은 면적으로 잔챙이를 쓸어버리는 범위 공격 마법이 한두 개 있으면 충분해."

"응, 범위공격 중요."

아리사의 말에 미아가 끄덕끄덕 동의했다.

무기로 공격하기 어려운 부정형의 마물이나 군체 마물은 범위 마법으로 한꺼번에 날려버리지 못하면 퇴치하는 게 대단히 귀찮아지니까.

"미궁에서는 색적이 중요해지는데— 제나는 색적 마법을 유지한 채 다른 거 할 수 있어?"

"유지하면서 말인가요?"

아리사의 물음에 제나 씨가 고개를 갸웃거렸다.

"그래. 색적 마법을 써서 주위가 안전하다는 걸 알아도, 미궁에서는 언제까지나 안전한 게 아닌걸."

"색적 유지, 중요."

아리사의 말에 미아도 동의했다.

"영지군은 어떻게 했어?"

"색적이나 주변 경계는 척후인 릴리오가 해줬어요."

"그렇구나. 하지만, 전투의 종반에 척후가 파티랑 떨어져서 다음 마물을 낚아오는 편이 효율적이니까, 익혀둬서 손해는 없는 기술이야."

아리사가 그렇게 말하자, 제나 씨도 순순히 수긍하며 연습을 시작했다.

"—풀려 버렸어?"

"네. 유지하면서 영창을 하거나, 마법 도구를 쓰거나 하는 건 어렵네요."

30분 정도 지켜보고 있었는데, 제나 씨는 색적 마법을 유지하면서 다른 행동을 하는 일에 고전하고 있는 모양이다.

익숙하지 않으면, 효과지속계통 마법을 유지하면서 다른 마법을 쓰는 건 꽤 힘들단 말이지.

"아리사, 갑자기는 무리야."

오히려 내가 가르쳤더니 금방 할 수 있게 된 아리사나 미아의 재능이 굉장하다고 할 수 있으리라.

나는 아리사에게 말하여, 잠깐 강사 역할을 교대했다.

"제나 씨. 색적 마법을 써서, 교정에서 훈련하는 릴리오 씨 일행에게 집중해 보세요."

"네, 네. ■ ■ ……."

제나 씨의 마법이 발동하고, 마력이나 바람의 흐름에서 릴리오 일행에게 집중한 것을 마력시 등으로 짐작했다.

「바람 읽기」 스킬을 얻었다.

어쩐지 미묘하게 새삼스런 스킬을 얻었지만, 궁술이나 사격에 편리해 보이니까 불평은 없었다.

"그대로 색적 범위를 확대해서, 교정에 있는 학생이나 교사의 수를 세어 보세요."

"네. 하나, 둘, 셋……."

눈을 감고서 마법에 집중한 제나 씨가 다 세는 걸 기다렸다.

"그러면, 다음은 부감 시점에서 전체를 파악해 보세요."

개별적으로 분석할 수는 없겠지만, 막연하게 전체 위치 관계를 파악한다.

『리자, 제나 씨 쪽을 향해서 가볍게 대쉬해봐.』

『알겠습니다.』

나는 공간 마법 「원거리 통화」로, 몰래 리자에게 행동을 요청했다.

"―어?"

색적 마법으로 전체를 부감하고 있던 제나 씨가, 갑자기 접근하는 리자에게 놀라 고개를 들었다.

"색적 마법을 의식하세요."

"아, 네!"

풀려가던 색적 마법의 유지에 주의를 돌렸다.

"그러면 낮까지, 그대로 부감 시점으로 전체를 파악해 주세요. 가끔 리자나 제가 갑작스런 행동을 하겠지만, 냉정하게 위치를 파악해서 옆에 있는 아리사나 미아에게 어느 방향에서 누가 접근하고 있는지 보고할 수 있도록 해주세요."

"네, 힘낼게요."

내 지시에 제나 씨가 힘차게 승낙했다.

아리사는 「에~ 그것뿐이야?」라며 불만스러워 보였지만, 두 사람의 훈련은 오후부터가 본격적이니까 조금 기다려달라고 하자.

"치잇, 튕겨나갔어!"

"방패 공격은 상대의 한쪽 발이 땅에서 떨어졌을 때나, 중심
이 흐트러졌을 때를 노리지 않으면 막혀서 의미가 없다고 고합
니다."

방패 공격을 가볍게 흘려버린 나나가 루우 씨에게 조언했다.

그 사이에도 이오나 양의 대검이 나나의 대형 방패하고는 반
대쪽에서 공격하지만, 나나는 재빨리 한손검으로 이오나 양의
대검을 떨쳐냈다.

"헤헤헤, 빈틈!"

사각에서 릴리오가 기습했지만, 나나는 뒤를 돌아보지도 않
고 검으로 받아냈다.

"어, 어째서? 땅에 비치는 그림자도 들키지 않는 위치에서 기
습했는데?"

"땅의 진동이나 공기의 움직임으로 알 수 있다고 고합니다."

나나가 이오나 양과 루우 씨의 연속 공격을 처리하면서 릴리
오에게 응답했다.

마물은 기상천외한 공격을 하는 일이 많으니까 그것에 대응
하는 사이에 익힌 「기척 감지」 스킬이나 「공간 파악」 스킬의 효
과이리라.

뭐, 그 이전에 아무리 정확한 간격이라고 해도 「빈틈」이라고
말하고 공격하면 안 되겠지.

1시간 정도 치고받은 세 사람이 공격하다 지쳐서 다운됐다.

폭포처럼 땀을 흘리는 세 사람과 대조적으로, 나나는 땀 한

방울 안 흘렸다.

"잠시 휴식하며 호흡을 가다듬고 나면, 다음은 제가 상대하겠습니다."

"방패 쓰는 미인이라면 모를까, 창잡이가 세 사람의 공격을 막는 건 무리 아냐?"

거칠게 호흡을 하면서 말하는 릴리오에게, 리자가 여유로운 웃음을 지었다.

"제나 님을 지키기 위해서도, 그렇기를 바라고 있습니다."

그리고, 휴식이 끝나자 리자의 훈련이 시작됐다.

"이 정도로 대형 방패가 튕겨나가면 방패 전사의 이름이 웁니다. 자신의 근력만이 아니라 체중이나 대지도 이용해서 버텨주십시오."

리자는 창술에 밀려 땅에 넘어진 루우 씨에게 말하고서, 원심력이 실린 이오나 양의 대검을 마창으로 얽어 땅바닥에 내리치면서, 회전시킨 마창의 물미로 이오나 양의 턱을 가볍게 때렸다.

"대검을 휘두르면 위력은 대단하지만, 피하기 쉬운 데다가 반격을 당하기 쉬우니 주의해주십시오."

이오나 양에게 충고하면서, 루우 씨의 그림자에서 다가오는 릴리오 쪽을 보았다.

사각에서 공격해오는 릴리오의 연속 찌르기를 마창의 연속 찌르기로 정면에서 요격했다.

"우왓, 우와와왓, 자, 잠깐—."

손에서 소검을 놓친 릴리오가 땅을 굴러 리자가 뿜어낸 창의 비에서 벗어났다.

"잠깐 기다려. 나는 척후니까 그렇게 격렬하게 치고받는 건 무리라니까."

"그렇다면, 치고 빠지며 상대를 농락할 수 있도록 하세요."

변명하는 릴리오에게, 리자는 그렇게 말하고 루우 씨를 상대하러 돌아갔다.

턱을 맞은 이오나 양은 가벼운 뇌진탕을 일으킨 모양이지만, 리자가 봐준 것도 있어서 금방 복귀했다.

훈련은 점심 종이 울릴 때까지 이어졌고, 리자의 종료 선언과 함께 이오나 양과 루우 씨 두 사람이 땅에 쓰러졌다.

릴리오도 비틀거리고 있지만, 정면에서 리자나 나나와 훈련을 한 이오나 양과 루우 씨 두 사람 정도로 지치진 않은 모양이다.

"이곳에는, 사격장도 있구나."

"네, 척후를 희망하는 애들용으로 만든 설비입니다."

루루가 나눠주는 차가운 베리아수를 마시면서, 릴리오가 교정 구석에 있는 레인 4개의 사격장을 보았다.

"그리고 보니 릴리오 씨는 세류 시에서 크로스보우를 썼죠."

"그렇지. 이래 봬도 영지군에서는 그럭저럭 잘 쏘는 편이야."

릴리오가 자랑스럽게 말했다.

"쏴보시겠어요?"

"그러네. 현을 걸 수 있는 힘이 돌아오면, 조금 쏴봐야겠어."

손이 떨려서 크로스보우의 현을 못 건다는 릴리오 대신 사샤,

현을 걸어줬다.

"잠깐, 소년! 현을 손으로만 걸다니, 힘이 얼마나 엄청난 거야!"

어쨌선지 릴리오가 놀라고 있었다.

나중에 알았는데, 크로스보우는 땅에 활 끝 부분을 대고서, 활에 다리를 올려 체중을 걸어서 굽히고, 그 사이에 현을 치는 게 일반적인 방식이라고 한다.

"신체강화입니다. 편리해요."

그런 스킬을 쓴 적은 없지만, 그렇다고 해뒀다.

"기왕 현을 걸어줬고, 화살 메기는 정도는 할 수 있으니까 쏴 볼게."

릴리오가 사격장에서 크로스보우를 겨누었다.

이 레인은 10미터 단위로 하얀 선을 그어놨고, 20미터와 50미터에 표적을 두었다. 단순하게 동심원이나 사람 모양이 아니라, 마물의 실루엣 형태의 표적이다.

각각 마물의 급소가 되는 곳이 고득점이다.

그리고, 투석끈인 슬링을 활용한 연습장은 표적의 손상이 심해서 따로 준비했다.

"—으~응, 가까운 쪽은 의외로 잘 맞지만, 멀리 있는 건 별로네."

릴리오가 조금 잘난 척하면서 겸손했다.

별로라고는 했지만, 유효 사정거리 아슬아슬한 곳에 있는 표적에 문제없이 맞췄으니 적의 주의를 끌거나 척후로서는 충분하다고 생각한다.

"소년의 파티는 누가 원거리 공격하고 있어? 미스릴의 탐색자의 실력을 보고 싶어."

"활이라면 저랑 미아도 쏠 수 있지만, 원거리 공격이라면 루루가 주력이에요."

내가 루루를 보자, 루루가 조금 난처한 표정을 지었다.

"그게, 불 지팡이 총은 표적이 불타버리고, 보통 총이라면 근처에 폐가 되는데, 어떡하죠?"

"총? 불 지팡이라면 알겠는데, 총 같은 골동품을 쓰는 거야?"

릴리오는 총을 아는 모양이다.

시가 왕국에서 총이라는 무기는 결점이 많은 구식 무기 취급이란 말이지.

"네, 미궁 안에서는 마법계 공격이 효과가 없는 적이 있어서요."

"그렇구나. 그러면, 크로스보우를 써볼래? 성에서 본 총하고는 좀 다를 거라고 생각하지만, 이것도 조준을 해서 방아쇠를 당기는 것은 똑같잖아?"

루루가 나를 보기에 수긍했다.

"그러면, 빌릴게요."

루루가 멀리 있는 표적을 조준하더니, 크로스보우의 방아쇠를 당겼다.

화살은 표적의 중심에서 조금 빗나갔다.

"어때?"

"대충 알았어요. 다음에는 맞출게요."

"어? 맞추다니—."

릴리오의 말이 중간에 멎었다.

"진짜냐……."

루루가 연속으로 멀리 있는 표적의 중심을 맞춘 걸 봤기 때문이다.

"처음 쓰는 크로스보우로 마구 맞춰버리는 것도 굉장하지만, 이 거리에서 한순간에 조준하고 맞추는 게 장난 아니네. 천재라는 게 진짜 있구나."

"처, 천재라뇨. 저 같은 애보다, 주인님이 훨씬 잘 쏘세요."

릴리오의 절찬을 받은 루루가 황송함을 드러내는 흐름으로 나한테 화제를 돌렸다.

"정말이야? 소년."

흥미진진한 릴리오의 시선에 져서, 한 번만 사격하게 됐다.

일부러 빗 맞춰서 쓴웃음을 사는 것도 생각해 봤지만, 루루가 기대에 찬 시선으로 보는 걸 배신할 정도라면 조금 정도는 소동이 일어나는 편이 낫다.

"그러면, 갑니다."

루루의 사격을 본 덕분에 릴리오의 크로스보우의 특성은 알고 있었으니, 쿼렐을 메기고 재빨리 표적을 관통시켰다.
^{짧은 화살}

"시험 사격도 없이?"

"과연 주인님이세요!"

루루의 칭찬에 미소로 응답하고, 릴리오에게 「좋은 크로스보우네요」라고 감상을 말하며 크로스보우를 돌려줬다.

팔짱을 낀 아리사가 잘난 표정으로 「훌륭한 『과연 주인님』이야, 루루」라고 바보 같은 말을 중얼거렸지만 가볍게 무시했다.

"그러면, 점심 식사를 할까요? 제나 씨는 식사를 할 때도 마법 유지를 계속해주세요."

"아, 네. 열심히 할게요."

"스파르타네."

아리사가 작은 소리로 중얼거리며 기겁했지만, 미궁을 탐색하는 이상 있으면 좋은 기능이니까 마음을 굳게 먹고 습득할 수 있도록 할 생각이다.

◆

"그래서 소년. 척후 선생님을 해줄 법한 탐색자는 어디 있어?"

점심 식사를 한 뒤에, 나는 제나 씨와 릴리오를 데리고 서쪽 길드에 왔다.

척후인 릴리오의 공부는 실전 훈련이 중요하니까, 도존 씨나 코신 씨 파티에서 연수를 부탁할까 생각했다.

그리고 도존 씨나 코신 씨는 인망이 있으니까, 제나 씨나 릴리오에게 소개를 해두면 내가 미궁도시에 없는 사이에 트러블이 일어나도 의지할 수 있기에 마음 든든하다.

"평소에는, 이 근처에— 아아, 저기 있네요."

맵으로 현재 위치는 알고 있지만, 지금 막 발견했다는 느낌으로 행동했다.

"—그래서. 조련사 베힌과 라힌 ^{테이머} 둘을 귀족님이 빼가서 미궁 마을의 짐 운반 마수가 부족하단 말이지.”

목적인 도존 씨는 다른 탐색자랑 무슨 정보 교환을 하는 모양이다.

세리빌라 미궁 상층에 있는 미궁 마을은 미궁 탐색의 중계 지점으로 기능하고 있는 촌락이다. 지상으로 데리고 나올 수 없는 조련된 마물 같은 것도 짐 운반용이나 탐색용으로 빌려주고 있다.

“가격이 올랐나?”

“그래. 제대로 된 조련사가 조련한 마물은 대개 3할이나 4할 정도 가격이 올랐어.”

“그렇게 많이⋯⋯.”

“아아, 이대로는 칸오케 자식이 조련한 위태로운 마물을 쓰게 되는 꼴이 될 것 같아.”

도존 씨 가까이 다가가자, 나를 발견한 도존 씨가 내 쪽으로 한 팔을 들었다.

“여어, 젊은 나리. 오늘은 못 보던 예쁜 아가씨들을 데리고 있군 그래.”

“안녕하세요? 도존 님.”

나는 도존 씨에 이어서, 그와 이야기하고 있던 탐색자에게도 인사했다.

서로 자기소개를 나눈 적은 없지만, 「업화의 송곳니」에서 척후를 하고 있던 사람이었을 거다. 그리고 「업화의 송곳니」는 마인 사용자 자리곤이 이끄는, 미궁도시에서도 유명한 적철의 탐색자 파티다.

"도존 님. 이쪽은 우리 리자네 은인으로, 세류 백작령 영지군의 마법병 제나 마리엔텔 양과 척후인 릴리오 씨입니다."

"헤에, 그 여걸의 은인이라. 가녀린 아가씨로 보이는데 꽤 대단한 인재인가 보구만."

"과연, 그런데 색적계 바람 마법 쓰면서 걸어 다니는 건 무슨 훈련인가?"

"네, 혜안이시군요."

어이쿠, 베테랑 척후라 그런지 제나 씨의 바람 마법을 깨달은 모양이다.

제나 씨와 릴리오에게도 도존 씨 쪽을 소개해뒀다.

"젊은 나리가 소개를 해줬으니, 젊은 나리가 없을 때 무슨 일이 있으면 상담하러 와."

"고맙습니다."

내 의도를 짐작한 도존 씨의 말에, 제나 씨가 힘차게 고개를 숙였다.

"그래서, 오늘은 이 두 사람을 소개하러 온 건가?"

"도존 님은 다 알고 계시는군요. 사실 이쪽 릴리오 씨한테 세리빌라 미궁에서 척후의 전투 방식을 가르쳐줄 분을 소개 받을까 해서요."

"엉? 그런 거야, 젊은 나리네 척후한테— 아 그렇군. 그 콩알 갑옷 고양이 귀는 천재니까, 남한테 가르치는 건 서투를 것 같구만."

도존 씨랑 함께 미궁에서 행동한 적은 없을 텐데, 그는 타마를 잘 아는 모양이다.

"그러면 내가 가르쳐주지. 젊은 나리한테는 우리 대장이 신세를 졌고, 불벼락 수사슴한테 동료들이 먹히지 않고 넘어간 것도 젊은 나리 덕이니까."

척후 씨가 「구역의 주인」 불벼락 수사슴에게서 구해줬을 때 일을 들면서, 릴리오의 선생님 역할로 나서주었다.

"허어, 미궁도시의 척후 중에서 다섯 손가락에 꼽히는 『그림자 송곳니』 포스가 직접 봐주는 거냐. 그러면 우리 척후도 같이 좀 단련시켜줘."

"도존은 여전히 빈틈이 없구만. 그러면 『업화의 송곳니』의 수습 척후랑 같이 단련해줄까ー."

척후 씨가 「그래도 되나?」라고 나에게 확인을 하기에, 릴리오가 불만이 없는 것을 확인하고 그의 말에 감사 인사를 했다.

척후 교육의 일환으로, 곧장 좋은 연기 구슬과 섬광 구슬 구분법이나 길드에 있는 지도와 자료 쓰는 법을 교습해주기로 해서, 릴리오하고는 이 자리에서 헤어졌다. 미궁에서 연수는 이틀 동안이라고 하니까 그 기간은 따로 행동하게 된다.

"ー이 정도면 되겠어요."

제나 씨를 영향력 있는 고참 탐색자나 길드 직원들에게 소개하고, 누가 어떤 분야에 뛰어난지 전달했다.

"한 번에 잔뜩 소개를 해버렸는데, 괜찮았나요?"

"네, 괜찮, 아요."

제나 씨가 한껏 벅찬 표정으로 수긍했다.

일단 중요인물을 소개할 때는 사전에 얼굴이랑 이름을 기억해 두도록 말은 했지만, 아무래도 한 번에 암기하는 건 무리겠지.

아무래도 공도의 친구인 토르마를 본받아서 이름과 용모의 특징이나 경력 같은 것을 적어둔 메모를 만들어 나중에 제나 씨 한테 건네는 게 좋겠다.

"사토 씨는 지인들이 많네요."

"그 정도는 아니에요."

분명히 아는 사람이 늘어났다고 생각하면서 겸손해봤다.

"저기…… 사토 씨."

"뭔가요?"

"사토 씨는 파란 피부를 가진 사람들을 아시나요?"

"네. 직접 면식은 없지만, 미궁 마을이나 미궁의 깊숙한 곳에 서 길을 잃으면 만날 수 있다고 하는 『파란 사람』 말이군요?"

제나 씨 물음에 수긍했다.

그 정체가 미궁 하층에 사는 흡혈귀의 진조 반 헬싱과 그의 아내들인 흡혈 공주라는 것도 알고 있지만 그걸 아는 건 나뿐인 데다가, 드러나면 대소동이 일어나니까 조금 시치미를 뗐다.

"미궁 마을이란 장소로 가면 만날 수 있을까요?"

"운이 좋다면— 말이죠. 만나고 싶은 건가요?"

"네, 쿠로 님이 미궁에서 구해주시기 전에, 큰 부상을 입은 제 상처를 치료해준 것 같아요."

그녀의 부상을 진조가 치유한 건 사실이다.

"그런데, 저는 인사도 안 하고 돌아와버렸어요. 그래서 사과와 감사 인사를 하고 싶어요."

진조에게 유괴됐다고 생각한 그녀를 진조의 성에서 빼온 것은 쿠로의 모습으로 변장한 나니까, 책임 소재는 나한테 있다.

일단 그녀 대신 진조에게 사과와 인사를 해뒀으니 문제는 없지만, 그걸 말할 수도 없지.

"그러면, 편지를 써보는 건 어떨까요?"

"편지 말인가요?"

"네. 미궁 마을에 간다고 해도 만날 수 있다고 장담할 수 없으니까, 편지를 써서 미궁 마을의 대표자에게 맡겨두면 될 거라고 생각해요. 편지만으로 부족하다고 생각한다면, 『파란 사람』이 좋아한다는 와인을 같이 맡기면 되겠죠."

"네! 그렇게 할게요!"

제나 씨에게 와인 이름을 가르쳐줬다.

지금 미궁도시에서는 입수하기 어렵지만, 진조에게 직접 부탁 받은 분량을 구하러 갈 때 여분으로 조달해둘까.

와인 재고가 있는지 돌아가는 길에 술 가게에 들르자는 이야기를 하면서 걷고 있는데, 제나 씨가 갑자기 발을 멈추었다.

"—카라나 문관?"

제나 씨가 기둥 뒤에서 풀이 죽어 있던 여성을 발견하고 의문스런 소리를 흘렸다.

분명히, 그녀는 제나 씨 일행과 저택에 왔던 여성 문관이었다.

여성 문관에게 말을 걸자, 불평을 섞으며 사정을 이야기해 주었다.

"……과연. 탐색자 길드의 신인 탐색자 교습 견학 요청을 거절당했군요."

"그래요. 접수처에서 끈질기게 부탁을 해봤지만,『대상은 탐색자뿐입니다』라고 단호한 태도로 거절을 당해 버렸어요."

내가 신인 탐색자 교습을 주최할 때『대상은 탐색자뿐』이라고 수강 제한을 건 기억이 있다.

이것도 돌고 돌아 내 탓이니 조금 조언을 하자.

"그러면, 나무증을 받아서 참가하면 되지 않을까요? 나무증을 받았다고 해서 반드시 미궁에 들어가야 한다는 규칙이 있는 건 아니니까요."

미궁에 들어가지 않으면 2개월만에 실효가 되지만, 목적이 교습회의 수강이라면 문제없을 것이다.

"분명히 그렇네요."

실제로 여성 문관이 눈을 깜빡이고 중얼거렸을 정도다.

그렇지—.

"탐색자 교육에 흥미가 있다면 탐색자 학교도 견학을 희망하시나요?"

"호, 혹시, 탐색자 학교의 높은 분과 면식이 있으신 건가요?! 그, 그렇다면 부디 소개해주세요!"

사소하게 떠오른 생각을 제안해 봤더니 조금 주춤할 정도의 기세로 여성 문관이 매달렸다.

"높은 사람인지는 알 수 없지만—."

이렇게 말을 해두고, 내가 탐색자 학교의 오너라는 것을 밝힌 뒤 견학 조건을 이어서 말했다.

"탐색자 학교 견학은 현장에 있는 교사의 지시에 따른다는 조건으로 괜찮다면 허가하겠습니다. 죄송하지만, 미궁 실습에는 참가하실 수 없는데 문제없겠죠?"

"네, 문제없습니다! 그 조건으로 부탁드려요."

견학에는 대장인 기사 헨스나 그녀의 상사인 남성 문관도 부르고 싶다고 하기에, 여성 문관하고는 일단 길드 앞에서 헤어졌다.

"주인님~?"

"제나도 있는 거예요!"

타마와 포치의 목소리에 돌아보니, 얼굴이 파래진 카리나 양을 끌어안은 타마와 포치 두 사람이 있었다.

AR표시를 보니, 카리나 양은 레벨 업 멀미 상태인가 보다.

그녀들 뒤에 카리나 양의 종자인 피나 일행 세 명이 있었지만, 그녀들은 레벨 업 멀미가 날 정도로 레벨이 오르지 않았다.

등에 진 바구니가 미궁 개미 소재로 가득한 걸로 생각해 보면, 전투는 주로 카리나 양이 맡고 다른 멤버는 서포트나 해체에 전념한 모양이다.

"봐줘~?"

"주인님, 카리나는 괜찮은 거예요?"

"아아, 괜찮아. 카리나 님은 시원한 곳에서 얼마 동안 눕혀두면 괜찮아질 거야."

나는 카리나 양의 땀을 닦아주면서 진찰하는 시늉을 하고, 걱정스러워 보이는 타마와 포치에게 괜찮다고 보증해주었다.

이곳에서 저택까지는 조금 머니까, 길드 직원에게 부탁하여 카리나 양을 안뜰의 나무그늘에 눕혀놓을 허가를 받았다.

잠든 카리나 양은 평소의 유감스러움이 사라지고, 「잠자는 숲속의 미녀」가 이러려 싶을 「온실 속의 영애」 같았다.

물론 그 옆에서 타마와 포치가 도시락을 펼쳐놓고 점심을 먹기 시작해서 영애 효과가 한순간에 흐트러져 버렸지만.

"그러면, 카리나 님이 눈을 뜨면, 이 영양제를 드시게 해."

"네, 사작님. 고맙습니다."

인사를 하는 피나 일행과 헤어져서, 나는 제나 씨를 데리고 기술자 거리나 연금술 가게로 갔다.

그러는 도중에—.

"사토 씨!"

옆의 골목길에서 뛰쳐나온 기마를 색적 마법으로 감지한 제나 씨가 내 팔을 잡아당겨 피하게 해주었다.

물론 레이더로 기마의 접근은 깨닫고 있었지만, 제나 씨의 훈련 성과를 확인하고 싶어서 그대로 직진하고 있었다.

"고맙습니다, 제나 씨. 덕분에 살았어요."

"아뇨, 어쩌다 보니 그런 거예요."

내가 인사를 하자, 제나 씨가 황송해했다.

"색적 마법 상시 사용도 꽤 익숙해진 모양이니까, 기술자들 소개가 끝나면 다음 단계로 가죠."

"아, 네. 살살 부탁드려요."

어쩐지 식은땀이 흐르는 표정의 제나 씨 모습에 고개를 갸웃거리면서, 미궁에서 입수한 마물 소재를 매각하는 과정에서 알게 된 무구 기술자나 듀케리 준남작 경유로 알게 된 마법 도구 기술자와 연금술사에게 제나 씨를 소개하고 다녔다.

이걸로, 내가 미궁도시를 비운 사이에 제나 씨 일행이 고립되는 일은 일단 없을 거야.

탐색자 학교에 돌아온 우리는 먼저 도착해 있던 여성 문관 일행을 교장에게 소개한 다음 오후 훈련에 도중 참가했다.

제나 씨의 훈련은 애당초 예정한 것처럼 미아와 아리사에게 맡기고 나는 참견을 삼갔다.

색적 마법을 유지하면서 영창하는 건 꽤 힘든 모양이지만, 유지하면서 아리사나 미아가 휘두르는 뽕망치를 회피하는 건 문제없이 할 수 있는 모양이다.

이오나 양과 루우 씨는 리자와 나나를 상대로 흙 범벅이 되어가면서도 끈질기게 훈련을 받고 있었다.

이오나 양은 미인에 스마트한 인상이었는데, 상당히 근성이 있는 노력가인 모양이다.

나는 스태미나 회복약이나 영양제를 선물하며 그걸 응원했다.

어째선지 선물을 받고서 연속 훈련을 할 수 있게 된 이오나 양과 루우 씨가 절망을 등에 진 표정을 지었지만, 분명히 내 기분 탓일 거야.

하루이틀 정도 더 단단히 훈련을 하면, 미궁에서 마물을 상대로 연전을 하는 우리들 방식의 레벨링에 데리고 갈 수 있겠다.

"—그렇지."

레벨링으로 생각나서, 공간 마법 「멀리 보기」로 미궁 안에 만든 파워 레벨링용 양식장을 확인했다.

양식용 우리에, 악몽에 나올 정도로 우글우글하게 마물이 번식해 있었다.

예정보다 조금 이르지만, 오늘 밤—은 너무 성급하니까 내일 밤이라도 에치고야 간부들의 육성을 시작해겠군.

나는 제나 씨 일행의 훈련 사이에, 왕도 에치고야 상회 본부까지 가서 내일 밤의 파워 레벨링 개최 소식을 전달했다.

엘프 스승들이 과보호해서 레벨 올리기를 막긴 했지만, 그건 레벨 업에 따른 기술이 몸에 익지 않으니까 일반적으로 같은 레벨의 사람들보다도 약해진다는 이유 때문이다.

에치고야 상회의 간부들 파워 레벨링은 격무에 견딜 수 있도록 기초 스테이터스— 특히 스태미나를 올리기 위한 거니까 문제없다.

레벨 업을 할 때 괜한 스킬이 생길 가능성이 있지만, 며칠 전부터 흥미가 있는 공부나 무술 훈련을 하도록 전달했으니 괜찮을 거야.

어둠의 바닥에 숨어있는 것

"사토입니다. 「사람이 심연을 들여다볼 때, 심연 또한 사람을 들여다본다」라는 유명한 말이 있습니다만, 「괴물과 싸우는 과정에서 자신도 괴물이 되지 않게 조심하라」라는 경구는 의외로 널리 알려지지 않은 것 같아요."

"쿠, 쿠로 님, 기다리고 이셨습니다."

긴장한 표정의 금발 귀족 아가씨 에치고야 상회 지배인인 에르테리나가 보기 드물게 발음이 새는 말로 마중해주었다.

그러나 왕도 에치고야 상회 본부에 「귀환전이」한 나는, 뜻밖의 광경에 한순간 사고가 정지하여 그걸 신경 쓸 여유가 없었다.

내 앞에 모두 모인 에치고야 상회의 간부들의 모습이 있었다.

뭐 그건 좋다. 애당초 「특별 임무가 있다」라고 해서 소집한 게 나니까.

―그런데, 왜 다들 반라지?

지배인은 피부가 비쳐 보이는 레이스의 나이트가운이고, 중요한 부분만 간신히 레이스가 겹쳐서 비쳐 보이지 않지만 함부로 움직이면 전부 보일 법한 아슬아슬한 의상이다.

뒤쪽 간부들도 조금 더 얌전하긴 하지만 지배인과 큰 차이 없는 선정적인 의상이었다.

왕도에서 가동 예정인 공장장으로 취임하기 위해 전근시킨 폴리나는 다른 사람들과 비교하면 차분한 복장이지만, 부드러워 보이는 얇은 원피스에 몸의 라인이 드러나서 이제부터 일을 하는 차림으로 보이지 않았다.

언제나 돌 늑대를 타고 있는 자그마한 귀족 아가씨는 위아래 세퍼레이트로 현대풍 잠옷 차림 같은 느낌이다. 본래는 그다지 요염함 같은 거 없는 차림이지만, 이 집단 안에 있으니 독특한 에로티시즘을 만들어내고 있었다.

티파리자는…… 조금 똑바로 볼 수가 없다.

얼음 같은 미모를 붉게 붉들이고, 창피한 기색으로 몸을 숨기는 동작이 너무 위험하다. 단둘이 있을 때 이걸 당하면 무심코 덮쳐버릴 것 같았다.

정말이지, 「이거 무슨 에로 게임?」의 세계냐고.

나는 어흠 한 번 헛기침을 했다.

……진정해라, 사토. 아니, 지금은 쿠로구나.

금욕생활이 이어지고 있긴 하지만, 야한 분위기에 휩쓸려 종업원에게 손을 대면 보르에난 숲의 하이 엘프, 사랑스런 아제 씨를 똑바로 볼 수가 없다.

"지배인, 오늘은 상당히 개방적인 의상이군."

"아, 네. 쿠로 님께 봉사해야 하니, 다 함께 한껏 꾸며봤습니다."

—봉사?

지배인의 말에 내심 고개를 갸웃거렸다.

그녀들에게 「특별 임무」 이야기를 한 건 제나 씨 일행의 훈련을 시작한 날이었지.

나는 그 때 일을 떠올렸다.

분명히 에치고야 상회에서 용건을 마친 다음에 돌아갈 때 간부 아가씨들을 모아서—.

"—다들 들어라. 내일 밤, 특별 임무를 내리겠다."

처음에 「특별 임무」에서 술렁거린 것치고, 이어지는 말 다음에는 방에 정적이 내려 버렸다.

"밤 1각부터 시작하여 밤 2각까지는 끝날 예정이지만, 그 다음에 일을 못할 상황일 가능성이 높다. 그 날의 일은 집합하기 전에 끝내놓도록. 예정이 안 맞는 자는 미리 말해라. 그런 자는 따로 예정을 짠다."

밤 1각은 해가 지고 3시간 정도 지난 다음이다.

전에 지나치게 잔업을 하지 말라고 해놓고서 심야 작업을 명하는 건 조금 마음이 아프지만, 딱히 불만스런 기색은 없었다. 굳이 따지자면 호의적인 분위기였다.

정말이지, 이 녀석들 워커홀릭이라니까.

어떤 의상이 좋을지 지배인이 묻기에, 좋아하는 의상이면 된다고 했다.

일하는 의상은 딱히 뭐 별난 것도 없을 텐데, 이상한 걸 묻는 녀석들이군. 미궁에서 파워 레벨링이라지만 안전한 장소에서 방아쇠를 당기기만 하는 간단한 일이니까 평소의 작업복이면 문제없다.

그때, 아리사에게서 공간 마법 「무한 통화」로 호출이 들어와서, 에치고야 상회를 떠났을 거다.

거기까지 떠올리고, 「특별 임무」의 내용이 「미궁에서 파워 레벨링」이라고 전달하는 걸 깜빡했음을 깨달았다.

그 탓에 「특별 임무」를 밤의 봉사, 파워 레벨링으로 인한 레벨 업 멀미로 「그 다음에 일을 못할 상황일 가능성이 높다」고 말한 것을, 정사 후에 움직일 수가 없을 거라고 해석해버린 모양이다.

"저, 저기…… 쿠로 님."

조심조심 지배인이 말을 걸었다.

어디 보자. 계속 그녀들을 이대로 두기도 미안하다. 얼른 오해를 풀어야겠군.

"—오해를 하게 만들었군. 나는 너희들을 억지로, 잠자리에 끌어들일 생각은 없다. 특별 임무란 것은 다른 일이다. 시간을 줄 테니 평소의 복장으로 갈아입고 재집합해라. 신발은 걷기 편한 걸로 하도록."

기묘하게 안타까운 표정을 지은 지배인들을 남기고, 에치고야 상회의 비공정용 조선소의 시공 상태와 망한 상회에서 사들인 공장을 시찰해뒀다.

◆

"이, 이곳은?! —미궁?"

"그래. 미궁 상층의 깊숙한 곳에 있는 미답 구역이다."

지배인의 의문에 대답하자, 모두의 표정이 얼어붙었다.

레벨 10 전후인 그녀들이 제대로 된 장비도 없이 미궁 깊은 곳으로 왔으니 그야 무섭겠지.

"안심해라. 위험한 마물은 이미 제거했다."

내가 상냥하게 말하자, 다들 땅에 풀썩 주저앉아버렸다.

아무래도 힘이 풀린 모양이다. 이런 서프라이즈는 관두는 편이 좋겠네.

"너희들은 이 앞에 있는 우리의 마물을 사냥해서 레벨을 올려줘야겠다."

나는 그렇게 말하면서 우리 뚜껑에 달린 엿보기 창으로 안을 확인했다.

우리 바닥에서 대번식한 마물——「미궁 기름벌레」들이 먹이용으로 투하해둔 마물의 시체를 먹어 치우는 모습이 보였다.

솔직히, 꿈에 나올까 무서운 광경이군.

"탐색자였을 무렵의 긍지가 용납하지 않을지도 모르지만, 제군들의 육체를 강화해두기 위해 필요한 행위다. 도저히 못하겠다는 자는 제외한다. 사양하지 말고 말해라."

지배인, 티파리자, 폴리나 세 사람에게 아이템 박스에서 꺼낸 무기를 건넸다.

"이것은? 지팡이, 인가요?"

"벼락 지팡이의 일종이라고 할 수 있다만, 조금 사용법이 다르다. 마력을 담아서 방아쇠를 당기기만 해도 지팡이의 연장선

상에 뇌탄 같은 것을 발사한다."

"이런 식인가요?"

"아니다. 얇은 쪽을 적에게 겨눠라. 총— 크로스보우 같은 것
이라고 생각하면 된다."

총이 익숙하지 않을 것 같아서 크로스보우를 예로 들어서 내
가 겨눠봤다.

이건 투사총^{스프레이 건}이란 이름의 마법 도구인데, 겉보기에는 총신을
잘라낸 샷건 같은 모양을 하고 있었다.

작은 벼락 광석으로 대전시킨 사철 가루를, 바람 광석이 만들
어낸 바람으로 전방에 쏘아내는 도구다.

이건 집속을 일부러 느슨하게 만든 거라 스프레이를 분사하
는 것처럼 대전된 철가루가 퍼지고, 총을 쏘는데 익숙지 못한
자라도 명중하기 쉽도록 되어 있었다.

파워 레벨링용으로 설계한 거라 살상 성능은 대단히 낮다.

폭도 진압에도 쓸 수 있을지 모르겠네.

"모두 순서대로 우리 중앙 부근을 노려서 쏴라. 쏜 다음 뒤에
있는 자와 곧장 교대해라."

"""네!"""

뜻밖일 정도로 힘찬 대답을 하더니, 모두가 투사총을 받아 내
가 말한 대로 방아쇠를 당겼다.

나는 바퀴벌레들이 날아오지 못하도록 「이력의 손」으로 방해
하면서, 뚜껑의 작은 창을 열고서 공격을 재촉했다.

전에 탐색자였던 귀족 아가씨들이나 운반인이었던 폴리나는

구멍 바닥에서 바퀴벌레들이 꿈틀거리는 걸 보고도 싫다는 기색으로 표정을 찌푸리기만 했지만, 미궁이나 마물하고 인연이 없는 문관이었던 티파리자는 얼굴이 창백해져서 떨고 있었다.

"쿠로 님, 그다지 효과가 없는 것 같아요."

"신경 쓰지 마라. 그거면 된다."

불가해한 기색의 지배인에게 물러나도록 지시하고, 다음 사람과 교대시켰다.

일단 총을 쏘기 전에 내 아이템 박스에 손을 넣어보도록 했다. 이걸로 스킬을 얻는다면 행운이라고 생각하는 정도였지만, 해봐서 손해 볼 것도 없으니까.

더욱이 마법의 학습을 한 적이 있는 몇 명에게, 중복해서 남아 있던 「마법의 두루마리」를 사용하도록 했다.

어쩌면, 공격 마법과 같은 속성의 마법 스킬을 배울지도 모르니까.

"쿠로 님, 모두 끝났습니다."

"좋다, 위험하니 모두 뒤에 있는 피난소까지 물러나라."

나는 모두 뒤로 물러난 것을 확인한 다음에 전이 마법 사용시에 이용했던 가짜 비보를 들고 「물」, 「바람」의 신대어를 말하는 것에 맞추어 마법을 사용했다.

평소에는 시원함을 얻으려고 쓰던 얼음 마법 「얼음 기둥」으로 바퀴벌레들을 얼음 속에 가두고, 바람 마법 「바람 탄환」으로 분쇄했다.

「바람 탄환」은 공도에서 얻은 하급 공격 마법이지만, 어중간한 사용성 때문에 지금까지 나설 차례가 없었던 녀석이다.

"너, 너무나 굉장한 얼음과 폭풍……."

"저건 상급 마법일까요?"

놀라서 소리를 내는 간부들 상대는 나중에 하고, 맵을 열어 모두의 스테이터스를 확인했다.

—아차. 좀 지나쳤다.

아까 그 미궁 기름벌레는 한 마리당 레벨 7정도밖에 안 되니까, 다소 수가 많아도 괜찮을 거라고 생각했는데 내가 생각한 것 이상으로 수가 늘어났던 모양이다.

간부들의 수가 많으니까 다소 감소하긴 했지만, 그래도 모두 레벨이 20 근처까지 올라가 있었다.

"—어쩐지 힘이 안 들어가요."

"나도 어쩐지 기분이……."

가장 레벨이 낮았던 티파리자를 선두로 차례차례 간부들이 몸이 안 좋다고 호소하기 시작했다.

뭐 한 번에 이 정도로 레벨이 오르면 레벨 업 멀미가 나기도 하겠지.

조금 높은 곳에서 넘어질 뻔한 간부들을 「이력의 손」으로 지탱하고, 그대로 「귀환전이」를 반복하여 왕도 에치고야 상회로 돌아왔다.

"수고했다. 오늘 특훈은 이걸로 끝이다."

"쿠로 님, 몸이 이상합니다만—"

"그 증상은 그저 레벨 업 멀미다. 2각 정도 쉬면 본래대로 돌아온다."

괴로운 표정치고는 활기찬 자그마한 귀족 아가씨에게 대답했다.

"그, 그거 주정뱅이들의 헛소리가 아니었구나."

"그러면……, 혹시 레벨 15정도까지 올라간 걸까요?"

"……설마, 그럴 리가, 없지."

다른 간부들도 괴로운 기색이긴 하지만, 레벨이 올랐다는 것에 기쁨을 감추지 못하는 모양이다.

앞으로 너댓번 계속하면 레벨 30정도 되겠지. 그 정도 올려두면 다소 하드한 근무 상태가 이어지는 일이 있어도 몸 상태가 안 좋아지는 일도 없을 거야.

레벨이 올라간 그녀들은, 5명이 마법스킬을 배웠고, 한 명이 「보물 창고」스킬을 배웠다. 예상 이상의 성과라 할 수 있었다.

우리 애들은 레벨 50까지 아무도 「보물 창고」스킬을 배우지 못했는데 무척 운이 좋다.

나는 몸을 움직이지 못하는 그녀들을 방치할 수가 없어서, 그녀들을 본부 상층에 있는 기숙사까지 옮겨 눕혀주었다.

어째선지 모두 공주님 안기를 희망해서 그것에 응해줬는데, 간부들의 텐션이 묘했다.

그렇게 공주님 안기가 좋았나?

마지막으로, 「보물 창고」스킬을 배운 운이 좋은 티파리자를 그녀의 방까지 옮기고 오늘 업무는 종료됐다.

"……쿠로 님."

그렇게 잠꼬대를 하는 티파리자를 눕혀주고 방을 나섰다.

"—겁쟁이."

희미한 혼잣말을 「엿듣기」 스킬이 포착했지만, 안 들린 걸로
하고 나는 미궁도시의 저택으로 귀환했다.

숨돌리기

"사토입니다. 열심히 하는 건 좋은 일이지만, 자신의 한계를 아는 것도 중요합니다. 언제까지나 젊은 줄 알다가는 깨닫지 못하고서 한계를 돌파해 버리는 일이 있단 말이죠."

"■■■■ 바람 방패."
_{윈드 실드}

제나 씨가 영창이 빠른 바람 마법으로 미아가 쏘아낸 연습용 화살을 막았다.

이어서 숨돌릴 틈도 없이, 불 지팡이에 마력을 흘려 불 탄환을 미아에게 쏘아냈다.

"■ 물."
_{워터}

미아가 정령 마법으로 만들어낸 물 덩어리로 제나 씨의 불 탄환을 맞춰 없앴다.

"응, 합격."

미아가 머리 위에 양손으로 동그라미를 만들고, 만족스럽게 고개를 끄덕였다.

기습을 해온 마물이 쓰러졌다는 제스처를 받은 제나 씨가 시선을 제나 분대 쪽으로 돌렸다.

"제나, 느낌이 좋아졌는데."

"그러네."

아리사의 말에 동의했다.

색적 마법의 유지도 자연스러워졌고, 마법의 선택도 과부족이 없는 느낌이다.

제나 씨의 시선 끝에는 그녀의 동료들이 리자나 나나와 모의전을 계속하고 있었다.

"옷, 루우 지금 방어 잘 했는걸."

"리자의 속도에 상당히 익숙해진 모양이네."

"뭐, 봐주고 있는 속도긴 하지만~."

"그건 말하면 안 되지."

아리사의 말에 쓴웃음을 지었다.

애당초 레벨이 너무 달라서 진심으로 싸우면 승부가 되질 않으니까, 방어 연습을 할 때는 리자가, 공격 연습을 할 때는 나나가 각자 혼자서 상대하게 됐다.

지금은 리자의 공세를 루우 씨가 막고, 이오나 양이 반격하는 훈련이다.

척후 연수를 갔던 릴리오도 오늘 낮부터 이 훈련에 복귀하여 지금은 루우 씨가 방어하기 쉽도록 보조를 하고 있었다.

"으으라아아아압!"

루우 씨의 방패 공격^{실드 배쉬}을 리자가 발바닥으로 받아내고, 무릎의 완충으로 위력을 죽인 다음 가볍게 찬 기세로 뒤를 향해 날았다.

"‥‥‥‥‥■ ■ ■ 바람의 속박^{에어 홀드}."

그걸 노린 제나 씨의 바람 마법이 리자의 몸에 휘감겼다.

리자가 제나 씨의 바람 마법에 저항하고, 가볍게 창을 휘둘러 약간 남은 흔적을 치웠다.

빈틈없이 릴리오가 던진 연막탄에, 리자가 창을 풍차처럼 돌려서 막았다.

"―엑. 진짜야?"

릴리오는 놀라면서도 투척 나이프를 추가로 투척하고, 가까운 곳의 차폐물 뒤로 몸을 숨겼다.

이건 마물의 반격을 회피하기 위한 연습이다. 멍하니 서 있으면 마물에게 뼈아픈 반격을 받게 된다고 한다.

척후 연수에서 릴리오가 배워온 거라고 하기에 훈련에 도입해봤다.

기왕이니까, 탐색자 학교의 수업에도 피드백을 해볼까.

"아아, 튕겨내 버렸어."

아리사가 아쉬운 기색으로 중얼거렸다.

릴리오의 투척 나이프에 타이밍을 맞춰 베어 들어간 이오나 양의 대검 찌르기는, 리자가 든 마창의 물미에 가볍게 튕겨나가 버렸다.

대검이 튕겨나간 이오나 양의 틈을 리자가 찔러서, 그때부터 제나 분대가 순서대로 쓰러져 버렸다.

이오나 양이 쓰는 대검은 중형이나 대형 마물 퇴치에는 유용하지만, 리자처럼 재빠른 움직임을 하는 상대에겐 적절하지 않다. 하다못해 레벨 30 정도의 근력치나 강력 스킬이 있으면 좋겠군.

"그러면, 감상전을 해보자."

관전하고 있던 아리사가 사회를 맡아서, 전투 행동을 리플레이했다.

가능하면 마법으로 촬영한 영상을 표시해주고 싶지만, 지나치게 오버 테크놀러지라서 자중했다.

해가 기울기 시작했으니, 감상전이 끝나고 나면 오늘 훈련은 종료다.

"이제 그만 실전 연수를 해요."

"실전— 미궁인가요?"

"그래요. 사냥터 개척을 겸해서 2박 3일 정도 해보시겠어요?"

제나 씨의 물음에 수긍했다. 오늘 훈련을 본 느낌으로는, 이제 슬슬 실전에서 레벨을 올리는 편이 효율적일 것 같단 말이지.

"드디어 내일부터 미궁이구나. 실력발휘를 해볼까."

루우 씨가 주먹을 맞부딪혔다.

기합은 충분한 느낌이군.

하지만—.

"내일은 휴일로 하겠어요."

"휴일인가요?"

"네, 나날이 이어지는 특훈으로 피로가 남아 있는 상태에서 미궁에 들어가는 건 위험하니까요."

AR표시에도 제나 분대 네 사람의 상태가 「피로: 무거움」이 되어 있다. 이게 이어지면 「과로」로 바뀌며, 디버프 계통 마법 같은 위험한 상태가 되어 버린다.

"그러면, 내일은 미궁에 들어가기 위한 식량이나 장비품을 조달해요."

"그거야, 제나!"

제나 씨의 제안에, 릴리오가 손가락을 퉁기며 동의했다.

"좋네요……. 사작님도 도와주실 수 있을까요?"

이오나 양도 동의했지만, 중간에 나한테 그렇게 제안했다.

조금 입가가 올라가 있고, 어쩐지 장난을 꾸미는 표정이 한순간 떠올랐다.

고교생 무렵에 참견 좋아하는 여자애들이 친구를 밀어줄 때 자주 짓던 표정이다.

어쩐지 학창시절로 돌아간 것처럼 이상한 기분이군.

"네, 그러죠. 오전에는 휴양을 하고, 오후부터 조달하러 가요."

나는 이오나 양의 제안을 승낙하고, 오늘 훈련을 해산했다.

◆

"주인님, 뭐 만들어?"

저녁식사 뒤, 「담쟁이 저택」 지하에 있는 연구실에서 공작을 하고 있는데 전이 마법으로 아리사가 놀러 왔다.

이 「담쟁이 저택」을 관리하고 있는 집요정 레리릴은 야식을 만든다고 하면서 지상층에 있는 주방에 가 있어서 지금은 없었다.

"그냥 좀 방어용 마법 도구야."

"헤에, 어떤 건데?"

"이쪽 시험작은 일단 쓸 수 있으니까, 팔 보호대처럼 팔에 달고서 마력을 흘려봐."

아주 옛날 애니메이션에서 미소녀 전사가 자주 장비하고 있을 법한, 손목 부분까지 가리는 팔 보호대 형태의 방어구다.

"오오, 투명한 방패가 나타나네."

"강도는 레벨 30정도의 마법사가 사용하는 『방패^{실드}』 마법이랑 비슷한 강도야."

아리사의 팔 보호대 위에 연 방패 모양의 투명한 방패^{카이트 실드}가 떠올랐다.

제나 씨의 바람 마법 「바람 방패」는 바람을 매체로 한다는 성질 탓에 묵직하고 빠른 공격은 막기 어려우니까 급할 때 자기방어용으로 준비해봤다.

"술리 마법?"

"그래. 전에 남쪽 바다에서 건져낸 『방패』를 만드는 반지 있었잖아? 그 마법회로를 모방한 시험작이야."

가벼운 미궁 개미의 소재를 베이스로, 엘프 마을에서 만든 시험작 마법장치를 이용해서 마법회로를 얇은 소재 안에 심어봤다.

나나의 장비에 있는 공간 마법식 부유 방패나 아리사가 장비하고 있는 자동방어용 부유 방패하고는 비교가 안 될 정도로 싸게 만들 수 있다.

"마력 소비는 생각보다 많네."

"그렇네. 술리 마법의 『방패』랑 비교하면 두 배 정도 마력을 쓰게 돼."

지금 내가 하고 있는 작업은 그 필요 마력을 줄이는 회로의 시험작이다.

외부 마소(마나)를 흡수하는 마물 소재를 이용한 도료를 연성해서, 그걸로 「흡수」의 룬을 그리면 실현할 수 있을 것 같다.

마소나 포화 마력이 많은 장소에서도 1시간에 「방패」 1회 분량의 마력을 모으는 것이 한계니까 그냥 위안 거리 정도의 효과지만.

"하지만 불 지팡이 같은 거랑 같아서 영창 없이 사용할 수 있다면 제나 씨나 릴리오의 장비로 편리해 보이잖아?"

마법이랑 달리 변수 부분을 생략했으니까 출현 좌표도 추종 대상도 전부 고정이 된다는 결점은 있지만, 비상용 방패라는 기능을 실현하는 것에는 딱히 문제가 안 될 거야.

"그렇네. 하지만 이런 명백하게 마법 도구 같은 장비품을 내놔도 돼?"

아리사가 걱정했다.

"틀림없이 눈에 띌 텐데?"

"에치고야 상회에서 홍보용으로 받았다고 할 거야."

시장에 돌지 않는 상품이지만, 에치고야 상회 세리빌라 지점하고 여러모로 관계가 깊으니까 그다지 문제는 안 될 거다.

"있지. 그러면 나도 갖고 싶어!"

아리사라면 실전용보다는 호신용일 테니까 방어구가 아니라 일상적으로 가지고 다닐 수 있는 장식품이 좋을까?

"알았어. 기왕 만드는 거 귀여운 액세서리로 구현해볼게."

"야호!"

아리사가 폴짝 뛰면서 기뻐했다.

"기왕이면 모두에게 만들어줘야지."

미아나 루루에게는 아리사와 같은 것을, 전위진에게는 「방패」를 주무기에 가까운 형상으로 개조를 해두자.

"액세서리 디자인은 맡길 수 있을까?"

"당근이지!"

좀 낡은 표현으로 대답한 아리사가 전이 마법으로 저택에 돌아갔다.

―그렇지.

귀인의 보디가드 용으로 좋을 것 같은데, 처음 만든 단순한 「방패」를 만들기만 하는 거라면 간단히 양산할 수 있으니까 에치고야 상회의 라인업에 넣어볼까?

그러면, 우리 애들이 평소에 사용해도 이상한 녀석들이 눈독들이는 일이 없을 거야.

지금 이대로는 「방패」가 너무 튼튼해서 양산형 주조 마검처럼 주문이 쇄도하거나, 악인들 손에 넘어가면 또 귀찮아지니까, 새내기 술리 마법사가 만드는 「방패」 정도로 다운 그레이드하는 편이 좋겠다.

나는 제나 씨 장비를 완성시킨 다음에 제나 씨 일행이 2박 3일동안 「사냥터 개척」을 할 예정인 구역으로 갔다.

"역시, 이 근처가 좋을까?"

탐색자 학교의 학생들이 실습에 쓰고 있는 제11구역에 인접한 제19구역의 경계를 골랐다.

제19구역은 인기가 높은 사마귀나 딱정벌레가 많은 사냥터지만, 제11구역에서 들어간 장소에 독을 가진 마물이 많은 데다가 「구역의 주인」이나 권속이 훌쩍 배회하는 위험한 대형 방을 경유하지 않으면 **영양가 높은** 사냥터로 갈 수가 없어서 사람이 없다.

제11구역은 탐색자 학교의 실습용으로 되도록 손을 대지 않고 있었지만, 이번에는 제나 씨 일행이나 졸업생의 사냥터니까 나름대로 쓰기 쉽게 개조할 예정이다.

"일단, 위험한 독을 가진 녀석들 제거부터 하고—."

맵 검색으로 마킹한 마물에 「유도 화살」을 5세트 정도 연사했다.

레이더에 비치는 500쯤 되는 광점이 차례차례 사라지는 걸 확인하고, 「이력의 손」이 닿는 범위의 마물을 스토리지로 회수했다.

"위험한 독은 이거면 됐다."

다음은 제나 씨 일행의 훈련 상대가 못 되는 너무 강한 마물을 솎아내면서, 사냥의 거점으로 쓰기 좋은 장소를 흙 마법 「흙벽」이나, 「석제 구조물」로 광장마다 몇 군데씩 준비했다.

그런 작업을 하는 도중에 아리사가 공간 마법 「원거리 통화」를 걸었다.

『아까 얘기한 장신구 디자인 다 됐는데?』

"미안. 얼마 동안 미궁에서 못 돌아가니까 『담쟁이 저택』의 작업 테이블 위에 올려놔."

『오케이. 미궁에서 뭐 하는지는 모르겠지만 너무 지나치게 일하면 안 돼.』

"적당히 할게."

걱정해주는 아리사에게 대답하고, 나는 공사를 재개했다.

"역시 화장실이랑 물가는 몇 군데 필요하단 말이지."

맵 검색으로 발견한 무해한 슬라임을 확보하여, 「석제 구조물」 마법으로 만든 화장실이나 쓰레기통 바닥에 던져 놨다.

깊은 구멍 바닥이니까 괜찮을 거라고 생각하지만, 슬라임이 엉덩이를 깨무는 게 싫으니까 「조련」 스킬로 테임해서 종마로 만들었다.

전에 나나 자매들이 거대 거미를 테임하여 타고 다니는 것을 떠올리고 시도해봤는데 간단히 됐다. 테임하면 주인의 이름이 종마의 스테이터스에 표시되니까, 미궁용 가명인 「토사라유야」라는 이름으로 바꾸고서 했다.

마지막으로 「위장」 스킬을 써서, 각종 시설이 오랜 기간 방치된 것처럼 가공해뒀다.

그리고, 미궁 별장이나 미궁 온천에는 엘프들이 설계한 수세식 화장실형 마법 장치가 있다.

"맑은 물은 여기뿐이구나……."

지하 수맥에서 위험한 대광장까지 흘러나오는 짧은 수로는 수량이 제법 많았다.

그 밖에도 네 군데 정도 물가가 있지만, 그쪽은 입술 적시는 게 고작인 물방울이 떨어지는 장소거나, 진흙탕처럼 탁한 물이

솟는 장소거나, 수질에 문제가 있을 법한 물웅덩이였다.

"뭐, 없으면 만들면 되지—."

나는 지형적으로 샛굴이 안 생기는 광장에 숙박 가능한 안전지대를 준비하고, 편리한 「석제 구조물」 마법으로 샘과 배수로를 만들었다.

인공 샘 바닥에는 물 광석을 설치하여 미궁의 지맥에 접속해뒀으니 일정한 수량을 자동으로 공급해준다. 커다란 물 광석을 썼으니까 10년 정도는 괜찮을 거야.

작업하는 도중에 물 광석이 도난 될 가능성이 떠올라서 간단히 꺼낼 수 없도록 땅속에 물 광석을 묻어버렸다.

"다음은, 아궁이로 쓸 수 있을 법한 돌을 방에 좀 놔두고, 그 밖에도 샤워룸으로 만들기 쉬운 지형을 물가 근처에 만들어두자."

벽 근처를 조금 움푹 패이게 만들어 두면 급수 파이프를 설치할 때 편리할까?

그런 건 실제로 이용하는 탐색자들에게 통째로 떠넘길 예정이다.

처음부터 전부 다 있는 것보다는, 이용자들 자신이 직접 만들며 연구하는 편이 애착이 솟을 테니까.

"그렇지—."

물가 옆, 이라기보다 화장실 근처에 비상식이 되는 미궁 식물 텃밭을 만들어뒀다.

맛은 없지만, 굶주리지 않을 수 있는 종류의 열매를 맺는 녀석을 골랐다.

탐색자가 안 오는 시기에는 슬라임들의 먹이도 될 테니까.

"기왕 만드는 거, 덤으로 보너스 아이템을 배치해둘까?"

본래 있었던 보물 상자는 3개뿐이기에 「베리아의 마법약」을 중심으로 마물 소재의 무구 같은 게 담긴 보물 상자를 개척 예정 사냥터에 몇 군데 설치했다.

그렇게 비싼 물건은 아니지만, 사소하게나마 즐거움이 필요하니까.

◆

"포치, 타마, 잠깐 와볼래?"

아침 식사를 한 뒤에 카리나 양 일행이나 메이드들이 나간 참에 비밀 용건을 끝내기로 했다.

나는 어젯밤에 완성시킨 개량판 파워 억제 마법 도구를 둘에게 건넸다.

온오프를 제어하는 상황 판단 AI의 구현이 상당히 어렵다는 게 판명됐으니, 고성능 라카 클론은 일단 포기하고 다른 방법을 선택했다.

당장은 미궁이나 저택에 드나들 때를 판정하여, 팔찌의 모드가 전환되지 않으면 경고를 하도록 했다.

판정은 미약한 신호를 내는 초소형 표식 마법도구를 설치하여 그 신호를 읽어내고 있었다.

이 간이판은 예정했던 사고 회로의 몇 퍼센트 정도 용량이면 충분하다.

새삼 딥 러닝을 못하는 AI의 어려움을 인식하게 됐다니까.

"그리고 다들 이거—."

"벌써 만들었어?"

아리사가 내가 꺼낸 장식품을 보더니 눈을 동그랗게 뜨고 놀랐다.

"평평한 돌을 심어둔 쪽을 손목 쪽으로 해서 장착해봐."

"보석치고는 둔탁한 적색이네…… 어 마핵이구나. 빛을 비추면 뭔가 회로 같은 게 보이는데, 이 돌도 마법 도구야?"

"그래. 팔찌 본체하고는 다른 거야. 안쪽 돌을 누르면서 마력을 흘려봐."

"오오? 어쩐지 희미하게 빛나네."

아리사가 자기 몸을 내려다보면서 중얼거렸다.

희미한 빛은 작동 확인용이니까 금방 사라진다.

"—물리 방어 부여구나."

"장비한 사람한테만 효과가 있고, 두루마리로 부여하는 거랑 비슷한 효과밖에 없지만 말야."

"그래도 찰과상이나 벌레 물리는 걸 막아주니까, 애들이랑 잡초의 바다나 수풀에 돌진할 때는 편리해 보이네."

"너무 거칠게 놀지는 마."

어쩐지 야생아가 되어 가고 있는 아리사에게 말을 해두고 다른 애들한테도 나눠줬다.

"귀여운 팔찌네요."

"똑같애~?"

"포치도 똑같은 거예요!"

루루가 웃으면서 팔찌를 착용하자, 타마와 포치도 자기들 파워 억제 마법 도구가 보이도록 「척」과 「탓」 포즈를 취했다.

"마력을 흘리면 투명한 창이 생기는군요."

"우음. 리자 씨는 반지구나. 나도 반지가 좋은데."

"리자는 기능적으로 반지가 쓰기 편할 것 같아서 그런 거야."

팔찌에서 의사물질의 창을 발생시키면 곧장 잡을 수가 없더라고.

반대로 반지는 방패가 쓰기 불편하다.

"방패."

"미아는 별 모양이구나. 나는 하트 모양이야."

미아와 아리사는 좀 나중에 만든 거라 조금 놀아봤다.

"우후후, 나나 씨랑 저는 사각형 대형 방패네요."

"그래, 그러는 편이 막기 쉽잖아?"

"네."

루루가 대형 방패를 꺼내 확인하면서 멋진 미소로 고개를 끄덕였다.

"마스터, 저는 병아리 모양이 좋다고 고합니다."

"그래, 알았어. 오늘 밤이라도 수정해줄게."

젖가슴을 밀어붙일 기세로 불쑥 다가오는 나나에게 개량을 약속했다.

"좋겠다~?"

"포치는 고기 모양이 좋은 거예요."

"타마도~."

타마랑 포치의 팔찌는 「파워 억제」 관련 기능밖에 없었다.

당장은 무리니까, 조만간에 만화 고기 모양의 방패나 곤봉을 만들어내는 기능을 추가해준다고 두 사람에게 약속했다.

"포치, 타마! 탐색 출발이랍니다!"

카리나 양이 노크도 없이 뛰어들었다.

"새로운 장비인가요?"

다들 황급히 의사 물질로 만들어진 창이나 방패를 지웠지만, 카리나 양은 이미 본 모양이다.

"네, 카리나 님도 뭔가 새로운 장비가 필요한가요?"

"이가 안 빠지거나 부러지지 않는 대검이 필요하답니다!"

간단히 이가 안 빠지는 튼튼한 소재로 만든 건데요?

그렇게 생각하여, 카리나 양에게 준 대검을 가져오도록 부탁했다.

"너덜너덜하네요……."

대체 어떻게 쓰면 이렇게 되는 거지?

『카리나 님은 날을 세우는 걸 잘 못하는 모양이다. 대검보다는 메이스 같은 무기가 적절하겠지.』

카리나 양의 가슴팍에서 「지성을 지닌 마법 도구」인 라카가 가르쳐 주었다.

인텔리전스 아이템

"메이스 같은 건 멋이 없어서 싫은걸요!"

"아하……."

장갑이 두꺼운 상대한테는 메이스 같은 타격 무기가 상당히 유용한데 말이지. 카리나 양의 미의식에서 벗어나는 모양이다.

곤봉을 든 카리나 양이라면 미궁에서 무쌍할 수 있을 것 같은데, 본인이 싫다는 장비를 강요할 생각은 없었다.

뇌리에 호랑이 무늬 비키니를 입은 카리나 양이 곤봉을 휘두르는 근사한 이미지가 떠올랐지만, 아쉬움을 느끼며 떨쳐냈다.

"그렇다면 커터 나이프처럼 교체식으로 해보면 어때? 날이 빠질 때마다 철컥 교체하는 거!"

아리사가 애니메이션이나 만화에 나올 법한 로망 중시의 기믹을 말했다.

카리나 양, 포치, 타마는 흥미진진한 모양이지만, 아무리 그래도 실용성이 너무 낮으니까 기각했다.

"그런 구조로 만들 바에는, 대검 여러 개를『마법의 가방』에 저장해두는 편이 간단하잖아?"

"그렇긴 하지마안."

나는「마법의 가방」을 보여주며 제안했다.

아리사는 미련이 남은 것 같지만, 다른 애들은 내 제안에 납득했다.

"소재별로 몇 종류가 있으니까 전부 넣어둘게요. 나중에 마음에 든 대검을 가르쳐 주세요."

모두 제작자가 내 가명인「헤파이스토스」로 되어 있는 것들이다.

기본적인 공격 성능은 카리나 양에게 전에 건네준 거랑 큰 차

이 없지만, 이번에 건넨 네 자루는 마력을 흘리면 사용자에게
「강력」 스킬이나 「민첩」 스킬과 유사한 효과를 주는 특수 기능이
붙어 있었다.

전에 미티아 왕녀의 종자인 바위의 기사 라브나 용으로 전투
사마귀의 검팔을 사용한 대검을 만들 때 함께 완성시킨 물건이
지만, 외부에 흘러나가면 위험할 것 같아서 사장시켰던 물건들
이다.

그 밖에도 벤 상대에게 전격을 흘려서 마비시키는 한손검이
나 벤 상처가 타오르는 대검 같은 것도 있지만 같은 이유로 사
장되어 있었다.

이건 눈에 띄니까 이번에도 안 꺼냈다.

"딱정벌레 상대로 시험 베기랍니다!"

"오우예에~."

"딱정벌레는 제대로 안 베면 띠용띠용하니까 어려운 거예요?"

신이 난 카리나 양에게 포치가 주의를 주었다.

어제까지 미궁 개미를 사냥했었는데, 오늘부터 미궁 딱정벌
레로 변경한 모양이다.

그제하고 달리 어제는 레벨 업 멀미가 없을 정도밖에 경험치
를 못 번 것 같으니까 마침 좋은 상대로 변경하는 거겠지.

"미궁 딱정벌레를 노릴 거면, 제13구역으로 가면 돼."

제2구역이나 제3구역에 있는 딱정벌레 구역은 마물 확보 경
쟁이 대단히 격렬해서 레벨 올리기에는 안 좋다.

제13구역의 미궁 딱정벌레 구역은 좀 멀리 돌아야 갈 수 있는

장소라 원정을 가는 사람이 적었다.

평소에는 며칠 걸려야 갈 수 있는 곳이지만, 우리가 개척한 제11구역에 있는 눈치채기 어려운 샛길을 경유하면 당일로 다녀올 수 있다.

제나 씨 일행의 사냥터로 고르지 않은 건 사냥터의 허용 파티 수가 적다는 것과, 한 군데에서 나오는 미궁 딱정벌레의 수가 적으니까 이동하면서 마물을 사냥하는 스타일이 되어 마법사가 마력을 회복하기 위한 휴식을 하기가 어렵기 때문이다.

오로지 전위 뿐인 카리나 양 일행이라면 그런 점이 디메리트가 안 되니까 문제없다.

"거기라면 경쟁이 적을 테니까."

나는 말하면서 타마에게 지도를 건넨다.

그 샛길은 미개척이라서, 철거가 안 된 트랩이나 위험한 생물 제거를 타마와 포치 두 사람에게 부탁해뒀다.

나중에 탐색자 학교의 졸업생들에게 새로운 사냥터로 개방할 생각이다.

개방이라고 해도 진입 금지 문을 달거나 한 게 아니라, 13구역으로 가는 지름길을 알려주고 사냥터 정보를 적은 지도를 뿌리는 것뿐이다.

"마음껏 사냥인가요?"

"이건 크게 한 탕 벌 찬스임다!"

동행하는 카리나 양의 종자 피나와 에리나가 춤이라도 출 법한 느낌이다. 미궁 개미보다 딱정벌레가 돈벌이가 되니까.

애기 메이드들에게 도시락을 받은 카리나 양 일행에게, 다치지 않도록 주의를 주면서 미궁 탐색 나가는 걸 배웅했다. 오늘은 리자도 같이 간다.

"있지, 주인님. 카리나 님은 제나처럼 훈련 안 시켜줘?"

걱정하는 아리사에게 대답했다.

"카리나 님은 『배우기보다 익혀라』 타입이니까. 같은 타입인 타마랑 포치한테 맡기는 거야."

타마랑 포치 말을 들어보면, 오전에는 레벨을 올리고 오후부터 미궁의 인기척 없는 구역에서 두 사람을 상대로 대련을 한다고 했으니까 전투에 관해서는 문제없을 거다.

그것 말고 다른 지식에 관해서는, 카리나 양의 종자인 에리나와 신입 아가씨 둘 중 하나에게 척후 훈련을 쌓게 하면 문제없겠지.

신입 아가씨는 재주가 좋은 타입이니까 조금 서투른 에리나보다 그녀가 적임일까?

"뭐어, 생각이 있으면 괜찮지만, 제대로 봐주지 않으면 카리나 님이 삐칠 거야."

"그러게. 봐주는 거하고는 좀 다르지만, 내일부터 사냥터 개척을 하는 건 카리나 님도 같이 가자고 할 셈이야."

"응, 그러는 편이 좋을 거야."

내 대답에 아리사가 웃으며 대답했다.

◆

"—늦어져서 죄송해요!"

점심이 지나서 제나 씨가 찾아왔다.

늦잠을 자서, 바람 마법까지 써가며 전력 질주를 한 모양이다.

가빠진 숨을 가다듬으면서도, 흐트러진 머리칼을 열심히 정돈하는 모습이 귀엽다.

오늘 복장은 태수 부인의 다과회용으로 드레스를 새로 마련했을 때, 평상복으로 함께 선물한 지체 높은 아가씨 같은 써머 드레스다. 청초한 제나 씨에게 잘 어울린다.

"시간을 정한 것도 아니니까요, 그렇게 사과하지 않아도 괜찮아요."

점심에 레스토랑 예약을 했지만, 이 세계의 가게는 시간개념이 애매모호한 편이니까 지금부터 가도 충분하다.

"제나 씨, 저번에 말했던 『파란 사람』이 좋아한다는 와인을 구했어요."

"고맙습니다, 사토 씨."

내 말에 제나 씨가 크게 고개를 숙였다.

상업 길드에서 딱 한 병 입하된 걸 확보해뒀다.

내가 진조에게 부탁 받은 분량은 없지만, 그쪽은 나중에 좀 멀리 나가서 입수할 생각이었다.

"편지를 썼다면 신뢰할 수 있는 사람이 미궁 마을에 간다고 했으니까 함께 맡겨둘게요."

"아, 하지만……."

제나 씨는 자기가 직접 미궁 마을까지 가서 편지를 위탁하고 싶었던 모양이지만, 미궁 마을까지 왕복에 걸리는 시간이나 미궁 마을의 치안에 대해 설명하여 포기하도록 했다.

미궁 마을에 위탁하는 것보다, 나한테 맡겨서 진조한테 직접 건네는 편이 확실하고 말이지.

"그러면, 이거, 부탁드릴게요."

"네. 받아둘게요."

제나 씨가 가방에서 꺼낸 편지를 받았다.

당장이라도 전달해주고 싶지만, 미궁 하층에 있는 진조의 성에 가는 건 진조에게 부탁 받은 물건을 준비한 다음이 될 예정이다.

그래도 미궁 마을에 위탁하는 것보다는 훨씬 빨리 진조 곁으로 전달할 수 있을 테니까 용서해줘요.

"주인 나리. 회화 공방에서 주문한 물건이 도착했습니다."

외출하려는데 종이 다발을 든 미테르나 씨가 보고해줬다.

아리사에게 부탁 받았던 양육원용 마법 입문서에 쓰는 일러스트 복사품이다.

종이 다발을 파라락 넘겨보고, 일러스트가 발주했던 그대로인지 확인했다.

문제가 없기에 내 집무실에 가져다 두라고 부탁했다.

"사토 씨, 지금 그건 혹시—."

"마법 입문서에 사용할 거예요."

마법진이 그려진 페이지가 있어서 깨닫고 신경이 쓰인 모양이다.

흥미가 있어 보이기에 입문서 원본을 보여줬다.

"괴, 굉장하네요. 이렇게 알기 쉬운 마법서는 처음 봤어요."

이렇게 칭찬을 해주니 쑥스럽군. 흥분한 기색을 보니 그냥 인사치레가 아닌 모양이다.

"양육원의 아이들용이라 어려운 이론은 색인만 넣었어요."

"양육원이요? 양육원에 글자를 읽을 수 있는 애들이 있는 건가요?"

제나 씨 말을 들어보니, 글자를 읽고 쓸 수 있는 양육원 아이란 건 대단히 드문 모양이다.

"그러니까, 세류 시에서 구한 학습 카드 덕분이에요."

그렇게 대답하자 더욱 놀랐다.

"읽기 쓰기가 가능하면 취직의 폭이 넓어지니까요."

아이들용 마법 입문서도 그 일환이라고 설명했다.

기왕 얘기가 나왔으니, 외출하기 전에 양육원에 들러서 아리사가 아이들에게 마법을 가르치는 모습을 멀리서 지켜봤다.

"아리사가 가르치는 거네요."

"네. 전속 교사가 없으니까 아리사가 한가할 때 가르치고 있어요."

그것 말고는 자습이다. 나랑 미아도 교사 역할을 맡아볼까 했지만, 나는 설명이 너무 어려워서, 미아는 말이 너무 부족해서, 아이들에게 가르칠 수가 없었다.

"그러면, 저도 비번일 때 가르치러 올까요?"

"그건 꼭 부탁하고 싶은데, 괜찮을까요?"

"네! 저는 이 정도 답례밖에 못하니까요!"

기왕 말을 해줬으니, 제나 씨의 요청에 감사를 표하고 무리가 안 되는 범위에서 아이들 교사 역할을 부탁했다.

덤으로 제나 씨를 양육원 아이들이나 교사들에게 소개하고서, 예약해둔 레스토랑으로 출발했다.

듀케리 준남작의 사모님이 가르쳐준 가게인데, 하급 귀족이나 유복한 상인들이 이용하는 가게니까 제나 씨도 마음 편히 식사를 할 수 있겠지.

"—잘 먹었습니다. 무척 맛있었어요."

제나 씨가 만족스런 표정으로 감상을 말했다.

귀족용으로 마물 소재를 안 쓰는 요리가 중심이라 눈에 확 띄는 소재가 없었지만, 맛은 충분히 만족스러웠다.

"내장도 세련되고, 저 같은 사람이 이용해도 되는 거였을까요?"

레스토랑 안에서 다른 사람들이 힐끔힐끔 엿보던 게 신경 쓰였나 보다.

착석한 뒤에는 테이블 사이에 놓인 관엽 식물의 벽이 시선을 막아줘서 쾌적하게 식사를 할 수 있었지만, 이동할 때 호기심 어린 시선을 느꼈다.

내가 낯선 가련한 소녀를 데리고 식사를 하러 왔으니, 가십을 좋아하는 사람들의 흥미를 끌었나 보다.

『저 같은 사람』이라고 비하하지 않아도 괜찮아요. 오히려 제 탓에 주목을 모아 버려서 죄송합니다."

"그, 그럴 리가요! 사토 씨 탓이 아니에요!"

허둥지둥 부정하는 제나 씨를 보고 무심코 미소가 흘러나왔다.

그 웃음에 이끌렸는지 제나 씨도 웃는 표정으로 돌아왔고, 레스토랑의 어느 요리가 마음에 들었는지 평화롭게 얘기하는 동안 마차가 목적한 장소에 도착했다.

탐색자용 가게가 늘어선 거리다.

"요전에 가르쳐주신 거리네요."

"네. 이곳이 제일 모으기 쉬우니까요."

릴리오를 척후 연수로 보낸 다음에 들른 장소 중 한 군데다.

골동품을 발굴할 수 있는 쿠우츠 옆거리보다 두 길 정도 지난 곳에 있는 거리다.

"전에는 눈치 못 챘는데요. 뼈를 파는 가게가 많네요."

"네. 뼈로 만든 곤봉은 가격이 싸고. 오일 슬라임이 뱉어낸 뼈는 이상한 냄새도 안 나니까 이것저것 만드는 소재로 좋은가 봐요."

미궁도시는 목재가 조금 비싸니까 신인 탐색자용 곤봉이나 돌도끼, 곤충 계통 마물의 발톱이나 송곳니랑 조합한 픽 액스 같은 것의 축으로 데미 고블린의 대퇴골 같은 걸 흔히 쓰는 모양이다.

풀을 엮어서 만든 조끼를 뼈로 보강한 뼈 갑옷은 신인부터 새내기 탐색자까지 폭넓게 쓰고 있었다.

"젊은 나리! 애인한테 이런 건 어때?"

"제, 제가 사토 씨 애인이라니⋯⋯."

노점 주인의 세일즈 토크에 제나 씨가 당황하며 얼굴을 붉혔다.

여전히 이런 식으로 놀리는 거에 약하군.

"뼈만 있는 게 아니고, 뿔이나 발톱을 사용한 액세서리인가요?"

"그건 뼈야. 행운 토끼의 뼈를 사용한 행운의 부적이지."

AR표시가 가게 주인의 거짓말을 보고해줬다.

겉보기에는 전혀 뼈 같지 않지만, 이건 데미 고블린의 손가락 뼈를 가공한 물건이었다.

어떻게 가공했는지 짐작이 안 가니까, 나중에 물어보려고 액세서리 제작자 이름을 맵으로 검색해봤다.

─사령마술사?

어째선지 액세서리를 만든 인물은 뼈 세공 스킬이 아니라 사령 마법 스킬을 가지고 있었다.

어쩌면, 싶어서 공도 어둠의 옥션에서 얻은 사령 마법의 마법서를 검색해 보니 「뼈 가공」이란 마법을 발견했다.

아무래도 뼈를 점토 세공처럼 가공하는 마법 같았다.

호러가 거북하다 보니 제대로 안 읽어 봤는데, 좀비나 스켈레톤을 만들기만 하는 마법이 아닌 모양이다.

"애인 아가씨. 젊은 나리가 미궁에서 다치지 않도록 부적 하나 어때?"

내 반응이 둔하자, 제나 씨로 표적을 바꾼 모양이다.

그러나 제나 씨가 입을 열기 전에 주변의 손님들에게서 웃음이 일어났다.

"뭐, 뭐가 우습냐!"

"그야 우습지."

"그럼그럼. 『상처 모르는』 펜드래건한테 다치지 않는 부적이라니."

"『드래곤한테 갑옷 팔기』도 아니고!"

노점 주인이 성을 냈지만, 웃음 섞인 주위의 남자들 말을 듣고서 금방 자기 실언을 깨달은 모양이다.

—어라?

뼈 세공들 가운데, 유니콘의 뿔 조각을 사용한 펜던트가 있었다.

이 뿔도 아까 그 손가락뼈와 마찬가지로, 사령 마법으로 가공이 되어 있었다.

어째서 이런 곳에 희귀한 유니콘의 뿔이 섞여 있는지는 불명이지만, 사용자의 병이나 독을 해제해주는 근사한 효과가 있으니 제나 씨한테 선물하기 딱 좋겠다.

"기왕 왔으니 하나 살게요."

나는 가짜 행운 토끼의 부적이 아니라, 「이게 제나 씨한테 어울릴 것 같네요」하는 이유를 들어 펜던트를 구입하기로 했다.

"그 행운 토끼의 펜던트는 대동—."

비슷하게 가공을 한 물건인 탓인지, 가게 주인은 유니콘의 뿔도 데미 고블린의 손가락뼈를 쓴 거라고 생각하는 모양이다.

"—은화 한 닢이야!"

그는 바가지 씌울 셈으로 중간에 금액을 바꿨지만, 유니콘의

뽑은 더 가치가 높으니까 그 가격을 지불했다.

남이 산다고 하면 거기에 낚이는 사람이 많은 건지, 내가 사자 웃고 있던 남자들도 「그러면 나도」라거나 「젊은 나리가 산다면 나도」라고 하면서 액세서리를 구매했다.

기쁨의 비명을 지르는 노점 주인에게 은화 한 닢이랑 교환해서 「행운의 부적」을 받고, 그것을 제나 씨에게 선물했다.

"제나 씨의 미궁 탐색에 행운이 있기를."

"고맙습니다, 사토 씨."

제나 씨가 「무척 기뻐요」 하고서 목걸이를 목에 걸었다.

"무척 잘 어울리네요."

제나 씨의 청초한 써머 드레스랑 잘 맞는다.

◆

"조금 쉬었다 갈까요?"

"—네."

내 제안에 제나 씨가 조금 창피한 기색으로 고개를 끄덕였다.

러브호텔 앞의 커플 같은 대화지만, 우리들 앞에는 오픈 테라스가 근사한 카페가 있었다.

카페에서 풍기는 달콤한 향기에 제나 씨의 배가 반응하기에, 꼬르륵 소리는 눈치 못 챈 척하면서 제안했다.

장을 보느라 2시간 가까이 걸렸으니 출출해질 무렵이긴 하지.

"젊은 나리 아니십까!"

가게에 들어가자, 웨이트리스 차림을 한 붉은 머리 소녀가 활기차게 달려왔다.

"넬! 가게 안에서 뛰지 마!"

"아, 알았슴다!"

넬이 주방 안쪽에서 들려온 질책에 고개를 숙였다.

여기는 에치고야 상회 세리빌라 지점이 서쪽 길드 근처에 갓 출점한 카페였다.

미궁도시에는 감미를 제공하는 가게가 적기에, 절호의 입지가 빈 순간에 확보해봤다.

"안녕하세요? 넬 씨. 오늘은 노점이 아니네요."

"맞슴다. 지점장 폴리나 씨가 왕도 본점으로 영전하는 김에 몇 명 정도 데리고 가버려서 카페 인원이 부족해졌슴다."

기밀성이 높은 왕도 공장장으로 임명할 수 있는 인재가 부족해서 폴리나를 왕도로 뽑아갔다.

"하지만, 뭐. 그 덕분에 이 제복 입을 수 있었슴다."

넬이 빙글 턴했다.

스커트는 짧은 편이지만, 안쪽에 파니에를 덧입었으니 그리 간단하게 팬티가 보이지 않는 구조였다. 그래서 틈이 많은 넬이 입어도 안심하고 볼 수 있다.

"귀여운 제복이네요."

"에헤헤, 고맙슴다."

넬이 수줍게 웃으며 인사했다.

카페의 제복이 귀여워서, 에치고야 상회 세리빌라 지점에서도 인기가 많은 일자리라고 한다.

"넬, 안내!"

"아, 알았슴다!"

계속 잡담을 하는 넬을 선배 웨이트리스가 야단쳤다.

"저, 젊은 나리. 지금은 오픈 테라스의 특등석이 비어 있슴다."

조금 초조한 기색의 넬에게 안내를 받아서 오픈 테라스의 테이블에 앉았다.

인기 상품이라는 「개미꿀 듬뿍의 팬케이크」와 에르엣 후작령산의 찻잎을 사용한 청홍차를 주문했다. 현대 일본의 카페와 달리 홍차용 설탕이 유료다.

먼저 온 청홍차로 목을 축이고 있는데, 양손에 접시를 든 넬이 신이 난 발걸음으로 다가왔다.

"기다리셨슴다! 젊은 나리는 개미꿀 듬뿍 대 서비스임다!"

넬이 주문한 물건을 내려놨다.

그녀 말처럼 팬케이크 옆에 있는 밀크 피처 같은 용기에 개미꿀이 넘치도록 들어 있었다.

나는 넬의 서비스에 감사 인사를 하고 청홍차 리필을 부탁했다.

"—맛있어요."

제나 씨가 팬케이크를 한 조각 먹자마자 놀란 목소리를 냈다.

"에헤헤~ 젊은 나리네 루루의 레시피니까 당연함다! 맛없을 리가 없슴다!"

청홍차 리필을 따라준 넬이 자기 일처럼 자랑했다.

"그리고 쿠로 님이 가져다 준 꿀구슬이 엄청 달콤한 검다!"

미궁 개미의 둥지까지 안 가면 채취할 수 없는 개미꿀은, 벌 꿀 정도는 아니지만 나름대로 비싸며 입수가 어렵기 때문에, 스토리지에 다 소비하지 못할 정도로 대량으로 남아 있는 개미꿀을 제공했다.

넬이 돌아간 다음, 제나 씨와 잡담을 하면서 차와 팬케이크를 즐겼다.

그때 귀여운 목소리가 들렸다.

"역시, 주인님 냄새인 거예요!"

"제나도 있어~."

그쪽으로 고개를 돌리자 카페 오픈 테라스와 길을 구분하는 울타리 위에 몸을 올린 포치와 타마가 꼬리랑 손을 흔들며 자신들의 존재를 어필하는 모습이 보였다.

뒤에서 리자가 다가와 둘을 양 옆구리에 끌어안았다.

"주인님, 제나 님. 환담을 방해해서 죄송합니다."

"괜찮아."

리자가 포치와 타마 둘을 회수하면서 사과했다.

"포치, 타마, 아~앙."

리자 옆구리에 안긴 둘의 입에, 접시에 남아 있던 팬케이크를 잘라서 하나씩 먹여줬다. 물론 개미꿀은 듬뿍 묻혔다.

"아~앙?"

"인 거예요!"

제나 씨 쪽을 돌아봤을 때, 그녀가 입을 살짝 벌리고 있던 건 못 본 걸로 하자.

아직 어린 둘에게 내 손으로 먹여주는 건 그렇다 쳐도, 사람들 눈이 많은 장소에서 고교생 정도 되는 제나 씨한테 먹여주는 건 다소 난이도가 높다.

"오늘 미궁 탐색은 끝났니?"

"네, 카리나 님이 쓰러져서 철수했습니다."

"쓰러져요?! 카리나 님이 부상을 당하신 건가요!"

리자의 보고를 착각한 제나 씨가 의자를 박차며 일어섰다.

의자가 쓰러지는 소리에 타마와 포치가 눈을 크게 뜨고 꼬리의 털과 귀를 곤두세웠다.

"아뇨, 다치신 건 아닙니다."

리자가 말하자, 제나 씨가 어깨의 힘을 풀고 안도의 한숨을 흘렸다.

만나고 나서 그다지 교류가 없었던 두 사람이지만, 제나 씨에게 카리나 양은 태수부인의 다과회라는 전장을 함께 싸워나간 전우 같은 포지션일지도 모른다.

"레벨 업 멀미니?"

아인 소녀 세 사람 말고는 보이지 않기에, 포치와 타마의 머리를 쓰다듬어주면서 리자에게 확인했다.

굳이 따지자면 제나 씨에게 들려주기 위한 질문이다.

"네. 카리나 님 일행은 레벨 업 멀미가 심해서, 탐색자 길드의 의무실에 있습니다. 피나 님이 함께 있으니 괜찮을 겁니다."

"레벨 업 멀미, 인가요? 혹시, 전에 쓰러졌다고 한 것도—."

"네, 그때도 레벨 업 멀미더군요."

제나 씨의 질문에 수긍했다.

"대, 대체 얼마나 험하게 싸우면 레벨 업 멀미를……."

"수십 회 정도 동격의 상대와 전투를 했을 뿐입니다. 토벌한 마물은 100이 안 되는 수이니, 험하게 싸웠다고 할 정도는 아닙니다."

"배, 백이요?"

리자의 말에 제나 씨가 말을 잃었다.

"이, 이봐! 들었냐?"

"그래, 과연 흑창의 리자구만."

"동격의 상대랑 연전 같은 걸 했다간, 목숨이 아무리 많아도 부족한데 말이야."

"그 정도로 파격적인 짓을 안 하면, 몇 개월만에 미스릴의 탐색자가 될 수 없다는 거지."

오픈 테라스 앞을 걷고 있던 탐색자들이 조금 기겁하면서 그런 말을 나눴다.

"흥미가 있다면, 한 번, 같이 가시겠습니까?"

"아, 아뇨, 저는―."

리자의 말을 들은 제나 씨가, 이쪽으로 시선을 보내기에 고개를 끄덕였다.

"괜찮아, 리자. 애당초 내일부터 2박 3일로 미궁의 사냥터 개척을 가는 김에, 카리나 님과 같은 페이스로 사냥을 할 셈이었으니까."

"사, 사토 씨?"

어쩐지, 제나 씨 얼굴에 「브루투스, 너마저」라고 말할 것 같은 표정이 떠올랐다.

"저도 동행할 거고, 안전제일로 진행할 거니까 걱정하지 않아도 괜찮아요."

"그, 네……."

생긋 웃으며 말하자, 살짝 주저한 다음에 제나 씨도 납득해 주었다.

조금 표정이 딱딱하지만, 실제로 미궁의 사냥터 개척을 시작하면 기우라는 걸 알게 될 거야.

─그렇지.

이 틈에 제나 씨한테 말을 해두자.

"제나 씨, 내일부터 미궁에 가는 걸로 이야기해둘 게 있어요."

"뭔가요?"

일 모드로 긴장하는 제나 씨에게, 그렇게 대단한 건 아니라고 말하고 본론으로 들어갔다.

"제나 씨 일행만 가면 싸우는 사람 수가 적으니까, 카리나 님과 종자 두 명도 동행하고 싶은데 괜찮을까요?"

"네? 그건, 문제없어요."

제나 씨가 당황하면서도 승낙해 주었다.

오히려 자기들이 걸림돌이 되지 않을까 걱정했지만, 레벨을 따져보면 제나 씨랑 비슷하니까 괜찮을 거라고 보증해두었다.

◆

"—사냥터 개척인가요?"

목욕을 한 뒤 가운 차림인 카리나 양을, 내일부터 2박 3일 사냥터 개척에 초청해봤다.

이 목욕 가운은 아리사의 감수로 가슴과 다리 부분의 방어가 단단한, 로망이 없는 사양이었다.

카리나 양은 타월 천의 폭신한 촉감이 특히 마음에 드는 모양이다.

"네, 제나 씨 일행의 훈련을 겸해서, 제11구역 너머에 있는 구역을 새로운 사냥터로 개척하는 겁니다."

"……제나만…… 치사하네요."

내 설명에 카리나 양이 작게 불평을 흘리는 것을 「엿듣기」 스킬이 포착했다.

전에 아리사가 우려한 것처럼, 카리나 양은 내가 제나 씨만 편애한다고 생각하는 모양이다.

"뉴?"

"왜 그러는 거예요?"

타마는 들린 모양이지만, 목욕한 뒤에 후르츠 밀크를 탐닉하고 있던 포치는 못 들은 모양이다.

"저는, 사냥터 개척에는 참가 안 하겠어요!"

"흥미가 없나요?"

"흥미, 는 있지만……."

"같이 가자~?"

"그런 거예요! 새로운 사냥터에는 새로운 고기가 기다리는 거예요!"

말을 망설이는 카리나 양에게 타마와 포치가 함께 가자고 청했다.

"가겠— 여, 역시 안 가겠어요!"

전투와 먹을 것의 유혹에 질 뻔한 카리나 양이었지만, 고개를 좌우로 붕붕 흔들어 번뇌를 떨쳐냈다.

연동하는 가슴팍의 흔들림에 매료될 것 같으니까 목욕 가운 차림으로 격렬한 움직임은 삼가 주면 좋겠다.

"정말로 안 가? 주인님이랑 루루도 같이 가니까 저녁밥 그레이드도 조금 떨어질 텐데?"

"아, 안 간다고 했으면, 안 가는 거랍니다!"

아리사의 말에 한심한 느낌의 표정이 떠올랐지만, 금방 고개를 휙 돌렸다.

괜히 고집 부리는 건 명백하지만, 너무 끈질기게 권해서 오기가 생기면 난처하니까 일단 물러서기로 했다.

"알겠습니다. 억지로 강요는 못—."

카리나 양의 동행을 포기하려고 하는데, 카리나 양이 퍼뜩 이쪽을 돌아보았다.

버려진 강아지 같은 표정이다.

내가 보살펴주는 게 한 발 늦은 게 원인이니까, 좀 도와줄까.

"—하겠지만, 카리나 님한테 맡긴 무장의 성능 확인을 위해서

라도, 동행을 부탁드릴 수 없을까요?"

"하, 하는 수 없군요. 사토가 그렇게까지 말한다면, 동행해주겠어요!"

조금 억지로 이유를 들어 부탁하자, 카리나 양이 딱히 의문을 갖지 않고 고개를 세로로 끄덕여주었다.

"그렇지 그래. 어쩔 수 없지. 암."

정말이지 솔직하질 못하다니까. 아리사가 작게 중얼거렸다.

뭐, 카리나 양이랑 사이가 틀어지지 않아서 다행이다.

다음날 아침, 카리나 님 일행을 데리고 서문 앞으로 갔다.

나랑 같이 걷고 있는 건 아인 소녀들과 카리나 양, 그리고 그녀의 종자인 에리나와 신입 아가씨 두 사람이다. 이번에는 사람 수가 많아서 피나는 남기로 했다.

다른 멤버도 같이 갈 예정이었지만, 마법 수업이 끊어지는 것에 불만을 품은 아이들이 애원해서 아리사가 남은 것을 계기로, 루루, 나나, 미아 세 사람도 아리사와 함께 양육원에 가기로 되어 버렸다. 본래 사람 수가 너무 많았으니까 딱히 문제는 없다.

일단 최종일에 뭐라도 챙겨서 놀러 온다고 했으니, 제나 씨 일행의 훈련 성과는 제대로 보여줄 수 있을 것 같다.

수행의 성과

"제나입니다. 멀리서 보는 산의 높이는 산자락으로 다가가지 않으면 실감할 수가 없어요. 하지만 상상한 것보다도 높았다고 해서 주춤거리고 있으면, 아무리 시간이 지나도 올라갈 수 없다고 생각해요."

"제나 씨!"

서문 앞에서 기다리는 나를 부르는 소리에 시선을 돌리자, 사토 씨가 인파 너머에서 모습을 드러내는 참이었다.

오늘 사토 씨는 보기 드물게 갑옷 차림이다. 몸이 가벼운 사토 씨답게, 무거움이 느껴지지 않는 가벼운 경장 갑옷을 입었다.

"제나, 소년한테 새삼 반했어?"

"리, 릴리오!"

뒤에서 놀리는 릴리오에게 항의했다.

사실이 아니라고는 못하겠지만, 이제부터 미궁에 가는데 들뜬 기분을 사토 씨한테 알리고 싶지 않았다.

사토 씨 뒤에는 무노 남작영애인 카리나 님과 리자 일행이 따르고 있었다.

카리나 님은 전에 본 미려한 갑옷을 입고, 이오나 씨가 가진 대검 이상으로 거대한 검을 등에 지고 있었다.

"사토 씨, 오늘은 잘 부탁드립니다."

"이쪽이야말로, 잘 부탁드립니다— 카리나 님!"

나를 보고 등을 돌린 카리나 님을, 사토 씨가 붙잡아서 내 쪽으로 돌렸다.

사토 씨가 만진 어깨를 신경 쓰는 카리나 님의 모습에서 그녀의 내심을 알 수 있었다. 사토 씨는 아니라고 했지만, 분명히 그녀는 사토 씨를 좋아한다고 생각했다.

다과회에서 사토 씨 얘기를 하는 그녀는 무척 즐거워 보였다.

용사님 이야기를 할 때 더 기뻐 보인 것은, 분명히 쑥스러움을 감추려고 한 거겠지.

"카리나 님, 벼, 변변찮은 몸이지만 잘 부탁드립니다."

긴장해서 말과 동시에 군대식 경례를 해버린 탓인지, 카리나 님이 당황하는 시선으로 나를 보고 입을 다물어 버렸다.

"카리나 님?"

"아무것도 아니에요."

사토 씨가 말을 걸자, 카리나 님은 호화로운 금색의 머리칼을 훌쩍 뒤로 흘려 넘기고, 엄격한 시선으로 이쪽을 보았다.

"—거, 걸림돌이 되지 않도록 주의하세요."

카리나 님은 시선을 나한테서 돌리더니, 빠른 걸음으로 저벅저벅 미궁 쪽으로 걸어가 버렸다.

"카리나~?"

"까칠까칠은 안 되는 거예요."

"카리나 님, 제나 님은 바람 마법의 달인입니다. 걸림돌이 되는 일은 없습니다."

"그, 그러면 괜찮겠네요."

리자 일행이 중재해준 덕분에 카리나 님의 표정에 떠올라 있던 딱딱한 표정이 부드러워졌다.

사토 씨가 뭔가 귓속말을 하자 새빨개지는 카리나 님의 모습에 조금 가슴 속이 뭉클뭉클했다.

"제나. 적극적으로 안 나가면 소년을 빼앗길 거야. 남자들은 대부분 가슴을 좋아하니까."

"리, 릴리오!"

에잇. 릴리오도 참— 사토 씨는 그런 거 신경 안 써요.

그렇게 마음속으로 반론을 하면서도, 나는 또래보다 조금 발육이 늦은 가슴에 시선을 떨구었다.

다음에 사토 씨랑 외출을 할 때는 한 장 더 천을 덧대볼까…….

"제나 씨, 이제 슬슬 출발이라고 합니다."

"아, 네! 알았어요."

부르러 온 이오나 씨에게 대답을 하고 땅바닥에 놓아둔 짐을 등에 멨다.

볼을 팡 두드려서 들뜬 마음에 기합을 넣고, 나는 미궁으로 이어지는 「죽음의 회랑」으로 걷기 시작했다.

"제나 씨, 숙사에 돌아가면 우리 집안 비전의 풍유술을 가르쳐 줄까요?"

"—이, 이오나 씨?"

귓가에 속삭이는 이오나 씨가 장난꾸러기처럼 웃었다.

"필요 없나요?"

조금 심술궂은 말을 하는 이오나 씨에게 작은 소리로 「아뇨, 부탁해요」라고 대답했다.

나는 어슴푸레한 「죽음의 회랑」에 조금 감사했다.

앞을 걷는 사토 씨에게 볼이 달아오른 걸 들킬 염려가 없으니까―.

◆

"그건 그렇고, 사람들밖에 없네."

선두를 걷는 척후 릴리오가 불평했다.

미궁의 주회랑은 많은 탐색자들이 오고 가기 때문에 마물이랑 마주치는 일이 드물다.

전에 세류 백작령 영지군 미궁선발대를 안내해준 여성 탐색자 집단 「은광」 사람들도, 제1구역이나 주변 구역의 주회랑은 사냥이 안 된다고 했었다.

"나방~."

"미궁 나방인 거예요!"

릴리오와 같이 선두를 걷는 타마와 포치가 어둠 속에 가라앉은 천장을 가리켰다. 나는 어둠밖에 안 보였다.

내가 쓸 수 있는 중급 바람 마법을 이용한 탐색은 움직이지 않는 상대를 발견하는데 적합하지 않아서, 색적 마법으로 전달되는 감각도 두 사람이 말하는 미궁 나방의 존재를 가르쳐주지 않았다.

"어딘데~?"

릴리오가 군용 랜턴을 전방의 천장으로 겨누었다.

이 랜턴은 도적 토벌의 야간 작전용으로 개발된 건데, 비추는 범위를 조절할 수 있는 뛰어난 물건이다.

"―있다. 조금 왼쪽이야."

눈이 좋은 루우가, 릴리오 뒤에서 지시했다.

빛을 비추어도 보호색 때문에 알기 어렵지만, 천장의 패인 곳에 사람의 상반신 정도 되는 거대한 나방이 머물러 있었다.

미궁 나방은 랜턴의 빛을 꺼리는 것처럼 슬금슬금 천장을 기어 어둠 속으로 도망치고자 이동하기 시작했다.

"기다려."

릴리오는 랜턴을 이오나 씨에게 건네고, 등에 진 크로스보우에 쿼렐을 메겼다.

"―칫, 빗나갔어."

릴리오가 눈어림한 것보다도 거리가 멀었던 모양이다.

미궁 나방이 인분을 뿌리면서 이쪽으로 날아왔다.

이오나 씨와 루우가 검을 뽑았다.

"에이~."

"야아, 인 거예요!"

타마와 포치 둘이 뭔가를 굉장한 기세로 던지자 미궁 나방에 박혀 버렸다.

한순간 공중에서 몸부림 친 미궁 나방이 비틀비틀 낙하했다.

"미궁 나방의 인분은 독을 가지고 있으니까 되도록 멀리서 해치우는 게 좋아요. 쓰러뜨린 쪽으로 금방 다가가면 공중에 떠도는 인분을 들이켤 수 있으니까 입가를 적신 천으로 가리도록 하세요."

사토 씨의 지시에 따라 인분이 떠도는 구역을 빠르게 빠져나갔다.

"미궁 나방은 자신을 발견 못하고 아래쪽으로 지나가는 사냥감에게 인분을 뿌리고, 약해지면 뒤에서 공격하는 성질이 있으니까 주의하세요."

"랜턴으로 천장을 잘 비추라는 거지?"

"네, 맞아요."

릴리오의 확인에 사토 씨가 수긍했다.

"표식비가 변했어. 여기서부터 제11구역인가봐."

"여기서부터 적이 늘어나기 시작하니까 주의해주세요."

사토 씨의 주의에 나를 포함한 모두가 고개를 끄덕였다.

처음 나온 분기점에 주회랑을 가로막는 것처럼 쌓여 있는 바위 덩이가 있었다.

아마 천장이 무너져서 중앙의 통로를 막아버린 거겠지.

좌우의 통로도 절반 정도가 무너진 바위 덩이에 묻혀 있었지만, 어떻게 한 사람이 지나갈 수 있는 공간이 있었다.

그리고 주회랑에 굴러다니던 바위 덩이 하나에 릴리오가 다가갔다.

"뭔가, 적혀 있어. 제나, 알겠어?"

"그러니까, 조금 오래된 말투네요. 『지옥에 발을 들인 어리석은 탐색자여. 기사 살해자를 조심하도록 하라』라고 적혀 있어요."

"기사 살해자?"

"기사가 입는 판금 갑옷을 꿰뚫는 『외뿔 메뚜기』하고, 튼튼한 투구도 일그러뜨리는 『바위머리 벌』의 통칭이군요. 둘 다 움직임이 빠르니까 방심하지 마세요."

사토 씨가 자세히 가르쳐 주었다.

과연 대륙에서 가장 오랜 미궁이라 불리는 「세리빌라 미궁」이다.

쉽게 쓰러뜨릴 수 없는 적이 있는 모양이다.

"바위머리 벌은 고기가 달콤해서 맛있는 거예요."

"외뿔 메뚜기는 꿀조림 만들어서 바삭바삭 먹어~?"

포치와 타마가 돌아보며 웃는 표정으로 가르쳐 주었다.

기사를 쓰러뜨리는 마물도, 두 사람한테 걸리면 식재료에 지나지 않나 보다.

꿀조림이라는 요리는 잘 모르니까, 나중에 사토 씨한테 물어봐야지.

"그건 꼭 한 번 먹어보고 싶네요."

"카리나는 분명히 좋아하는 거예요."

내 뒤를 걷는 카리나 님도 흥미진진한 기색이었다.

"와이번 고기는 딱딱하고 맛없었지만, 미궁에서 나오는 마물은 맛있는 게 있구나."

"뉴?"

"와이번도 맛있는 거예요?"

"뭐~야. 와이번도 맛있는 범주라면 외뿔 메뚜기나 바위머리 벌도 기대는 못하겠는데…….."

타마와 포치한테는 미안하지만, 루우 말처럼 과도한 기대는 하지 말기로 해야겠다.

"주인님, 이쯤에서 **그것**을 건네두는 편이 좋지 않을까요?"

"그렇네."

한순간 이쪽을 돌아본 사토 씨가, 리자의 말에 수긍했다.

"제나 씨, 릴리오 씨— 쓰는 팔이 아닌 쪽의 팔 보호대를, 이걸로 교환해 주세요."

사토 씨가 번들번들 빛을 반사하는 팔 보호대를 내밀었다.

"마물 소재의 보호대?"

"네. 팔에 끼우고 마력을 흘려 보세요."

릴리오의 물음에 사토 씨가 고개를 끄덕였다.

나도 그 말처럼 팔 보호대를 교체하고 마력을 흘려봤다.

"—말도 안 돼."

술리 마법사가 행사하는 것과 같은 「방패」가 팔 보호대 위에 달라붙은 것처럼 나타났다.

"헤에, 굉장한데."

"투명한 방패네. 건너편도 보이고, 무엇보다 가벼워서 쓰기 쉽다."

루우와 릴리오가 투명한 「방패」를 보고 천진하게 감상을 말했다.

"제, 제나 씨……."

떨리는 목소리로 나를 부르는 이오나 씨에게 고개를 끄덕였다.

틀림없이, 국보급의 마법 방어구다.

아무리 그래도 「신화 시대의 비보」급 물건은 아니라고 생각하지만, 마력을 흘리고서 방패가 출현할 때까지 말도 안 되는 속도는 그냥 마법 방어구라고 생각하기 어려웠다.

세류 백작님이 가진 마법의 갑옷 「윌렘」으로도, 이렇게 재빨리 마력 장벽을 전개할 수 없었다고 생각한다.

"사토 씨, 이건?"

"술리 마법인 『방패』와 같은 겁니다. 대단한 강도는 아니니까 비상시를 대비한 거라고 생각해 주세요."

"아, 아뇨, 그런 게 아니라……."

내 말에, 사토 씨가 고개를 갸웃거렸다.

마법 도구의 시세를 잘 알지는 못하지만, 적어도 금화 100닢이나 200닢으로는 부족할 텐데…….

사토 씨가 이 마법 방어구의 가치나 귀중함을 모를 리 없다.

그렇다면, 그는 그걸 알고서도, 우리들의 안전을 위해서 빌려준다고 하는 것이다.

"이런 굉장한 물건을 빌려도 괜찮을까요?"

"네, 물론이죠. 이건 에치고야 상회의 회장을 하고 있는 분에게, 실전에서 시험해달라는 의뢰를 받은 물건이에요. 사용하다가 부서져도 변상할 필요 없으니 마음 편히 쓰세요."

마음 편히라고 말을 해도 난처하다.

릴리오처럼 「에헤헤, 좋겠지~」라고 자랑할 수 있는 빠른 태도 전환이 부럽다.

그런 내 내심을 아는지 모르는지, 사토 씨가 더욱이 굉장한 말을 덧붙였다.

"아, 그렇지. 말하는 걸 깜빡 했는데, 손목 쪽의 돌을 누르면서 마력을 주입하면 술리 마법인 『물리 방어 부여』랑 비슷한 마력장벽이 반각 정도 발생해서 몸을 지켜줍니다. 두꺼운 옷을 입은 정도의 방어력밖에 없지만, 찰과상이나 가볍게 베이는 정도라면 막아줄 테니 한 번 써보세요."

"헤에, 척후인 나한테는 편리하겠어."

릴리오는 마음 편하게 말했지만, 이것도 아까 그 「방패」와 비슷할 정도의 값비싼 물건이 틀림없었다.

아마, 붉은 돌 부분만 다른 마법 도구가 되어 있는 거겠지.

"그러면 갈까요. 릴리오 씨, 마력 소모를 조심하세요."

"알았어. 그런데 분기는 좌우 어느 쪽으로 가는 거야?"

"어느 쪽도 아닙니다. 정면 바위틈에 가는 길이 있으니까 그쪽으로 나아가세요."

"―길?"

릴리오가 바위를 조사하러 갔다.

조금 헤매는 릴리오 옆으로 타마가 걸어가더니, 알기 어려운 장소에 있는 바위틈을 가르쳐 주었다.

"여기~?"

"우와, 알기 어려워. 이런 걸 참 용케, 숨겨진 통로를 발견했네."

우리들은 릴리오를 선두로 바위 덩이의 틈을 한 줄로 빠져나 갔다.

중간에 소형 마물과 마주쳤지만, 내 색적 마법이나 릴리오가 먼저 발견할 수 있었기 때문에 선제해서 문제없이 제거할 수 있었다.

넓은 통로로 나온 참에, 릴리오의 움직임이 멎었다.

"잠깐 기다려, 뭔가 있어."

그 말에 우리들 후속도 발길을 멈추었다.

"아아, 그건 함정이 있는 장소를 표시한 도료네요."

"말랑이 발바닥 마~크~?"

"타마랑 같이 그린 거예요."

이 근처는 탐색자 학교의 실습에 쓰는 장소라서, 이미 아는 함정은 발견하기 쉽도록 했다고 한다.

"누군가가 지나간 다음에 시간이 별로 안 지났나 봐."

다시 나아가기 시작하고 조금 지났을 무렵, 릴리오가 중얼거렸다.

분명히, 길옆에 새로운 마물의 시체가 굴러다니고 있었다.

"정화~."

"아미타부울인 거예요."

타마와 포치가 시체에 하얀 가루를 뿌리고, 뭔가 외국어 같은 말을 중얼거렸다.

"저건 시체가 언데드가 되지 않도록 하는 『정화의 재』입니다. 신관의 정화 마법이나 신전에서 만든 성수 정도의 효과는 없지만, 소각하는 것보다는 간편하니까요."

사토 씨 말에 따르면, 작은 항아리 하나 분량이 대동화 몇 닢이나 된다고 하는데, 소형 마물이면 소량만 뿌리면 충분하니까 한 마리당 천화 한 닢 정도밖에 안 든다고 했다.

넓은 통로로 나온 참에, 릴리오가 발길을 멈추었다.

마물의 시체가 몇 개 널브러져 있었다.

"잠깐 기다려, 함정이야."

그 말에 우리들 후속도 멈춰 섰다.

릴리오가 시체 하나를 조사하기 시작하자, 타마도 총총 다가가 옆에서 그 작업을 들여다보았다.

"물러날까?"

"잠깐 기다려— 괜찮아. 조잡한 화살 함정이니까 금방 풀 수 있어. 만약을 위해서 이쪽으로 오지 마."

루우의 물음에 대답하면서 릴리오가 함정을 해체했다.

"이 근처에 새로운 함정이 있는 건 드문 일이네요."

"고블린 트래퍼~?"

"우사사가 본 적 있다고 한 거예요."

사토 씨의 말에, 타마가 고블린 트래퍼라는 함정 고블린 짓이라고 보충해주었다. 포치가 말하는 우사사는 탐색자 학교를 졸업한 토끼 수인의 이름이라고 했다.

"좋아, 해체했어."

"제법인데, 릴리오."

"헤헤, 나한테 걸리면 이 정도는 쉽지. 또 하나 있으니까 그쪽도 정리할게."

루우의 칭찬을 들은 릴리오가 자신만만한 표정으로 또 하나의 시체를 가리켰다.

"헷헤, 초보자를 노리는 2중 함정 정도에 릴리오 님이 걸릴 거라고 생각했냐, 이 말이야."

릴리오가 말하면서 그쪽으로 발길을 옮겼다.

"스토옵~?"

타마가 릴리오의 옷을 붙잡아 멈춰 세웠다.

"―왜?"

"잘 봐~."

타마가 릴리오의 발치를 가리켰다.

여기서는 아무것도 안 보인다.

"……실?"

"끊어지면, 벽에서 독이 푸왁 나와~."

아무래도, 첫 번째 함정을 해체한 척후가 두 번째로 가는 것을 노린 세 번째 함정을 설치한 모양이다.

"어, 어떡하면, 되지?"

"기다려봐~?"

타마가 실을 시선으로 좇아서, 신중한 발걸음으로 시체 하나로 향했다.

"해체체~."

"어때? 되겠어?"

"해체했어~. 움직여도 돼~?"

―빠르다.

다가가서 아주 약간 뭔가 만지작거리기만 했는데 해체하다니.

"역시 타마인 거예요!"

"니헤헤~."

"고마워. 어떤 함정이었어?"

"있잖아~. 이거 봐~?"

릴리오가 타마에게 함정의 구조와 해체 방법을 배웠다.

"미궁에서는 노골적인 함정 근처에는 다른 함정이 있는 일이 있으니까 주의해주세요."

"함정이 하나라고 단정할 수 없다는 건 배웠지만, 설마 둘 다 미끼일 줄은 생각 못했어."

사토 씨의 충고에, 릴리오가 분한 기색으로 고개를 끄덕였다.

"앞에서 뭔가 옵니다."

색적 마법으로 전해지는 감각으로는 그다지 커다란 상대는 아니다.

"루우 씨, 방패를. 바위머리 벌이 세 마리 옵니다."

날갯짓 소리와 함께 어둠 속에서 날아온 그림자 3개를 사토 씨가 정확하게 간파하여 루우에게 전달했다.

"맡겨둬―."

바위머리 벌이 루우의 방패에 맞아서 쿠앙쿠앙, 묵직한 소리가 울렸다.

"—우옷."

세 마리째의 격돌에, 루우가 조금 밸런스가 무너졌다.

"이틈이에요!"

루우의 뒤에서 뛰쳐나온 이오나 씨가 땅바닥에 굴러다니는 바위머리 벌에 대검을 때려 박았다.

"저도 가겠어요!"

"카, 카리나 님!"

"기다리는 검다!"

카리나 님이 뛰쳐나가서, 이오나 씨보다 커다란 대검을 다른 바위머리 벌을 향해서 내리쳤다.

어마어마한 굉음이 통로에 울려 퍼졌지만, 바위머리 벌은 상처 없이 날아올랐다.

"빗나갔어~?"

"더 정진하는 거예요."

"아직 멀었어~ 랍니다!"

"네, 카리나 님은 그만 하시고."

추가 공격을 하려는 카리나 님을 사토 씨가 막았다.

그 사이에도 이오나 씨와 릴리오가 두 마리째에 마무리 일격을 가했다.

"좁은 통로에서 대검을 옆으로 휘두르면 위험하니까, 여기는 그녀들에게 맡기세요."

"아, 알겠어요……."

카리나 님이 얼굴이 빨개져서 고개를 획 돌렸다.

역시, 카리나 님은 사토 씨를…….

"제나 씨, 색적을 하고 있나요?"

―앗, 뭔가 온다.

"전방에서 추가로 와요. 셋, 빠릅니다."

사토 씨의 경고가 없었으면 눈치 못 챘다.

"이오나, 물러나!"

"외뿔 메뚜기가 옵니다. 뾰족한 뿔에 찔리면 치명상이 될 수 있으니 주의해주세요."

루우의 말에 겹치는 것처럼, 사토 씨가 접근하는 마물의 정체를 알려주었다.

아직 거의 모습이 안 보이는데도 사토 씨는 알 수 있는 모양이다.

이것도 탐색자로서 경험의 차이일까?

"으라아아아아아아아아아아앗!"

루우가 「도발」 스킬을 담은 포효를 질렀다.

아까 나온 바위머리 벌과 달리 가벼운 격돌음과 함께, 뿔이 있는 메뚜기가 대형 방패에 튕겨나가 가까운 바위에 박혔다.

"으엑, 바위에 박히다니……."

"과연 『기사 살해자』로군요."

릴리오와 이오나 씨가 루우 뒤에서 감상을 말했다.

―잠깐, 바위에 박혔어?

"루우! 부상은 없나요?"

내 말에 릴리오와 이오나 씨가 루우의 얼굴을 올려다보았다.

"괜찮아. 바위머리 벌 나머지는 나한테 맡기고, 먼저 박혀 있는 녀석을 부탁해."

루우의 말에 안도의 한숨을 흘리며, 이오나 씨와 릴리오가 각자 땅바닥에 박힌 외뿔 메뚜기를 퇴치하러 갔다.

"외뿔 메뚜기는 목을 노리면 편해요."

사토 씨의 조언에 따라, 두 사람이 외뿔 메뚜기의 목에 검을 내리쳤다.

"빠, 빠지질 않는군요!"

세 마리째로 간 카리나 님은, 조준을 잘못해서 대검이 땅바닥에 박혀버린 모양이다.

"신입, 카리나 님을 도우는 검다!"

"네! 저, 해치울게요!"

카리나 님의 종자 두 사람이 세 마리째 외뿔 메뚜기에 소검을 몇 번이나 때려 박았다.

"카리나, 뒤~."

"벌! 인 거예요!"

루우의 대형 방패에 튕겨나간 바위머리 벌이 무방비한 카리나 님의 등을 향해 날아갔다.

―어?

카리나 님의 등에 하얗게 빛나는 비늘 모양의 작은 판이 몇 개나 나타나서 바위머리 벌을 튕겨냈다.

"꺅."

귀여운 비명을 지른 카리나 님도 반동으로 앞을 향해 넘어졌지만, 다행히 다친 곳은 없나 보다.

"으라라아아아아아!"

루우가 다시 「도발」 스킬을 실어서 외쳤지만, 바위머리 벌은 그것을 무시하고 내 쪽으로 날아왔다. 아마 스킬 발동이 실패한 걸 거다.

나는 의외로 냉정한 자신에 놀라면서도, 손에 들고 있던 바람 지팡이를 바위머리 벌에게 겨누고 마력을 담았다.

보이지 않는 바람 탄환이 바위머리 벌을 나한테서 비껴냈다.

바위머리 벌이 가장 뒤에 있는 리자를 향해 날아가 버렸지만, 리자는 흥미 없다는 기색으로 한 번 보기만 하고, 들고 있던 창을 가볍게 움직여 바위머리 벌을 튕겨내어 이오나 씨 눈앞으로 굴려보냈다.

리자에게는 제대로 상대할 만한 적이 아닌가 보다.

잠시 지나 외뿔 메뚜기와 바위머리 벌도 퇴치가 끝났다.

전투가 끝나자 타마와 포치 두 사람이 달려가더니, 시체에서 마핵을 회수했다.

상처가 적은 바위머리 벌 하나를 리자가 회수하더니, 그대로 이쪽에 가져왔다.

"—해체할 때는 내장의 처리에 주의해 주세요. 이곳을 찢으면 고기에 냄새가 베어서 먹을 수가 없게 됩니다. 바위머리 벌은 날개가 돋은 부분이나 등 부분의 고기가 맛있으니까, 매각 목적이 아니라면 이 고기와 마핵만 있어도 됩니다."

리자가 실제로 보여주는 마물 해체 방법을 모두가 견학했다.

각각의 부위가 어떻게 쓰이는지, 어느 정도로 팔리는지를 정성스레 가르쳐주었다.

불과 1년 전까지는 노예였다고 생각하기 어려울 정도의 지식량이었다.

◆

"사토 공!"

"펜드래건 경!"

몇 번인가 비슷한 조우전을 반복하면서 통로를 나아가는데, 비싸 보이는 장비를 입은 아이들 일행과 만났다.

몇 번 탐색자 학교의 교정에서 훈련하는 걸 본 적이 있었다.

분명히, 미궁도시의 태수각하를 비롯한 상급 귀족들의 자제였을 거다.

물론 어린아이들만 있는 게 아니라, 루우보다도 체격이 좋은 여기사나 하얀 갑옷의 기사님이 호위로 붙어 있는 모양이다.

"게릿츠 님 일행은 여기를 거점으로 미궁 민달팽이 사냥인가요?"

"그래! 들어봐라, 펜드래건 경! 드디어 우리들은 레벨 10에 도달했다!"

"근사하군요. 다치지 않도록 열심히 하세요."

"그런데 펜드래건 경, 뭔가 달콤한 것은 없는가?"

"루람 공의 입에 맞을지는 모르겠지만, 박하사탕은 어떤가요?"

"입 안이 상큼해지는군. 음, 이건 좋은 사탕이다."

체격 좋은 소년이 사토 씨한테 받은 사탕을 칭찬했다.

"루람 공만 주는 건 너무 하는 것이니라. 본녀들도 하나씩 소망하노라."

"네, 괜찮습니다, 미티아 님."

다른 아이들도 사토 씨의 사탕을 기쁘게 받았다.

사토 씨는 귀족 자제들에게 인기가 높은 모양이다.

"사작님, 잠깐 말씀 드리고 싶은 것이—."

탐색자 학교의 문장을 단 카지로라는 남성 교사가, 사토 씨에게 귓속말을 했다.

"소형 비행형 종마를 데리고 다니는 탐색자들이요?"

"네. 중간에 스쳐갔을 뿐이지만, 제19구역에서 사마귀를 남획할 거라고 말하는 걸 들었습니다."

우리가 가는 곳도 같은 구역일 테니까, 조금 신경 쓰였다.

"아마, 종마를 보내 위험지대에서 사마귀를 낚아올 생각이겠죠."

사토 씨가 그렇게 말하자 남성 교사도 수긍했다.

"종마를 이용한 낚시는 연쇄폭주를 일으키기 쉬우니, 말려들지 않도록 조심하십시오."

"네, 충고 고맙습니다."

남성 교사의 이야기가 끝나고서 머지않아 척후 담당이 거대한 민달팽이 비슷한 마물을 데리고 돌아와서 전투가 시작되었기 때문에, 우리들은 그들의 거점을 떠났다.

"사작님, 이 앞에는 저런 마물이 많은가요?"

이오나 씨가 창백한 얼굴로 사토 씨에게 물었다.

"저런 마물— 미궁 민달팽이인가요? 저건 아까 그 거점 근처에 있는 물가에 군생하고 있습니다만, 다른 장소에는 거의 안 나타나니까 싸울 기회는 없을 겁니다."

"그, 그래요. 그럼 다행이군요……."

이오나 씨가 가슴을 쓸어내리는 너머에서, 루우도 마찬가지로 안도한 표정을 짓는 게 보였다.

분명히 끈적끈적한 모습에 생리적인 혐오감이 들었다.

릴리오나 사토 씨 일행은 태연해 보였지만, 카리나 님이나 그 종자 두 사람은 우리들과 마찬가지 감상을 품고 있을 법한 느낌이었다.

"뭔가 들려. 다들, 주의해—."

릴리오가 경고하는 걸 듣고서, 타마와 포치가 응응 하며 고개를 끄덕였다.

조금 전부터, 두 사람이 릴리오 쪽을 힐끔거리며 보고 있었으니 두 사람은 그 때부터 들렸던 모양이다.

통로를 따라 조금 나아가자, 내 색적 마법에도 반응이 있었다.

뭔가가 싸우고 있는 느낌이다.

잠시 지나자, 인간족과 수인의 혼성 파티가 메뚜기 마물과 싸우는 모습이 보였다.

전위 세 사람이 방패를 들고 방어에 전념하며, 후위 네 사람이 창으로 공격하고 있었다.

"아아, 우사사~?"

"라비비랑 가우갈도 있는 거예요!"

타마와 포치가 그쪽을 가리키며 사토 씨에게 알렸다.

"사토 씨, 저 애들도 탐색자 학교의 학생들인가요?"

"아뇨, 저 파란 망토는 졸업생의 증거입니다."

사토 씨의 대답에 타마와 포치가 보충해 주었다.

"펜드라~."

"졸업생은 『펜드라』의 망토를 받을 수 있는 거예요!"

"카리나 님도 『펜드라』를 알고 계신가요?"

"아, 알고 있답니다."

카리나 님도 대화에 끼어들고 싶어 보이기에 말을 걸어봤는데, 새침하게 대답하면서 고개를 돌려버렸다.

유감스럽게도 대화가 이어지진 않았지만 생각보다 나를 불쾌하게 생각하지 않는 것 같아 다행이야.

"헤에, 꽤 하는데, 저 녀석들."

"한 명 한 명은 루우 정도는 아니지만, 세 사람이 방패로 마물의 공격을 분산시키고 있으니까 안정되는군요."

"오브코~스~?"

"우사사네는 열심히 하는 거예요."

루우와 이오나 씨가 졸업생들을 칭찬하자, 타마와 포치도 기쁘게 그들을 자랑했다.

"이제 곧 미궁 벼메뚜기^{메이즈 로커스트}를 쓰러뜨리겠어요."

사토 씨가 말한 직후에, 전위에서 싸우는 개 수인 소년의 메이스가 메뚜기의 머리를 분쇄해서 싸움이 끝났다.

"가우갈, 나이스~?"

"우사사랑 라비비도 열심히 한 거예요."

"""타마 누님이랑, 포치 누님!"""

타마와 포치가 말을 걸자, 「펜드라」 아이들이 기쁜 기색으로 대답했다.

"""젊은 나리!"""

사토 씨를 본 「펜드라」 아이들이 달려왔다. 사토 씨는 아이들의 싸움을 칭찬한 다음에 금방 사냥터의 정보교환을 시작했다.

사토 씨의 손짓에 이끌려 나도 그들과 인사를 하고 함께 이야기를 들었다.

"이 앞에 풀밭의 방이 있는데, 미궁 메뚜기나 미궁 벼메뚜기가 번식하고 있었어, 요. 가끔씩 병사 사마귀도 나오지만, 잘 안 보여, 요."

인간족 소년이 존댓말을 쓰는데 고생하며 지도를 한 손에 들고 가르쳐 주었다.

아까 그 메뚜기 말고도 곤충 마물이 이것저것 있는 모양이다.

"풀밭 너머에는, 사마귀 마물이 있는 대공동이 있는데, 사냥꾼 사마귀가 언제나 어슬렁거리고 있으니까 다가가지 않도록 조심하고 있어, 요."

전에 조금 다가갔는데, 바보처럼 두껍고 커다란 화살이 날아왔어

"저네 조큼 타가가는테, 바보처엄 두업꼬 커다안 하사이 나아아써."

사냥꾼 사마귀라……. 들어본 적이 없는 이름의 마물이니까, 나중에 사토 씨한테 물어봐야지.

"사작님, 잘못 본 걸지도 모르지만, 우사사가 사냥꾼 사마귀보다 커다란 마물이 있는 걸 봤다고 했어, 요.『구역의 주인』이나 권속일지도 몰라, 요."

"아아. 그건 있을 지도 모르겠다. 저 공동은『구역의 주인』이 있는 방으로 이어지니까."

들어본 적이 없는 단어가 많다.

"—사토 씨,『구역의 주인』이란 건?"

소년의 이야기가 한 번 끊어진 참에 신경 쓰인 단어를 확인했다.

"레벨이 50쯤 되는 강한 마물입니다. 중급 마족 정도로 강하고 상당히 크기 때문에 싸울 경우에는 미리 준비를 하는 편이 좋아요."

""""레벨 50!""""

놀란 목소리가 우리 일행과 겹치고 말았다.

"레벨도 굉장하지만, 중급 마족 급이라니……."

릴리오가 아연한 표정으로 중얼거린 말에 고개를 끄덕였다.

내 뇌리에 렛세우 백작령에서 본 중급 마족의 모습이 스쳤다.

고작 한 마리인데, 강대한 마법으로 렛세우 백작령의 군을 상대로 괴멸적인 대타격을 주었다.

지금 떠올려도 몸이 떨린다.

"절대로 만나고 싶지 않네요."

"정말 그래."

내가 중얼거리자, 루우가 힘차게 수긍했다.

"그러면 우리는 간다. 이 근처에는 땅바닥으로 의태하는 슬라임도 나오니까 주위나 천장뿐이 아니라 땅바닥도 주의해야 된다."

""""네, 젊은 나리.""""

활기차게 대답하는 펜드라 일행의 배웅을 받으며, 우리는 출발했다.

미궁 벼메뚜기나 미궁 메뚜기가 있는 풀밭의 넓은 방을 회피하고, 최소한의 싸움만으로 통로를 나아갔다.

◆

"―굉장해."

통로 끝의 광원을 향해서 걸어가자, 바위에 둘러싸인 좁은 입구 너머에 지하라고 생각하기 어려울 정도로 광대한 공간이 보였다.

"뷰리포~?"

"엄청 넓은 거예요."

타마와 포치가 바위 위에 올라타 주위를 둘러보았다.

"릴리오 씨, 왼쪽으로 나아가세요."

"알았어."

두 사람과 함께 공동을 둘러보고 있던 릴리오가, 사토 씨의 지시에 따라 이동을 재개했다.

나도 사토 씨의 손을 빌려서 통로 출구에 있던 바위를 뛰어넘었다.

우리가 걸어온 통로는 대공동 중간 높이에 있는 노출된 회랑으로 이어지는 모양이다.

"색적 마법에 반응은 있지만, 모두 벼랑 아래쪽인 것 같아요."

아까 펜드라 일행이 말했던 거대한 마물의 모습은 보이지 않았다. 안쪽은 안개 같은 것이 피어올라 있어서 잘 안 보이니까, 그쪽에 있을지도.

"위험."

타마가 작은 소리로 경고를 했다.

릴리오가 엎드려서 땅에 귀를 댔다.

내 색적 마법에 반응이 있는 건 벼랑 아래쪽 부근을 배회하는 마물들뿐이다.

"무거운 발소리— 뭔가 온다!"

"봐, 인 거예요!"

포치가 안개 너머를 가리켰다.

말의 목을 끌어안은 기사 같은 그림자가 안개에 비쳤다.

"사냥꾼 사마귀인가 보네요."

사토 씨가 태평한 목소리로 말했다.

안개 너머에서 검은 뭔가가 뛰쳐나왔다.

"엎드려!"

릴리오의 외침과 동시에 몸을 숙였다.

모두가 엎드린 것과 거의 동시에, 바람 가르는 소리와 뭔가가 바위에 박히는 소리가 울렸다.

올려다본 시선 끝에, 거대한 화살이 바위에 박혀 있었다. 창을 몇 개나 뭉쳐놓은 것처럼 두꺼운 화살이었다.

저걸 맞았으면 즉사였을 것이다.

등골이 오싹해지고, 손발이 떨렸다.

"사냥꾼 사마귀한테 발견된 것 같아요. 릴리오 씨, 전방에 있는 구멍으로 서둘러 주세요."

사토 씨의 냉정한 지시가 내 떨림을 억눌러주었다.

"알았어!"

릴리오가 외치고 달렸다.

이어서 달리기 시작한 시야 구석에, 거대한 사마귀가 장궁 같은 것에 화살을 메기는 것이 보였다.

—위험해.

이대로는 늦는다.

쿠앙 소리가 나면서 벽에 화살이 박혔다.

누군가에게 맞은 줄 알았던 화살이, 눈으로 본 것보다 상당히 높은 위치에 박혀 있었다.

마치, 보이지 않는 거인이 화살을 튕겨내 준 것 같았다.

"자, 달려요! 다음 화살이 오기 전에!"

사토 씨의 목소리에 내몰리는 것처럼, 우리는 벽면에 뚫린 동굴 모양의 통로로 뛰어들었다.

"모두 다 있죠? 조금 휴식한 다음에 사냥터로 이동해요."

죽다가 만 직후인데, 사토 씨는 평상운전이었다.

그건 리자도 그렇고, 타마와 포치도 마찬가지였다.

이게 미궁탐색자의 일상인 모양이다…….

하다못해, 사토 씨 일행의 걸림돌이 되지 않도록 노력해야지.

◆

"굉장해, 제나! 이 물가, 물이 엄청 맑아. 이대로 마셔도 되겠어."

물가를 조사하고 있던 릴리오가 돌아보며 보고했다.

사토 씨의 안내로 도착한 제19구역에는, 조금 손질하기만 해도 장기 탐색의 거점으로 삼을 수 있을 법한 안전지대가 있었다. 30명에서 50명 정도가 야영할 수 있을 정도로 넓었다.

"이 열매는 먹을 수 있을 것 같은 거예요."

"맛있어?"

"모르는 거예요. 주인님이 『먹어도 된다』고 한 거 말고는 먹으면 안 되는 거예요?"

물가 근처에 나 있는 식물을 조사하던 포치가 릴리오와 대화를 나눴다.

"저쪽에는 화장실이나 쓰레기장으로 쓸 법한 장소도 있어."

"낡은 느낌이나 덩굴이 뻗은 걸로 보니 상당히 오래 방치되어 있었지만, 모두 믿을 수 없을 만큼 상하질 않았네요."

타마를 데리고 조사를 하러 간 루우와 이오나 씨가 돌아왔다.

"저 너머 사냥터로 좋을 법한 광장에, 몇 갠가 사냥의 진지 구축에 편리한 장소가 있었어요. 마물의 종류도 사전에 입수한 정보랑 다르지 않네요."

사토 씨가 지도를 한 손에 들고 돌아왔다.

함께 갔던 리자가 뭔가 커다란 짐승을 지고 있었다.

"저기, 그건?"

"저녁식사용으로 사냥해 왔습니다. 『악어 도마뱀붙이』는 팔다리의 흡반으로 벽이나 천장에 달라붙어 이동하니까 사냥할 때는 색적 범위에 주의해 주세요."

리자가 내 질문 이상의 대답을 해주었다.

"제나 씨, 마물의 분포는 이런 느낌이었어요. 가지고 있는 지도에 반영해 주세요."

"네, 고맙습니다."

사토 씨가 빌려준 지도에 눈길을 주었다.

섬세하고 예쁜 글씨가 있었다. 적혀 있는 정보는 마물의 분포나 함정의 장소, 그리고 긴급시의 피난 장소 등이다.

나는 옆에서 들여다보는 릴리오를 위해 읽어주면서 베꼈다.

개척 예정 장소에는 레벨 6부터 8정도의 미궁 벼메뚜기나 미궁 메뚜기 같은 마물이 널리 분포해 있으니, 레벨 12부터 15인 우리들에게는 딱 좋은 장소 같았다.

하지만―.

"사, 사토 씨, 이거 말인데요―."

나는 마물의 분포표를 보여주면서 물었다.

"무슨 문제 있나요?"

"이 배치를 보면, 병사 사마귀나 악어 도마뱀붙이를 피해서 미궁 벼메뚜기나 미궁 메뚜기를 사냥하는 건 어렵지 않을까요?"

병사 사마귀나 악어 도마뱀붙이는 레벨이 15전후라고 적혀 있으니, 섣불리 싸우면 위험하다.

카리나 님 일행의 실력은 잘 모르지만, 우리들 네 사람은 부상자를 내면서 아슬아슬하게 이길 수 있을 정도. 영민을 지키기 위한 싸움이라면 모를까, 일부러 싸움을 거는 상대로 보기에는 너무 강하단 생각이 들었다.

"—피해요?"

사토 씨가 신기하단 기색으로 고개를 갸웃거렸다.

"딱히 피하지 않아도 상관없어요. 서서히 익숙해져서, 최종적으로는 병사 사마귀와 악어 도마뱀붙이를 주체로 사냥할 예정입니다."

"으엑, 진짜로?"

마물의 영역에 침입해서 적을 낚아오는 역할인 릴리오가 비명을 섞어 외쳤다.

그 목소리를 듣고 이오나 씨와 카리나 님 일행이 모여들었다.

"레벨 15전후?"

"악어 도마뱀붙이는 모르겠지만, 병사 사마귀는 상당히 강한 마물이었는데."

"상대가 한 마리라고 해도, 동격 이상의 적과 싸우는 건 위험하지 않을까요?"

이오나 씨와 루우도 우리와 같은 반응이었다.

하지만, 카리나 님은 조금 달랐다.

"동격의 적이랑 싸우지 않으면 수행이 안 된답니다! 그렇죠, 포치, 타마."

"예스~."

"그런 거예요! 강한 적과 살털털이피펄펄의 싸움이 중요한 거예요!"

카리나 님 일행은 계속 그런 식으로 싸운 모양이다.

……그 정도로 무모한 짓을 안 하면, 헛소리라는 소문이 도는 레벨 업 멀미가 될 정도로 급격하게 레벨이 오르지 않는 거겠지.

"……해봐요."

"제, 제나?"

내 결의에, 릴리오 일행은 내가 제정신인지 의심하는 시선을 보냈다.

스스로도, 무모한 짓이란 건 알고 있었다.

하지만, 그래도, 나는──.

"괜찮아요."

사토 씨가 상냥하게 내 어깨를 두드렸다.

"처음에는 고전할 테니까 미궁 벼메뚜기나 미궁 메뚜기를 쓰러뜨려서 레벨을 올리고, 병사 사마귀에 익숙해지는 느낌으로 갈 생각입니다."

사토 씨가 보충해줬지만, 우리 일행은 동격의 적과 싸우는 것에 저항감을 느낀 모양이다.

"그리고 위험해지면 우리가 가세할 겁니다. 병사 사마귀나 악어 도마뱀붙이 정도라면 몇 십 마리가 오든 우리가 처리를 할 수 있으니까요."

사토 씨가 그렇게 말해준 덕분에, 우리 일행도 양해해 주었다.

"키 높이의 잡초가 잔뜩 있어요."

안전지대에 원정의 짐을 두고서, 우리는 가벼운 상태로 사냥터 예정지로 이동했다.

성에 있는 훈련장과 비슷할 정도의 넓이에다, 천장에서 약한 빛이 내리쬔다. 광원이 아래쪽을 향하고 있는 탓에, 천장 부근의 어둠은 한층 더 으스스함이 늘어 있었다.

그 한 구석에 있는 거점으로 삼기 좋은 장소를 골라 진지를 구축했다.

진지라고 해도, 흙 마법사가 없는 상황이니까 전투에 방해가 될 법한 바위 같은 걸 밖으로 던져 놓거나, 진지 바깥쪽의 잡초를 베어내 시야를 확보하는 정도뿐이었다.

"제나, 적은?"

"방 전체에 잔뜩 있어요. 강해 보이는 마물은 세 마리 정도, 미궁 벼메뚜기나 미궁 메뚜기 같은 소형 마물은 40마리 이상 있는 것 같아요. 진지 근처에는 없어요."

나는 색적 마법으로 전달되는 정보를 분류하면서 루우의 질문에 대답했다.

천장에 있는 어둠 속에도 한 마리 커다란 마물이 있다. 아마, 악어 도마뱀붙이다.

미궁 벼메뚜기나 미궁 메뚜기보다 작은 미궁 날벌레나 바늘 날벌레가 잡초보다 조금 높은 장소를 윙윙 날고 있었다.

"소년, 뭐 하는 거야?"

"레벨 올리기 대상이 안 되는 잔챙이가 다가오지 않도록 마물 퇴치 가루를 뿌리고 있어요."

진지 주위에 하얀 가루를 뿌리고 있던 사토 씨가 릴리오에게 대답하는 게 들렸다.

일반 벌레도 쫓을 수 있죠. 웃으면서 대답해줬다.

"……제나 씨?"

"죄, 죄송해요. 조금 딴 생각을 했어요."

"그런가요—."

사토 씨의 미소에 시선을 빼앗기고 있었다고 하면, 우리 분대가 사흘 정도는 놀릴 테니까 얼버무렸다.

물론, 이오나 씨가 의미심장하게 사토 씨를 힐끔 보고서 말을 이었으니까. 얼버무리는데 성공했는지 자신이 없다.

이오나 씨나 루우와 전투할 때 마법 우선순위를 재확인했다.

"제나 씨, 고개 숙이세요—."

이오나 씨의 시선 끝에, 잡초의 바다에서 뛰쳐나온 병사 사마귀의 머리 부분이 보였다.

언젠가는 저것과 싸우는 것이다.

"미경험이라면 불안할 테니까, 한 번, 병사 사마귀랑 싸워보죠."

"—네?"

당황하는 우리에게 말하더니, 사토 씨가 타마에게 병사 사마귀를 낚아오도록 명했다.

"괜찮답니다! 저 혼자서도 쓰러뜨린 적이 있는 걸요!"

"카리나, 방심은 금물인 거예요."

그런 대화를 나누는 두 사람과 달리, 우리들은 급변하는 사태에 따라갈 수가 없었다.

"병사 사마귀는 세리빌라의 미궁에 출현하는 사마귀 마물 중에서는 가장 격이 낮고, 무리일 것 같으면 우리가 쓰러뜨릴 테니까 안심하고 힘을 시험해 주세요."

우리들의 모습을 깨달은 사토 씨가 그렇게 말해주지 않았으면, 우리는 실력의 절반조차 발휘하지 못했을 지도 모른다.

얼마 지나지 않아, 타마가 병사 사마귀 한 마리를 낚아왔다.

커다랗다.

루우의 두 배는 되는 키였다.

이 정도로 강해 보이는 마물인데, 세리빌라 미궁에 출현하는 사마귀 마물 중에서는 가장 격이 낮다고, 사토 씨가 말했다.

그렇다면, 이 정도 상대를 두려워할 수는 없었다.

나는 얼마 안 남은 기력을 쥐어짜서, 다가오는 병사 사마귀를 노려보았다.

"이쪽이다! 괴물 자식!"

루우가 도발 스킬을 실은 외침을 병사 사마귀에게 부딪혔다.

—KWWWAAAAMUA.

병사 사마귀가 발을 멈추고, 날개나 4개나 있는 앞 다리를 펼치더니 위협의 포효를 질렀다.

"……■ ■ ■ 바람의 속박."

움직임을 멈춰준 덕분에 편하게 방해 마법을 쓸 수 있었다.

바람이 병사 사마귀의 팔다리에 달라붙더니 움직임을 둔하게 만들었다.

—KWWWAAAAMUA.

"으라아아아아아아!"

병사 사마귀가 분노의 포효를 지르자, 루우가 그것에 대항하는 것처럼 외쳤다.

루우의 도발에 걸린 병사 사마귀가 끝 부분이 검처럼 된 앞다리— 검팔을 상단에서 세차게 내리쳤다.

철판이라도 파헤칠 기세였다.

"—크옷."

그러나, 루우의 대형 방패가 병사 사마귀의 공격을 받아냈다.

"될 것 같아. 사마귀 자식의 공격은 나한테 맡기고, 공격을 부탁해."

"릴리오."

"알았어!"

이오나 씨가 대검으로 병사 사마귀의 앞 다리를 공격하고, 릴리오가 크로스보우로 병사 사마귀의 머리를 노렸다.

릴리오의 쿼렐은 머리의 갑각에 튕겨나갔지만, 이오나 씨의 대검은 앞 다리의 갑각에 금을 내어 피가 흘렀다.

"저희들도 가겠어요!"

"카리나 님은 대검으로 아군을 공격하지 않도록 측면 후방에서 공격해 주세요."

대검을 어깨에 짊어진 카리나 님이 사토 씨의 지시에 따라 병사 사마귀의 측면으로 달려갔다.

"에리나와 신입 아가씨는 루우 씨에게 방해가 되지 않는 범위에서, 그녀의 뒤에서 단창으로 공격해줘."

"알겠습다!"

"아, 네! 열심히 할게요."

카리나 님의 호위 두 사람이 이동할 때는 들고 있지 않았던 단창으로 전투에 참가했다.

……카리나 님의 호위인데, 그녀를 지키지 않아도 되는 걸까요?

"이야아아아아랍니다!"

카리나 님이 노호의 기세로 병사 사마귀에 대검을 때려 박았다.

일격을 넣을 때마다 병사 사마귀의 자세가 무너질 정도의 위력이었다.

"굉장해…… 카리나 님도 사토 씨 일행처럼 고레벨인 걸까요?"

"아뇨, 카리나 님은 제나 씨보다 레벨 1이 높을 뿐이에요."

—정말로?

"다만, 카리나 님은 무노 남작 가문의 가보인 『지성을 지닌 마법 도구』인 라카가 있으니까요."

무거워 보이는 대검을 나뭇가지처럼 휘두르는 카리나 님의 괴력은, 그 라카가 내려준 부여 효과라고 가르쳐 주었다.

"뉴~."

"카리나~ 날 세워서 안 치면 못 쓰러뜨리는 거예요!"

"저렇게 힘에 맡기고 때린다면, 라카 공이 말한 것처럼 곤봉이 좋다고 생각합니다만……."

카리나 님을 지켜보고 있던 리자 일행이 탄식했다.

저런 굉장한 공격도 리자 일행에게는 급제점에 도달하지 못한 모양이다.

"내 크로스보우로는 눈을 안 노리면 무리겠어."

"그래도 상관없어요. 루우 씨에게 향하는 공격을 허술하게 만드는 걸 목적으로, 병사 사마귀를 견제해 주세요."

"후~응, 그런 거구나……. 하지만, 저 사마귀는 겉보기랑 달리 공격력이 없어 보이는데, 루우의 지원 같은 거 필요해?"

"그렇지도 않아요."

릴리오의 의문에 사토 씨가 대답하더니, 병사 사마귀 쪽으로 성큼성큼 걸어갔다.

어느샌가 들고 있던 튼튼해 보이는 방패를 양손으로 지탱하고, 병사 사마귀의 검팔 공격을 받아냈다.

"─으엑."

그 결과를 본 릴리오가 말을 잃었다.

병사 사마귀의 검팔이 사토 씨가 가진 방패를 관통하고 있었다.

실험이 끝났다는 기색으로, 사토 씨가 돌아와서 방패를 릴리오와 나에게 보여주었다.

루우가 영지군에서 쓰고 있던 방패보다도 두꺼운 강판이 들어간 방패가 관통 당했다.

"위험해~?"

"카리나, 어그로 너무 끌면 안 되는 거예요!"

타마와 포치가 소란을 피웠다.

두 사람의 시선을 따르자, 카리나 님 쪽을 돌아보려는 병사 사마귀가 보였다.

"아무래도 너무 열심히 해서 마물의 카리나 님으로 목표를 변경한 모양이네요."

사토 씨가 태평한 목소리로 가르쳐 주었다.

루우가 황급히 도발 스킬을 담아서 외쳤지만 반응이 없다.

병사 사마귀의 주의를 끄는 것에 실패한 모양이다.

"도발 스킬은 연속으로 사용하면 효과가 적어요."

친절하게 해설해주는 건 기쁘지만, 그럴 때가 아니라고 생각했다.

내 염려는 금방 실현됐다. 카리나 님에게 병사 사마귀의 검팔 일격이 정면으로 명중하여, 세차게 벽까지 날아가 버렸다.

나는 서둘러 마법을 영창했다.

스크래치 윈드
"■ ■■■ 바람 할퀴기."

카리나 님에게 추가 공격을 하려고 하는 병사 사마귀의 머리에 폭도 진압용 하급 공격 마법을 사용했다.

이 마법은 찰과상을 입히는 정도의 약한 마법이지만, 아까 사토 씨가 말한 「주의를 흐트러뜨리는」 것에는 안성맞춤인 마법이다.

내가 노린 것처럼, 카리나 님에 대한 공격을 막을 수 있었다.

그 틈에 루우가 병사 사마귀의 주의를 자신에게 끌어들이는 것에 성공했다.

"우~읍스."

"당해버리다니 한심하도다, 인 거예요."

카리나 님의 옆에서 타마와 포치가 고개를 옆으로 젓는 게 보였다.

너무나도 박정한 반응에 나는 말을 잃었다. 두 사람은 카리나 님과 사이가 좋다고 생각했었는데, 혹시 아닌 거였을까?

"마, 마법약을―."

파우치에서 마법약을 꺼내며 달려가는 나를 사토 씨가 말렸다.

"괜찮아요."

사토 씨가 가리키는 곳에서, 카리나 님이 「실수했네요」라면서 태연하게 일어서고 있었다.

"라카의 수호가 있으니까요. 병사 사마귀의 공격을 몇 번 받는 정도라면 상처 하나 없어요."

굉장해……. 세류 백작령 최강인 키고리 님이 사용하는 「금강신」이랑 같은 힘을 부여하는 마법 도구라니…….

포치와 타마가 박정하게 보인 건 오해였나 보다. 내심 두 사람에게 사과했다.

"―루우!"

"긁힌 상처야. 신경 쓰지마."

루우의 검을 들고 있는 쪽 팔에 피가 스며 나왔다.

병사 사마귀의 주의를 자신에게 돌리려고 무리했을 때 공격을 받은 모양이다.

"…… ■ 치유의 바람."

지혈 정도의 효과밖에 없지만, 지금은 이게 고작이다.

만약을 위해 카리나 님이 다치지 않는지 확인했다.

"검이 없어졌는걸요?"

"사마귀 아래~?"

"검이 없어도, 강철의 육체가 있으면 괜찮은 거예요!"

"알겠답니다!"

—어?

도움닫기를 한 카리나 님이 병사 사마귀의 몸통에 날아 차기를 했다.

예상을 넘어선 공격을 받고서, 병사 사마귀가 발을 굴렀다.

기분 탓인지, 병사 사마귀의 겹눈에 동요가 떠오른 것 같았다.

"으랏차아아아아아!"

그때 루우의 방패 공격이 들어가서, 병사 사마귀가 옆으로 쓰러졌다.

"턱 아래를!"

사토 씨의 조언에 따라, 이오나 씨의 대검이나 카리나 님 호위들의 단창이 차례차례 병사 사마귀의 턱에 박히고, 간신히 쓰러뜨리는데 성공했다.

"지쳤다⋯⋯."

"간신히 이겼군요."

루우와 이오나 씨가 땅바닥에 주저앉았다.

"금방 치료할게요. 부상을 입은 사람은 루우 근처로 모여주세요."

"기다려 주세요. 제나 씨는 마력 회복을 하세요."

내가 영창을 시작하려는 걸 사토 씨가 막았다.

"하, 하지만—."

아리사도 마법을 쓸 때 말고는 되도록 마력 회복에 전념하라고 했지만, 상처를 막는 건 중요하다.

미궁처럼 독기가 짙은 장소에서 상처를 방치하면, 거기서부터 저주를 받아 죽음에 이르는 일마저도 있다.

"부상의 치료는 되도록 마법약을 사용해 주세요. 하급, 중급의 두 종류가 있으니까 상처의 정도에 따라 구분해서 쓰시면 됩니다. 전투중에 다쳤을 경우는, 전위가 마법약을 쓸 여유가 없을 것 같으면 제나 씨의 회복 마법으로 치유해 주세요."

"하, 하지만……."

큰 상처도 아닌데, 값비싼 마법약을 사용하는 것에 저항감이 있다.

"마법약은 소모하면 얼마든지 보충할 수 있으니까요, 신경 쓰지 말고 써주세요."

"신경 쓰지 말라고 하셔도……."

이오나 씨도 저항감이 있는 모양이다.

"마물을 몇 마리 쓰러뜨릴 때마다 하나씩 쓸 정도의 페이스면 딱 좋은 느낌이네요. 스태미나 회복용의 약도 있으니까 집중력이 끊어지기 시작하면 사용해주세요."

"사, 사토 씨, 그건 아무래도 너무 쓰는 게 아닐까요?"

"괜찮아요. 이 정도라면 마법약의 과잉 섭취가 안 되니까요."

"아뇨, 그게 아니라……."

사토 씨는 뭐가 문제인지 모르겠다, 라고 말하는 표정을 짓고 있었다.

"뭐, 괜찮지 않아? 한 번 정도 사치스런 전투라는 걸 경험해 보는 것도."

"그렇네!"

릴리오의 말에 루우가 찬동했다.

"하지만 뭐, 아픈 건 싫으니까, 되도록 열심히 방어하겠지만!"

루우가 마지막으로 말하고, 이 이야기는 그걸로 끝났다.

"그 정도로 무리한 상대는 아니었죠?"

"네. 하지만, 그건 아마도 이 장비 덕분이에요."

"그렇네. 철 방패를 관통하는 공격도, 이 대형 방패가 받아내 줬어. 방패 너머로 공격을 몇 번인가 받았는데, 그것도 갑옷이 막아줬어. 갑옷이 없는 장소를 할퀸 공격이 없었다면 이런 긁힌 상처마저도 없었을 거라고 할 수 있지."

"검도 그래요. 전에는 가보인 강철검으로 약한 관절 부분에 상처를 내는 게 고작이었는데, 사작님에게 빌린 이 검은 병사 사마귀의 튼튼한 장갑을 베어내고 대미지를 줄 수 있었습니다."

그 말을 들고 보니, 내 방해 마법도 전에 싸운 병사 사마귀보다 저항이 적은 생각이 들었다.

훈련에서 빌렸을 때도 느끼고 있었지만, 사토 씨가 준비해준 건 우리들이 생각하는 것보다도 고성능에 값비싼 장비일지도 모른다.

"그러면, 사냥을 시작하죠."

릴리오가 타마와 함께 다음 마물을 찾으러 갔다. 다음부터는 약한 미궁 벼메뚜기나 미궁 메뚜기가 중심이다.

미궁 벼메뚜기나 미궁 메뚜기는 병사 사마귀하고는 비교가 안 될 정도로 약하다. 가끔 릴리오가 낚는데 실패해서 몇 마리 한꺼번에 데리고 왔을 때 고전한 정도였다.

사토 씨나 리자의 조언을 들으면서 싸우는 동안, 그 고전도 없어지고 두 마리째의 병사 사마귀와 싸웠을 때도 한 마리째보다 편하게 싸울 수 있었다.

세 마리째 병사 사마귀를 쓰러뜨릴 때는 상처도 없었을 정도다.

마법약을 물 쓰듯이 쓰면서 광장의 마물 소탕을 끝낸 우리는, 그대로 여기를 거점으로 주변 광장에서 릴리오가 데리고 온 적을 쓰러뜨렸다.

연전에 이은 연전.

한 마리 쓰러뜨렸을 때, 다음 한 마리가 순서를 기다리고 있는 것이다.

쓰러뜨린 수는 100마리를 넘었을 때 세는 것을 관뒀다.

중간부터는 방에서 방으로 이동하면서 사냥을 하고, 사토 씨가 벼메뚜기와 메뚜기는 효율이 나쁘다고 하면서 사마귀 마물에 더해 「미궁 달팽이」나 「적색 곤봉딱정벌레」라는 달팽이나 붉은 껍질을 가진 곤봉딱정벌레라는 마물을 사냥 대상으로 바꾸었다.

분명히, 우리들의 레벨이 올라간 거겠지.

그리고, 드디어―.

"릴리오?"

"괜찮아, 조금 현기증이 난 것뿐이야."

"레벨 업 멀미의 징후가 있네요. 한 번 안전지대로 돌아가서 휴식을 하죠."

─급격한 레벨 업을 했을 때 발생한다는 레벨 업 멀미를 체험하게 됐다.

◆

"지쳤다아⋯⋯."

"후우, 이제 못 움직여."

"잔뜩 싸웠으니까요."

안전지대에 도착하자마자, 릴리오와 루우가 땅바닥에 무너져 내렸다. 이오나 씨와 카리나 님의 호위들도 힘들어 보였다.

하긴 동격에 가까운 상대와 연전, 연전, 또 연전이었으니 어쩔 수 없다.

그러는 나도, 마법을 너무 사용해서 눈을 뜨고 있는 것도 힘들었다.

"사토, 배가 고프군요."

건강한 건 카리나 님 정도였다.

"밥, 잡아올게~."

"포치도 가는 거예요!"

타마와 포치가 안전지대 밖으로 뛰쳐나갔다.

"잠깐─."

"걱정하지 않아도 괜찮습니다. 이 근처에 두 사람이 다칠만한 적은 없으니까요."

불러 세우려고 했지만, 리자가 괜찮다며 가슴을 두드렸다.

사토 씨도 고개를 끄덕였으니, 내 걱정은 기우였던 모양이다.

물통의 물을 들이켜고 주변 경계를 하려는 릴리오를 사토 씨가 말렸다.

"이곳 경계는 저랑 리자한테 맡기고, 릴리오 씨도 쉬세요."

"고마워. 그럼, 조금 쉬어야겠어."

"제나 씨도 색적 마법을 해제하고 휴식해주세요. 3시간 정도 지나면 깨울 테니까 그때까지 느긋하게 자고 있어요."

사토 씨가 준 부드러운 깔개 위에 눕자, 순식간에 잠에 빠지고 말았다.

"―좋은 냄새."

눈을 뜬 우리를 기다린 것은, 미궁에 있다고 생각하기 어려울 정도의 진수성찬이었다.

테이블 위에 늘어선 것은 부드러워 보이는 하얀 빵이 담긴 바구니나 커다란 그릇에 담긴 신선한 야채와 과일, 그리고 적절하게 구워진 두꺼운 고기가 쌓여 있는 커다란 접시, 김이 피어오르는 커다란 냄비에는 호박색의 스튜가 가득했다.

그쪽에서 흘러나오는 향신료와 소스가 구워진 향기가 뱃속을 자극했다.

사토 씨 앞에서 꼴사납게 울리지 않도록 배에 힘을 주었지만, 그런 저항도 허망하게 꼬르르르 한심한 소리가 났다.

"잘 주무셨어요? 반 각 정도 지나면 사냥을 재개할 거니까 먹을 수 있는 거라도 가볍게 먹어 주세요."

"아, 네."

내 배 소리를 듣지 않은 것으로 해주는 사토 씨의 배려에 감사하면서, 먼저 일어난 릴리오나 루우 옆에 앉아서 식사를 했다.

"제나, 잘 잤어? 이거 말도 안 되게 맛있어."

"정말 그래. 이제 이대로 미궁에 살고 싶을 정도야."

거창한 두 사람의 말에 웃음으로 답하고, 나도 호박색의 스튜부터 입으로 옮겼다.

—거창한 게 아니었다.

지금까지 먹은 어떤 음식보다도 맛있다.

전에 사토 씨 일행의 축제에서 먹은 루루 씨의 생선살 프라이도 맛있었지만, 이곳에 있는 요리는 그걸 넘어서고 있었다.

정신없이 먹었다.

이 다음에 전투가 기다리고 있는 것도 잊고서······.

사냥을 재개하기 전에 사토 씨에게 소화제를 받지 않은 건 리자, 포치, 타마 뿐이었다.

그리고 사냥과 선잠을 반복하며 귀환예정일이 되었을 무렵에는, 미궁에 들어갔을 때와 비교해서 명백하게 강해져 있었다.

"미안, 사마귀 두 마리, 조금 늦게 악어 도마뱀붙이까지 올지도 몰라."

릴리오가 병사 사마귀를 이끌고 달려왔다.

두 마리라고 했지만, 또 한 마리는 안 보인다.

지금 싸우고 있는 방은 첫날에 사냥꾼 사마귀랑 만난 광대한 공동과 인접해 있어서, 무너진 벽에서 비치는 공동의 빛 때문에 나름대로 밝다. 그 탓에 오히려 좁은 통로 안쪽을 내다볼 수 없었다.

"천장 부근을 이동하는 마물은 없어요. 사마귀 두 마리뿐이에요. 두 마리째의 반응은 조금 커요. 어쩌면 병사 사마귀가 아니라, 전투 사마귀일지도 몰라요."

전투 사마귀는 병사 사마귀보다 한 단계 커다랗고, 공격력도 방어력도 한층 늘어난 강적이다.

지금의 우리들이라면 문제없이 쓰러뜨릴 수 있지만, 병사 사마귀와 동시에 상대하는 건 어렵다.

"알겠어요. 먼저 병사 사마귀를 전력으로 쳐요."

"으라아아아아아아아!"

내 보고에, 이오나 씨가 선언하고 루우가 도발 스킬을 담아 외쳐 병사 사마귀를 끌어들였다.

"가는 검다, 신입!"

"네, 에리나 씨— 쌍창 찌르기!"

카리나 님의 호위 두 사람이 단창의 필살기를 썼다.

쌍창 찌르기를 맞은 병사 사마귀가 앞다리 좌우의 무릎 관절을 파괴당해 앞으로 쓰러져 루우의 대형 방패에 쓰러졌다.

"—방패 공격!"

그때 루우의 방패가 카운터를 때려서, 병사 사마귀의 거체가 세차게 후퇴했다.

"이오나!"

릴리오가 말을 걸기도 전에 이오나 씨의 준비는 끝나 있었다.

무방비하게 목을 드러낸 병사 사마귀를 향해서, 이오나 씨가 대검 계통의 필살기인 「승아(昇牙)」를 뿜었다.

자기보다 키가 큰 상대에게만 쓸 수 있는 대마물용 기술이지만, 대단한 관통력을 자랑했다.

"카리나 님, 마무리임다!"

"갑니다!"

대기를 찢으면서, 원심력을 실어 크게 휘두른 참격이 병사 사마귀의 목뿌리를 내리쳤다.

그 움직임은 대검 계통 필살기인 「선회참(旋回斬)」과 비슷하지만, 사토 씨가 보기에는 아직 스킬로 정착되지 않았다고 한다.

"—앗, 인 거예요."

"뉴."

대검이 굉음을 내면서 충돌하고, **땅바닥**을 커다랗게 부수었다.

"우왓."

"꺅."

카리나 님이 부순 땅에서 파편의 비가 날아왔다.

릴리오와 나는 재빨리 전개한 「방패」로, 파편의 비를 막아냈다.

작은 자갈까지는 막지 못했지만, 그쪽은 팔 보호대의 「물리 방어 부여」가 받아내 준다.

흙먼지 너머에서, 병사 사마귀가 피투성이 머리를 이오나 씨의 대검에서 뽑아내며 유유히 일어섰다.

카리나 님의 공격은 완전히 빗나가지는 않은 모양인지, 병사 사마귀의 목줄기에서 피가 콸콸 흘러나오고 있었다.

"제나 씨, 불 지팡이로—."

이오나 씨의 말에 나는 고개를 옆으로 젓고, **다음 싸움에 대비하여** 지원 마법 영창을 시작했다.

"이런 일도 있을까 해서, 말이지."

병사 사마귀 등 뒤로 돌아가 있던 릴리오가 병사 사마귀의 등을 달려 올라가서, 이오나 씨의 승아로 만들어진 구멍에 소검을 틀어박아 그대로 옆으로 찢어버렸다.

돌아보려던 병사 사마귀의 머리가 힘을 잃고서 본체와 함께 쓰러졌다.

릴리오가 사용한 것은 본래 단검으로 쓰는 필살기—「목 사냥」^{넥 초퍼} 이다.

모두 휴식 시간에 사토 씨가 알려준 것이었다.

사토 씨는 몸이 가벼울 뿐 아니라, 내가 생각하는 이상으로 여러 가지 지식이나 기술이 있나 봐.

"뉴?"

"소리가 다른 거예요."

병사 사마귀의 시체를 전투 장소 밖으로 끌어내고 있던 타마와 포치가 의문스런 소리를 냈다.

"—조금 위험한데."

미궁에 들어와서 처음으로, 사토 씨가 심각한 소리로 중얼거

143

렸다.

그 진지한 눈빛은 릴리오가 달려온 쪽을 바라보았다.

◆

광장 입구에서, 전투 사마귀가 모습을 드러냈다.

병사 사마귀보다 한층 커다란 마물이며, 검팔 말고도 방패 모양의 앞다리를 가졌다.

공격 일변도의 병사 사마귀와 달리, 방어도 잘 하는 강적이다.

"뭐야, 보통 전투 사마귀잖아―."

"지금 우리들이라면 문제없이 쓰러뜨릴 수 있지 않아?"

"네, 전투 사마귀라면 분명히 그래요."

사토 씨가, 입구에서 발길을 멈춘 전투 사마귀를 보면서 대답했다.

전투 사마귀는 이쪽에 등을 돌린 채 주위를 경계하고 있었다.

내 색적 마법에 전투 사마귀에게 위협이 될만한 마물은 비치지 않았다.

"샛굴~?"

"다른 마물이 오는 거에요."

타마와 포치가 통로 쪽을 가리키며 가르쳐 주었다.

보통은 붉게 빛나며 마물의 등장을 알려주는 인식표가, 전투 사마귀에 반응해서 이미 붉은 색이라 깨닫는 게 늦어버렸다.

"엑, 저건!"

루우가 외쳤다.

샛굴에서 나온 것은 사마귀였다.

하지만 병사 사마귀나 전투 사마귀가 아니다.

그것보다도 몇 배나 커다란, 여섯 팔 끝이 검이나 도끼가 되어 있는 사마귀— 검부 사마귀였다.

"—아."

비명이 흘러나오려던 입을 손으로 막아 견뎠다.

다음 순간, 검부 사마귀가 바람처럼 빠르게 사냥감에 뛰어들었다.

우리가 아니다.

검부 사마귀의 눈앞에 있던 전투 사마귀에게.

부웅. 검부 사마귀가 도끼팔을 휘두르자, 이오나 씨의 대검 필살기마저 막아내는 전투 사마귀의 방패 팔이 일격으로 쪼개져버렸다.

반격하는 전투 사마귀의 검팔은, 검부 사마귀의 표면에서 카득카득 소리가 날뿐, 명백하게 격이 달랐다.

절망에 떠는 내 손을 사토 씨가 상냥하게 감싸주었다.

섬세하고 가늘지만, 조금 투박한 남자의 손이다.

"제나 씨 일행이 상대를 하기에는, 조금 이른 것 같네요."

부담 없는 목소리로 말하고, 스윽 검부 사마귀 쪽으로 한 걸음 내디뎠다.

그 옆에 자연스런 느낌으로 리자가 서고, 타마와 포치도 당연하게 따라갔다.

그 듬직한 모습에, 나는 혼자 남겨진 것처럼 쓸쓸함을 느꼈다. 지금은 닿지 않는, 그 자리에 언젠가 나란히 서고 싶었다.

"아~ 저 상처는— 저 녀석! 그때 그 검부 사마귀야."

릴리오가 검부 사마귀를 가리키며 말했다.

—그때?

"정말이야?"

"응, 기사 헨스가 낸 상처가 있으니까 틀림없어."

—알았다! 그때다!

선발대가 미궁에 들어왔을 때 일이 뇌리를 스쳤다.

흩어지는 선혈과 절망에 물드는 시야…… 그때, 나는 죽음을 각오했다.

저 검부 사마귀가, 나한테 큰 부상을 입혔던 마물인 모양이다.

"하지만, 지금이라면—."

어느샌가 숙이고 있던 고개를 앞으로 들었다.

그곳에는 어느샌가 발길을 멈추고 상냥한 눈동자로 나를 보는 사토 씨가 있었다.

"싸워 보시겠어요?"

사토 씨의 물음에 「네!」 하고 즉답하려고 하다가, 나 혼자가 아니라는 것을 깨닫고 우리 일행을 돌아보았다.

"하자, 제나!"

"전에는 일격으로 뻗어버렸지만, 이번에는 그렇게 안 돼."

"제나 씨한테 부상을 입힌 원한을 갚아줄 좋은 기회군요."

다들 나를 보고 고개를 끄덕여 주었다.

"사토 씨, 저, 싸울게요."

내가 대답하자, 사토 씨가 상냥한 표정으로 고개를 끄덕였다.

"물론, 저도 싸우겠어요."

방금 전까지 호위가 말리던 카리나 님이 나와 사토 씨 사이에 뛰어 들어와 선언했다.

사토 씨가 카리나 님에게 「못 말리겠네요」 하고 중얼거리는 걸 보고, 가슴 속에 뭉클뭉클하는 게 생겨났다.

하지만, 지금까지의 싸움에서 긁힌 상처 한 번 입은 적이 없는 카리나 님이 참가해주는 건 굉장히 든든하다.

"그러면, 저 녀석 처리는 여러분에게 맡길게요. 그 전에—."

사토 씨가 검부 사마귀를 확인하면서 우리를 모았다.

검부 사마귀는 우리들을 위협으로 느끼지 않는지, 쓰러뜨린 전투 사마귀 시체를 콰직콰직 소리를 내면서 유유히 먹고 있었다.

"조금씩, 반칙을 하죠."

"반칙인가요?"

"네. 무기를 이걸로 바꿔주세요."

사토 씨가 말하더니, 유려한 붉은 검이나 흉흉하지만 강해 보이는 대검을 「마법의 가방」에서 꺼내 우리에게 건넸다.

나는 용사의 종자인 쿠로 님에게 빌린 소검과 지팡이가 있으니까, 사토 씨의 제안은 사양했다.

"혹시 마검인가요?"

"네. 아무리 그래도 드릴 수는 없으니까, 빌려드릴 뿐입니다."

대검도 마검 같았지만, 붉은 검은 세류 백작령에서도 열 자루 밖에 없을 법한 진정한 마검으로 보였다.

"이 붉은 검은 마력을 주입하면 칼몸에서 불꽃을 뿜으니까 견제에 적합해요. 대검은 절삭력을 중시한 재미없는 마검이지만, 마력의 소비가 격렬하니까 마력을 너무 담지 않도록 주의해 주세요. 릴리오 씨는 이쪽의 불 지팡이 총을. 사용법은 크로스보우랑 다를 바 없어요."

다들 무기를 손에 집었다.

사토 씨가 무기에 마력을 주입하는 요령을 가르쳐 주었다.

"또 하나, 루우 씨, 이걸—."

사토 씨가 루우의 양 어깨에 손을 올리고 뭔가 하자, 루우의 갑옷이 한층 커다래졌다.

"그 갑옷은 갑옷 도롱뇽이라는 마물 소재니까, 이렇게 마력을 충전하면 방어력이 향상됩니다. 방패도 마찬가지로 마력을 채우면—."

"굉장하다. 방패가 붉은 빛을 띠고 있어……. 이것도 마법 물품이었구나."

놀라는 루우에게 사토 씨가 수긍했다.

나는 전투용의 지원 마법을 일행에게 걸었다.

"워닝~?"

"먹보 사마귀가 이쪽으로 오는 거예요."

타마와 포치가 보고해 주었다.

괜찮아. 이제 지원 마법은 마지막 하나다.

"……■ 바람의 갑옷."

윈드 아머

녹색 빛이 루우를 감싸고, 방어 지원 마법의 발동을 가르쳐 주었다.

나는 마력 회복약을 마시고, 명상 스킬도 병용해서 3할 정도 잃은 마력의 회복에 전념했다.

"검팔이나 도끼팔이 위험한 건 말할 것도 없지만, 자그마한 낫에 붙잡히면 마비 독이 담긴 깨물기 공격이 옵니다. 루우 씨 말고는 되도록 다리를 멈추지 말고 싸우세요."

사토 씨가 냉정한 소리로 주의 사항을 가르쳐주는 것을 마음 속에 메모했다.

언젠가 내가 이런 마물의 지식을 배워서, 동료들에게 전달하는 역할을 해야 되니까.

"─무슨?"

릴리오의 놀라는 소리에, 명상하고 있던 눈을 뜨자 하얀 빛이 우리를 감싸고 있었다.

"술리 마법을 이용한 방어 부여입니다. 두루마리로 쓴 거니까 본직에게는 뒤쳐지지만, 없는 것보다는 나을 거예요."

두루마리를 손에 든 사토 씨가 아무것도 아닌 것처럼 설명해 줬다.

마법의 두루마리는 마법약 이상으로 값비싼, 일회용 마법 도구였을 텐데…….

사토 씨에게 다 갚을 수 없는 은혜가 점점 더 쌓인다.

"주인님, 옵니다."

리자의 경고를 들은 루우가 뛰쳐나갔다.

"이쪽이다, 사마귀 자식!"

도발 스킬을 담은 외침이, 검부 사마귀의 적의를 루우에게 보냈다.

"공기 망치 _{에어 해머} 영창을 하세요"

사토 씨가 나한테 재촉했다.

"선수필승이랍니다!"

카리나 님이 붉은 빛을 끄는 대검을 휘두르면서 검부 사마귀의 앞다리를 공격했다.

—앗.

땅이 튀어나온 곳에 카리나 님이 발이 걸렸다.

"여엉차, 랍니다!!"

넘어질뻔하면서도, 카리나 님이 억지로 자세를 바로 잡고 커다란 일격으로 검부 사마귀를 때렸다.

그것은 틀림없이 대검 필살기 「선회참」이었다.

대검은 검부 사마귀의 앞다리를 일격으로 절단하고, 남은 기세로 대검이 대지를 부수며 박혀 버렸다.

"카리나, 나이스~."

"나이스 **리버리커**인 거예요!"

타마와 포치가 부채라는 도구를 손에 들고, 카리나 님의 전과를 축복했다.

그 카리나 님은 기세가 너무 붙어서, 대검을 땅에 남긴 채 땅을 굴러가고 말았다.

여전히, 호쾌한 분이다. 보통 사람이라면 다칠 걸 걱정해야겠지만, 라카에게 수호를 받는 카리나 님이라면 괜찮을 거야.

"저걸로도 기세가 안 줄어드네."

모래 먼지를 일으키며 다가오는 검부 사마귀에게 루우가 초조한 소리를 냈다.

여덟 다리 중에서 하나를 잃어도 주행에 지장이 없는 모양이다.

하지만 괜찮아―.

"지금이에요, 제나 씨!"

사토 씨의 신호에, 마지막 발동구를 보류하고 있던 「공기 망치」를 검부 사마귀에 때려 박았다.

대단한 대미지는 주지 못한 모양이지만, 검부 사마귀의 기세는 줄일 수 있었다.

"으라라아아아아아아아아!"

검부 사마귀의 시선이 나를 향하는 것을 감지한 루우가 또 다시 도발 스킬을 담아 외치고, 대형 방패를 검부 사마귀의 몸통에 때려 박았다.

―KWWWAAAAMUWA.

검부 사마귀가 내리친 도끼팔을, 위로 들어 올린 대형 방패로 막았다.

무방비한 루우의 몸통에 검부 사마귀의 앞다리가 뻗었다.

"위험해!"

그 앞다리를 이오나 씨의 대검이 때려서 막아냈다.

카리나 님의 선회참과 달리 일격으로 베어낼 수는 없었지만,

반쯤 박힌 대검이 앞다리의 관절을 분쇄했다.

—KWWWAAAAMUWA.

이오나 씨와 루우를 향해서, 검부 사마귀가 붉게 빛나는 검팔로 측면에서 베었다.

루우의 대형 방패는 검부 사마귀가 연타하는 검팔을 막고 있어서 움직일 수 없다.

"타아, 랍니다!"

도움닫기를 한 카리나 님의 날아 차기가 검부 사마귀의 뒤통수에 작렬하여, 조준이 빗나간 좌우의 검팔이 루우의 전방 지면에 박혔다.

"카리나~ 기술 이름~?"

"킥은 기술 이름을 외치는 게 『약속』인 거예요!"

착지한 카리나 님에게 타마와 포치의 조언? 이 날아갔다.

뭔가 퍼뜩 깨달은 카리나 님이 「화려한 날아 차기…… 아뇨, 이건 황금의 회오리—」 등으로 중얼중얼 말하기 시작했다.

"카리나 님, 위험해요!"

"—제나?"

내 쪽을 보며 고개를 갸우뚱한 카리나 님이, 검부 사마귀의 뒷다리에 차여 땅의 저 너머로 굴러갔다.

"신입, 카리나 님의 실수를 우리가 만회하는 검다."

"네, 에리나 씨!"

카리나 님의 호위 두 사람의 단창이 검부 사마귀의 가운데 다리에 박혔다.

두 사람의 공격으로, 자세를 가다듬으려던 검부 사마귀가 또다시 땅에 쓰러졌다.

"……■ ■ ■ 바람의 속박."

나는 검부 사마귀의 움직임을 둔하게 만드는 방해 마법을 사용했다.

이걸로 잠시 일어설 수 없을 거야.

"루우, 오른쪽 검팔 관절을!"

"그래!"

이오나 씨가 왼쪽 검팔의 관절을 대검으로 부수고, 루우의 붉은 검이 불꽃을 뿜으며 오른쪽 검팔의 관절에 상처를 냈다.

도끼팔을 대형 방패로 막으면서 공격한 탓에, 힘이 들어간 공격을 하지는 못한 모양이다.

"—지금이다."

릴리오가 불 지팡이 총으로 루우가 상처를 낸 관절을 공격했다.

불 지팡이 총에서 나온 불꽃의 탄환이 관절에 명중하여, 「바람의 속박」이 만들어낸 난기류를 타고 검부 사마귀의 표피를 태웠다.

—GWWAABABBUWWA.

검부 사마귀가 처음으로 괴로운 포효를 질렀다.

"이오나, 릴리오! 나를 돕는 건 됐으니까, 이틈에 할 수 있는 공격은 다 해! 호위 아가씨들도!"

루우의 호령에 모두 대답을 하고, 노호의 공격을 시작했다.

나도 「공기 망치」나 「무거운 선회 망치」로 공격에 참가할 것을 생각했지만, 결국 「바람의 갑옷」이나 「바람의 속박」으로 루우를 지원하는 걸 선택했다.

종이 한 장 차이의 공방이 이어지고, 그리고—.

"위험해, 날았다!"

하늘로 올라가면, 이쪽의 공격 수단이 적어진다.

누가 뭐래도, 지상에 떨어뜨려야 한다.

"…… ■ 난기류."
^{터뷸런스}

난기류를 만드는 바람 마법으로, 검부 사마귀의 비행을 방해한다.

릴리오가 쏘아낸 불 지팡이 총의 불 탄환이 바람을 타고서 검부 사마귀의 날개를 태웠다.

그래도 더욱, 검부 사마귀는 비행을 멈추지 않는다.

—그렇다면.

"…… ■ ■ ■ ■ ■ ■ 추락기류 망치."
^{폴른 해머}

이어서 뿜어낸 아래 방향으로 가는 대기의 해머로, 검부 사마귀를 땅에 떨어뜨린다.

달려오는 우리보다 빠르게, 검부 사마귀가 또 다시 날개를 펼쳐 하늘로 날아오르고자 했다.

하지만—.

"카리나, 키이이이이이이이이이익!"

푸른색과 황금색의 빛을 끌면서 뿜어낸 카리나 님의 날아 차기가 검부 사마귀의 도망을 막아냈다.

나는 다음 주문 영창을 시작했다.

"가는 검다, 신입!"

"네, 에리나 씨— 쌍창 찌르기!"

카리나 님보다 늦게 도착한 그녀의 호위 두 사람이 단창 필살기를 썼다.

—KWWWAAAAMUWA.

검부 사마귀의 입가에 암녹색 안개가 보였다.

"독 공격이에요! 물러나요!"

"얌전히 있어!"

릴리오의 불 지팡이 총이 머리 부분에 명중하자 암녹색의 안개가 단번에 타올랐다.

—GWWAABABBUWWA.

"우오라아아아아아! —방패 공격!"

달려온 루우의 방패가 검부 사마귀의 긴 목에 부딪혀서 거체를 뒤로 뒤집었다.

이오나 씨가 대검 필살기인 「승아」로 검부 사마귀의 턱을 꿰뚫었다.

그대로 대검이 나아갔다면 검부 사마귀의 목숨은 거기서 끝났을 것이다.

하지만, 검부 사마귀가 가는 낫팔로 이오나 씨의 어깨를 눌러 그 이상의 대미지를 막아냈다.

"제나 씨—."

사토 씨의 말에 고개를 끄덕였다.

그것을 본 사토 씨가 전원 대피 신호인 피리를 불었다.

신기한 음색의 피리가 울리자, 모두가 서둘러 뒤쪽으로 물러났다.

낫팔에 잡혀 있던 이오나 씨는 포치와 타마가 낫팔을 걷어차서 구출해 주었다.

―이제 괜찮다. 전력으로 갑니다.

나는 짜 올린 모든 마력을 마법의 보조구인 지팡이로 흘려 넣었다.

"……■ 무거운 선회 망치."

사토 씨의 마법서로 배운 중급 바람 마법을 썼다.

하늘을 가르는 흉폭한 바람 소리가 주위를 위압했다.

그리고 휘말려 든 모래가 격렬한 소용돌이를 이루었다.

휘몰아치는 바람의 해머는 검부 사마귀의 기다란 몸통에 명중하여, 검붉게 빛나는 검부 사마귀의 마력 장벽을 가볍게 쳐부수고, 등의 껍질이 열린 상태의 무방비한 몸을 분쇄했다.

소비 마력은 공기 망치의 3배지만, 위력은 훨씬 커다랗다.

"제나 씨! 아직 완전히 쓰러뜨리지 못했어요!"

사토 씨가 외치는 게 들렸다.

"■ ■ ■ ■ ■ ■ ■ ■ ■ 다운 버스트 하강 폭류."

무거운 선회 망치와 마찬가지로 이제 막 배운 하강 폭류가 간신히 살아 있던 검부 사마귀를 완전히 때려 눕혔다.

◆

"과연 대단하십니다, 제나 님."

"축하해~?"

"그레이트인 거예요!"

리자 일행이 승리에 찬사를 보냈다.

나도 동료들을 치하하며, 도와준 리자 일행에게 감사의 말을 보냈다.

사토 씨에게 의지하기만 했던 나날이었지만, 이 훈련에서 우리도 조금은 싸울 수 있게 됐다고 생각한다.

문득 사토 씨의 목소리가 안 들리는 걸 깨닫고 주위를 둘러보자, 대공동으로 이어지는 벽을 진지한 표정으로 바라보는 사토 씨가 보였다.

"여러분, 마법약을 마시고 벽 쪽으로 피난해 주세요."

사토 씨 말에 따라, 우리는 행동했다.

나는 검부 사마귀와 전투하는 사이에 끊어져 있던 색적 마법 영창을 했다.

타마, 포치, 릴리오 세 사람은 땅에 귀를 대고 멀리서 들리는 소리를 살피고 있는 것 같았다.

"온다~."

"다가오는 거예요."

타마와 포치의 목소리보다 조금 늦게, 비명이나 나무들이 쓰러지는 소리가 들렸다.

내 색적 마법에도 반응이 있었다.

원숭이 수인, 쥐 수인, 족제비 수인 세 사람이 벽의 구멍에서 뛰쳐나왔다.

그것과 동시에, 구멍 가까운 벽이 폭발하며 바위의 파편이 날아왔다.

"우왓."

릴리오와 내가 팔 보호대의 「방패」를 만들어 모두를 지켰다.

방패는 몇 개의 파편을 받아내고서 깨져 버렸지만, 그 다음에 곧장 대형 방패를 든 루우가 우리를 지켜 주었다.

벽에는 새로운 구멍이 생겼고, 구멍부터 천장까지 창을 몇 개나 한데 묶어놓은 것처럼 두꺼운 화살이 박혀 있었다.

"저건, 설마⋯⋯."

"네, 그들이 종마를 이용해 사냥감을 낚는데 실패해서, 사냥꾼 사마귀를 데리고 온 모양이네요."

―사냥꾼 사마귀?!

내 뇌리에, 안개 속에서 거대한 화살을 쏜 마물의 모습이 떠올랐다.

⋯⋯안 돼.

이길 수 있을 리 없다.

저건 개인이 싸울 수 있는 상대가 아니다.

용의주도하게 진지와 무장을 갖추고, 대군을 모아 격퇴해야 하는 상대다.

사토 씨 일행이라고 해도, 준비도 없이 사람의 몸으로 저 정도 괴물을 쓰러뜨릴 수 있을 리가 없다.

그런데—.

"여러분은 여기 있으세요."

사토 씨는 웃으면서 말하고, 구멍 쪽으로 걸어갔다.

광장 안쪽에 있는 바위 그늘에 몸을 숨긴 수인들을 한 번 보기만 하고, 사냥꾼 사마귀를 데리고 온 것을 질책하는 기색도 없었다.

"같이~?"

"당연, 한 거예요."

"네, 저희들이 주인님의 앞길을 정리해 두죠."

아까 그 검부 사마귀와 마주쳤을 때처럼 리자 일행이 사토 씨를 따랐다.

그녀들도 사토 씨와 마찬가지로 부담을 느끼는 기색이 없었다.

"저, 저도!"

"아, 안 됩다!"

"그래요! 자중해 주세요, 카리나 님!"

카리나 님이 그것을 따라가려는데 호위 두 사람이 전력으로 막았다.

검부 사마귀조차 어린아이처럼 보이는 거대한 사냥꾼 사마귀가, 벽의 커다란 구멍에서 성큼 모습을 드러냈다.

—공포.

그 모습을 보기만 해도 손끝이 싸늘해지고, 얼굴에서 핏기가 가셨다.

—HWUNTZWEEERRR.

우리들을 비웃는 것처럼, 사냥꾼 사마귀가 포효를 질렀다.

그것은 사형을 선고하는 멸망의 종소리 같았다.

절대적인 죽음을 내리는 존재 앞에서, 나약한 자들은 떠는 수 밖에 없다.

—안 돼.

두려워하고 있으면 싸울 수 없다.

떨리는 손을 움켜쥐고, 커다랗게 숨을 들이쉬었다.

어둡고 좁아진 시야가 조금 넓어졌다.

양손으로 볼을 찰싹 두드리고 기합을 다시 넣었다.

—괜찮아.

떨림은 남아 있지만, 지원 마법은 제대로 쓸 수 있다.

"……■ 바람의 갑옷."

"고맙습니다, 제나 씨."

사토 씨 일행에게 바람의 수호를 부여했다.

"그러면 지원 마법도 받았으니까, 얼른 쓰러뜨리자."

사토 씨가 예쁜 검을 뽑고, 리자 일행에게 가벼운 어조로 말 하더니 달려갔다.

커다란 구멍 근처의 거대 바위를 뛰어올라가, 사토 씨가 가벼 운 움직임으로 사냥꾼 사마귀의 눈앞으로 다가갔다.

사냥꾼 사마귀가 거대한 활팔을 옆으로 움직여 피하면서, 안 쪽의 단검 같은 가는 앞다리로 사토 씨를 베려고 했다.

"공중에서 더 뛰었어?"

공중에서 가속한 사토 씨가 사냥꾼 사마귀의 머리 아래쪽을 빠져나갔다.

"넥 슬래쉬~?"

사토 씨의 그림자처럼 따라가던 타마가, 사토 씨와 반대 방향의 머리 아래쪽으로 빠져나갔다.

타마보다 늦게, 사냥꾼 사마귀의 머리 아래쪽에서 피가 뿜어져 나왔다.

"아킬레스 헌터 포치인 거예요!"

포치가 다리 여섯 개인 사냥꾼 사마귀의 모든 발목을 베고 다녔다.

"마창 용퇴—."

정면으로 달려간 리자가 가장 단단한 몸통 앞 부분 갑각을 마창으로 가볍게 꿰뚫었다.

"—아뇨, 이 정도의 적에게는 필요 없군요."

붉은 빛을 띠고 있던 리자의 몸에서 빛이 사라져갔다.

창을 뽑고 대공동으로 이어지는 구멍 쪽으로 걸어가는 리자 뒤에, 절단된 사냥꾼 사마귀의 머리가 떨어졌다.

저 강대한 마물이 한순간에 쓰러져 버렸다.

너무나도 상식과 동떨어진 광경에 사고가 정지했다.

"—이쪽을 눈치 챘나?"

망연해진 내 귀에 사토 씨의 말이 들렸다.

시선을 돌리자, 사토 씨 일행이 쓰러뜨린 사마귀가 아니라 다른 곳을 보고 있었다.

벽에 뚫린 구멍 너머— 대공동 쪽이다.

"권소옥~?"

"저건 아마 『구역의 주인』인 거예요."

사토 씨와 함께 대공동 바깥을 보고 있던 타마와 포치가 무시무시한 말을 했다.

분명히, 「구역의 주인」이란 것은 중급 마족에도 필적하는 강대한 마물이었을 거다.

나는 강함의 상한선을 알 수 없는 사토 씨 일행도, 멤버가 모이지 않고 장비도 변변찮은 지금 상황에서는 「구역의 주인」은 당해낼 수 없을 거다.

나는 안전지대로 대피할 걸 제안하려고, 공포와 피로에 떨리는 다리를 채찍질하여 일어섰다.

"쓰러뜨리고 올까요?"

—어?

"아니, 됐어. 우리가 쓰러뜨릴 것도 없겠다."

사토 씨가 말하고 곧장, 홍련의 업화가 대공동을 물들였다.

—거칠게 날뛰는 열풍이 온다!

나는 「공기 벽」의 마법을 영창하면서 사토 씨 곁으로 달려갔다.

눈앞에서 황금의 바람이 휘몰아치고, 업화를 그 팔 속으로 품었다.

금색의 거대한 새가 공중에 떠올라 있었다.

—저건 뭐지?

"가루~다~?"

"미아의 정령인 거예요!"

타마와 포치가 금색의 생물을 가리켰다.

업화 속에서 검게 그을린 사마귀가 비틀거리며 나타났다.

거리가 멀어서 알기 어렵지만, 아까 그 사냥꾼 사마귀마저 비교가 안 되게 거대했다.

"타~마야~."

"카기야~[#1]인 거예요."

반짝거리는 빛이 거대 사마귀를 쳐부수고, 마지막으로 금색 생물이 사마귀의 머리를 떨어뜨려버렸다.

……중급 마족급의 강대한 마물이 순살?

"사토 씨, 지금 그건……."

"아리사 일행이네요. 최종일에 뭐라도 들고 놀러 온다고 했으니까요."

내 질문에 사토 씨가 아무것도 아니란 듯 대답해 주었다.

아뇨, 그게 아니라…….

나는 그 이상 거듭해서 물어보지 않고 입을 다물었다.

사토 씨 일행과 차원이 다른 실력 차이에 열등감이 생길 것 같았지만, 양쪽 뺨을 두드려서 그런 무른 마음을 떨쳐냈다.

내가 할 말은 따로 있었다.

"사토 씨, 감사합니다."

지금은 아직 도저히 닿을 수 없지만, 언젠가 분명히 사토 씨에게 은혜를 갚을 수 있도록 강해지자.

#1 타마야, 카기야 일본에서 불꽃놀이가 터질 때 외치는 구호.

소동을 일으킨 수인들은 루우와 우리 일행이 구속했고, 선물을 들고 온 아리사 일행이 탐색자 길드로 연행해 주었다.

이렇게, 사소한— 아니, 조금 잊을 수 없을 법한 대소동이 있었지만, 우리는 누구 한 사람 빠지지 않고 사냥터 개척과 특훈을 완료했다.

그날 저녁, 미궁에서 돌아온 우리는 숙사의 침대에 들어가자마자 몸과 마음의 피로를 실감하며 그대로 다음날 일몰까지 눈을 뜨지 못했다.

찰떡 파티

"사토입니다. 세상이 편리해진 탓인지 동네 축제나 학교 이벤트 말고는 떡 찧기를 못 보는 것 같아요. 직접 만드는 건 귀찮지만 수고를 들인 만큼 맛있게 느껴진단 말이죠."

"아리사의 볼은 찰떡처럼 늘어나네."

얇은 볼인데 어째서 이렇게 잘 늘어나는 걸까?

"아하아, 한성하호이하이아—." _{아파아, 반성하고 있다니까}

제나 씨 일행의 레벨 올리기를 겸한 미궁 개척의 최종일, 폐쇄 공간에서 초광범위에 영향을 주는 전술급 상급 불 공격 마법 「화염지옥」을 쓴 것에 대한 벌을 주는 중이다. _{인페르노}

미아가 재치를 발휘해서 바람의 의사 정령인 가루다에게 열의 확산을 막도록 했으니 망정이지, 까딱하면 열풍의 2차 피해로 모두 화상을 입을뻔했다.

"찰떡은 뭐인 거예요?"

"늘어나~?"

포치랑 타마가 찰떡이라는 말에 재빨리 반응하여 다가왔다.

"찰떡이란 건 말이지—."

둘에게 찰떡을 설명하는데, 루루가 조심스레 끼어들었다.

"저기, 주인님. 아리사를 벌 주는 건 그쯤에서……."

시선을 내리자 아리사가 눈물을 글썽이며 올려다보고 있었다.

―미안, 잊고 있었어.

아무리 그래도 미궁 안에서 찰떡을 찧을 수는 없으니까, 지상에 돌아간 다음에 하기로 했다.

그리고 찹쌀은 하룻밤 정도 물에 담가둬야 하니까, 제나 씨 일행이 선잠을 취하는 사이에 재료 준비를 진행했다.

찰떡 안에 들어가는 팥이나 검정콩도 찹쌀처럼 하룻밤 물에 담가 둔다. 팥소를 만드는 것 말고도, 콩떡을 만드는데도 쓰니까 넉넉하게.

그건 그렇고 숙성을 촉진하는 마법은 있으면서, 찹쌀이나 콩을 하룻밤 담가두는 수고를 생략하는 마법이 없는 건 마법사들의 태만이라고 생각한다.

아마, 물 계통이라고 생각하니까 준비작업 틈틈이 몇 개 정도 시험 삼아 만들어볼까.

미아는 암기를 싫어하니까 불평하겠지만, 맛있는 떡을 만들기 위한 마법이라고 설득하면 나서서 외워줄 게 틀림없어.

재료 준비나 새로운 마법 제작을 하는 김에 「만능 공구」 마법을 써서 절구와 떡메를 몇 쌍 만들어뒀다.

제나 씨 일행의 편안한 잠을 방해할 것 같기에, 미궁 별장으로 「귀환전이」해서 공작했다.

아직 시간이 남아 있으니, 생각나는 대로 떡 속의 준비를 진행했다.

그렇지. 이 참에 이것저것 이상한 것도 준비해볼까?

정석인 화과자 계통뿐 아니라, 치즈나 딸기 같은 것도 준비해보자.

어떤 속을 좋아할지 모르는 거니까.

◆

"그러면, 시작하자—."

미궁에서 귀환한 다음날 아침, 저택 안뜰에서 떡 찧기 대회를 시작했다.

제나 씨 일행도 부르고 싶었지만, 피로가 짙은 기색이라 기상한 뒤에 갓 만든 찰떡을 가져다 줄 생각이다.

카리나 양도 폭면하고 있었지만, 타마와 포치가 아침 식사 자리에 데리고 온 흐름에 따라서 떡 찧기 대회에도 참가했다.

"납작쿵~."

"납작쿵인 거예요!"

내가 떡 찧기를 시작하자 포치와 타마도 하고 싶어 하기에 지금은 둘이 떡메를 휘두르고 있었다.

절구 옆에서 떡을 뒤집는 역할은 나나 담당이다.

"나도! 뒤집는 거 하고 싶어!"

"좋아, 이거 끼고서 교대해."

아리사와 미아도 흥미진진하기에 얇은 장갑을 건넸다.

"응? 어째서 장갑?"

"타마랑 포치가 휘두르는 떡메에 맞으면 손목이 부러질걸? 이 장갑은 루루가 미궁에서 쓰는 장비랑 같은 거니까 강한 타격이 가해지면 경화돼서 손에 가해지는 충격을 흡수해주거든."

포치와 타마가 파워 억제 마법 도구를 장비해도, 힘차게 때리는 떡메는 나름대로 위력이 있다.

물리 방어 부여 마법도 괜찮지만, 포치와 타마가 휘두르는 떡메를 몇 번 받아낼 수 있는지 알 수 없으니 횟수 제한이 없는 장갑을 만들었다.

큰 부상을 입어도 치유 마법이나 마법약을 쓰면 한순간에 낫지만, 아픈 건 싫은 법이다. 그리고 피가 섞인 핑크색 떡은 먹고 싶지 않으니까.

"좋았어, 간다. 힘 조절 잘해야 된다."

"아이아이서(Aye, aye, sir)~."

"맡겨만 줘, 인 거예요! 포치는 힘 조절의 프로인 거예요."

"할래."

조심조심 떡을 뒤집는 아리사와 미아를 보면서, 루루와 함께 떡을 둥글게 빚었다. 빚을 때 먼저 만들어둔 속을 넣는다.

리자, 나나, 카리나 양이 예비 떡메와 절구로 떡 찧기를 시작했다.

카리나 양은 처음에는 떡메를 휘두르고 싶어 했지만, 절구 바깥으로 몇 번인가 떡메가 빗나가서 지금은 떡 뒤집기 전문이 되었다.

라카의 수호가 있으니까 다칠 걱정도 없고 적임이다.

저택에서 일하는 애기 메이드들이나 카리나 양의 종자들도 떡을 빚는 걸 도와주었다.

"아뜨뜨, 루루 님이랑 주인 나리는 용케 태연하네요."

뭐 뜨겁긴 하지만, 화염로로 녹인 금속을 주조하는 거랑 비교하면 별 거 아니다.

"우후후, 차가운 물에 손을 담근 다음에 하면 돼."

"우우, 손이 끈적끈적해."

"이쪽 가루를 손에 묻힌 다음에 하면 안 달라붙어."

루루가 애기 메이드들을 지원해주고 있기에, 그걸 흐뭇하게 바라보면서 작업을 계속했다.

너무 뜨거워하면 아리사에게 내열 불 마법을 써달라고 할까 생각했지만 괜찮아 보인다.

"포치이!"

"타마아~."

소란스런 비명에 돌아보자, 떡을 찧을 때 이상한 액션을 넣으려고 했던 포치가 뭔가 실수한 모양이다.

아무래도 떡메에 달라붙은 떡이 몸에 휘감겼는지 찰떡 범벅이 된 꼴이었다.

포치가 「인 거예요」를 잊을 정도로 당황하고 있었다.

"아뜨뜨, 찰떡이찰떡이이이이이이."

"아리사."

그 옆에서, 늘어나는 찰떡을 머리부터 뒤집어쓴 아리사가 또 못 볼꼴이었다.

너무 당황해서 내열 마법을 쓰는 것도 잊은 모양이다.

내가 손을 대기 전에, 루루가 「어머나, 참」 하고 주부 같은 말을 중얼거리며 사태를 수습해 주었다.

가벼운 화상은 마법약으로 치유하고, 지저분해진 건 루루의 생활 마법으로 깔끔해졌지만, 먹을 걸 다루고 있을 때 괜한 짓을 한 포치와 그걸 부추긴 아리사 두 사람이 무릎 꿇고 리자에게 설교를 듣고 있었다.

"후우, 험한 꼴을 당했어."

"죄송해요, 인 거예요."

"나도 잘못했으니까 그렇게 사과하지 않아도 돼. 언제까지나 풀이 죽지 말고, 찰떡을 맛보자."

실수하여 풀이 죽은 포치를 아리사가 격려했다.

그 옆에서 나는 대량의 찰떡을 플레인, 감미, 주식, 별미 네 종류로 분류하면서 늘어놓았다.

"좀 지나치게 만들었나?"

"괜찮을 거야. 양육원이나 탐색자 학교 애들한테 나눠주면 되지. 그리고, 저기, 지하에 있는 사람들한테도, 브로치 답례로."

"그렇네."

아리사가 가슴에 단 「혼각화환」을 보면서 말했다.

이건 미궁 하층에 은거하고 있는 「주검의 왕」 무쿠로가 양보해준 것으로, 전생자가 유니크 스킬을 지나치게 써서 마왕화 하지 않도록 「영혼의 그릇」을 보호해주는 비보다.

무쿠로 일행, 미궁 하층의 유쾌한 동료들은 다들 일본인 전생자니까 떡을 그리워하겠지.

　"그것보다, 식기 전에 먹자! 막 찧은 찰떡은 자주 먹을 수가 없으니까."

　그런 아리사의 선언으로 찰떡 파티가 시작됐다.

　"맛나. 역시 막 찧은 찰떡은 최고네."

　"늘어나나~?"

　"차, 찰떡 아저씨는 강적인 거예요. 입 안에 달라붙는 거예요."

　타마가 필사적으로 손을 뻗고, 포치는 입천장에 붙은 찰떡을 떼려고 고개를 위로 들면서 아구아구 악전고투하고 있다.

　"먹기는 좀 어렵지만, 무척 맛있는걸요!"

　"맛있어."

　아이들이나 카리나 양은 갓 찧은 플레인한 찰떡을 탐닉하고 있었다.

　"그렇지! 역시 찰떡은 구워야지!"

　"지금, 리자가 도구를 가지러 갔어."

　찰떡을 한 손에 들고 역설하는 아리사를 달랬다.

　"마스터, 병아리 찰떡이 없다고 고합니다."

　"병아리 찰떡은 없지만, 이 찰떡은 귀여운 속이 들어가 있어요."

　루루가 방금 만든 찰떡을 나나에게 권했다.

　나나는 조금 찰떡을 바라본 다음 냠 먹었다.

　"안에 들어 있는 별 모양의 노란 색이 귀엽고 맛있다고 고합니다."

마음에 들었는지, 양손으로 홀쩍 집어서 쏙쏙 입에 옮겼다.

그런 나나의 모습에 흥미가 생겼는지, 아이들도 속이 들어간 찰떡이 있는 테이블로 손을 뻗었다.

"이건 단팥이 들어가 있는 거예요!"

"콩고물도 맛있어~?"

"응, 벌꿀떡, 맛있어."

"아아, 석쇠가 오기 전에 배가 불러지겠어— 벌꾸울?!"

뭐가 신경 쓰였는지, 아리사가 떡을 먹으면서 눈을 뒤집었다.

벌꿀떡은 찰떡을 씹으면 안에서 걸쭉하게 벌꿀이 나온다. 그대로 씹으면 떡과 벌꿀이 뒤엉켜 의외로 잘 맞는단 말이지. 조금 많이 달아서, 나는 하나면 충분하다는 감상이다.

"이쪽에는 생선살이 들어있는 거예요!"

"이쪽은, 테리야키 치킨~?"

"응, 커스터드."

"치즈가 들어간 것도 맛있군요!"

대개 호평이군.

어라? 아리사가 영소문자 orz 같은 모습으로 땅에 엎어져 있다.

"왜 그래? 울렁거려?"

"이, 일본의 문화가 마개조되고 있어."

—거창하긴.

음식은 진화하는 법이야.

"보수적인 아리사가 좋아하는 거 왔다."

리자가 가져다 준 풍로 마법 도구와 석쇠를 가리켰다.

곧장 부활한 아리사가 석쇠 위에 떡을 놓고 굽기 시작했다.

"부풀어오르질 않네?"

"막 찧은 떡이니까."

네모난 떡처럼 **불룩** 부풀어오르질 않아서, 표면을 마법으로 건조시키거나 그 표면에 칼집을 내는 등 이래저래 시행착오를 해봤다.

"찰떡이 살아 있는 거예요!"

"신기하답니다."

"불룩불룩~?"

"슬라임?"

연소자 팀과 카리나 양의 눈이 석쇠 위에서 부푸는 떡에 못박혔다. 응, 고생한 보람이 있네.

평정을 유지하고 있지만, 리자도 아까부터 떡의 움직임을 눈으로 좇고 있었다.

이제 슬슬 때가 됐나?

설탕 간장을 담은 접시를 아리사에게 건넸다.

"크우~. 역시, 찰떡은 이렇게 먹어야지~."

하지만 보수적인 설탕 간장을 찍은 구운 떡이나 김말이떡를 즐기는 건 나랑 아리사뿐이고, 다른 애들은 내키는 대로 준비한 기발한 떡이 더 좋은 모양이다.

"치즈 올려~ 알맹이는 미트 소스~?"

"이 찰떡은, 햄버그 선생님이 숨어 있는 거예요!"

"캐러멜 맛."

나도 콩고물떡을 먹으면서 즐겁게 아이들을 지켜보았다.

"이 테리야키 마요네즈 맛은 멋지군요. 씹으면 떡에 테리야키 맛이 옮겨가서, 다른 식감의 고기를 먹고 있는 것 같은―."

리자가 장문으로 미식 리포트를 하는 걸, 포치와 타마가 진지한 표정으로 고개를 끄덕이며 듣고 있는 게 재밌다.

―그렇지.

다음에는 나나용으로 노란 병아리떡을 만드는 김에, 쑥떡이나 즌다모찌 같은 것도 도전해 볼까.

봄에는 사쿠라모찌나 카시와모찌 같은 것도 좋겠다.

"단팥죽 준비가 끝났어요."

루루가 팥죽이 든 냄비를 들고 주방에서 나왔다.

그 뒤에는 식기를 든 저택의 메이드 부대가 따르고 있었다.

"아아, 달콤한 떡과 팥죽의 콤보가 위험해! 이제 쌉싸름한 차가 있으면 무한 콤보가 될 것 같아! 너무 행복해서 무서워!"

"찰떡 무서워~?"

"팥죽도 무서운 거예요!"

무슨 만화 같은 말을 하면서 혀를 내두르는 연소자팀을 지켜보고, 이번에는 루루나 메이드 부대용 떡을 새롭게 찧어 주었다.

팥죽을 먹으면서, 끊임없이 사양하는 미테르나 씨에게도 권하거나, 루루가 권하는 감미 찰떡을 먹은 애기 메이드들이 눈이 동그래지는 걸 바라보면서, 즐거운 시간을 보냈다.

"후이~ 맛있었어~."

아리사가 떡처럼 동그랗게 몸을 말면서 만족스럽게 감상을 말했다.

"설에는 떡 말고도, 설 요리도 먹고 싶어~."

"아무리 그래도, 설 요리 레시피는 모른단 말이지."

겉보기에 비슷한 건 만들 수 있겠지만, 한 번도 만들어보질 않았으니까 맛까지 재현하는 건 불가능하다.

설 요리를 만드는 어머니나 할머니 옆에서 맛을 보는 건 특기였는데 말이지.

"마스터, 다녀오겠다고 용감하게 고합니다."

"도와줘~?"

"오늘 포치는 행복의 배달부인 거예요."

파티가 끝난 뒤에, 나나가 찰떡이 잔뜩 든 케이스를 들고서 양육원으로 위문을 가버렸다. 분명히 지금쯤 찰떡과 유생체 범벅이 되어 있겠지.

탐색자 학교에는 미테르나 씨가 전달하러 가줬다.

나는 케이스 하나를 들고 제나 씨 일행의 숙사에 나눠주러 갔다.

사소한 우연으로 이 찰떡 파티를 알게 된 미궁도시의 지인들에게도 떡을 나눠주게 되어 버렸다.

미궁도시의 찹쌀 가격을 알게 된 애기 메이드들과 양육원 교사들이 얼굴이 파래져서 졸도할 뻔한 사건도 있었다―.

공도에서 살 때 가격이 싸서 신경 쓰질 않고 있었네.

미궁 하층, 재방문

"사토입니다. 충격적인 사실이란 건 TV의 뉴스 방송이나 잡지 기사 등의 매스 미디어가 알려주는 걸로 한정할 수 없습니다. 아무렇지도 않은 대화에서 알게 되는 일도 종종 있습니다."

"반, 약속했던 선물 가져왔다."

찰떡 파티를 한 날의 심야, 나는 혼자서 미궁 하층의 상야성으로 왔다.

내일은 왕도로 출발하니까, 잊기 전에 제나 씨의 편지와 약속한 물건을 전해주러 온 것이다.

그들의 대구역 근처에 각인판을 설치해놨으니, 공간 마법 「귀환전이」를 사용하면 금방 찾아올 수 있다.

다른 애들도 데려오고 싶었지만, 독기 내성이 없는 동료들에게 악영향이 생기는 건 싫었기에 독기 마스크나 독기 가드 같은 마법 도구나 마법을 개발할 때까지는 삼가기로 했다.

독기를 정화하는 계통의 마법은 이것저것 있지만, 독기에 견디는 마법은 내가 가진 마법서에 실려 있질 않단 말이지.

"쿠로로군. 생각보다 빠른 것이다."

"그리고, 편지를 맡아왔어."

나는 마중해준 상야성의 주인, 전생자이자 흡혈귀 진조인 반^(뱀파이어)에게 제나 씨의 편지를 건넸다.

"편지? —아아, 요전에 구해준 아가씨 말인가. 기특한 소녀로군."

개봉하고 안을 읽어본 진조가 중얼거렸다.

"그건 그렇고, 미궁 하층까지 구하러 온 데다가 일부러 우편 배달부 시늉까지 하다니. 그 소녀는 쿠로의 연인인 것인가?"

"아니, 제나 씨는 소중한 친구지만 연인은 아냐."

사랑하는 상대는 아제 씨뿐이다.

"그런 것인가? 아내들이 좋아할 화제라고 생각했는데, 유감인 것이다."

진조가 말하면서, 편지를 접어 아이템 박스 안에 수납했다.

"그리고, 이 와인은 그녀의 답례야."

제나 씨에게 받은 레드 와인 「렛세우의 혈조」 병을 건넸다.

"이것은 기쁜 답례품인 것이다."

진조가 만족한 표정이다.

어지간히 좋아하는 와인인가 보다.

"『렛세우의 혈조』는 한 병뿐인 것인가?"

"그녀의 답례는 그렇지. 나한테 부탁했던 분량은 통으로 5개 정도 구했으니까, 나중에 지하의 와인 창고에 옮겨둘게."

여기저기 찾아 다녀 봤는데, 상업 길드를 경유해서 확보한 병 하나를 빼면 왕도 주변이나 옆에 있는 젯츠 백작령에는 입하된 게 없었다. 그래서 렛세우 백작령에 있는 제조원까지 가서 사왔다.

이야기는 들었지만 렛세우 백작령은 심하게 황폐화됐다. 폐허로 변한 영도는 마물이 넘치고 주변 마을들도 폐촌이 된 곳이 많았다.

제조원인 마을도 근처에 마물의 둥지가 생겨서 마을을 버릴까 아닐까 의논이 일어났을 정도였다.

이 마을은 앞으로도「렛세우의 혈조」를 안정되게 생산해줄 필요가 있으니, 쿠로의 모습으로 문제의 마물 둥지를 없애고 마을이나 포도밭 가장자리에 흙 마법으로 두껍고 높은 흙벽을 추가한 뒤 더욱이 외적 격퇴용 레벨 30급의 골렘 여섯을 배치해 두었다.

보통 마물이나 하급 마족 정도라면 가볍게 격퇴해줄 거야.

"옮기는 것은 내 아내들에게 맡기면 되는 것이다."

상야성의 시녀장이 지시해준 공간에 아이템 박스에서 꺼낸 통을 늘어놓았다.

"다른 선물도 여기에 꺼내면 돼?"

"상관없는 것이다."

진조에게 허가를 받는 사이에, 시녀들이 긴 탁상 위에 두꺼운 방수천을 깔아주기에 거기에 흡혈 공주들과 시녀들의 선물을 늘어놓았다.

"반 님, 이 미스릴로『니혼 토』를 만들어 주시어요."

"음. 멋진 괴인 것이다. 이거라면 좋은 칼을 만들 수 있겠지."

미스릴 괴를 건넨 흡혈 공주가 진조에게 가공을 조르는 것을 듣고 선물을 꺼내는 손이 멈추었다.

"그러고 보니, 반은 일본도 만들 수 있었지."

"그래. 제대로 된 칼을 만들게 되기까지 300년 정도 걸린 것이다. —어째서, 쿠로는 내가 일본도 제조가 가능한 것을 알고 있는 것이지?"

"전에 미궁의 보물 상자에서 발견한 일본도 작성자 이름이 반이었다는 게 생각났어."

현물은 타마에게 준 상태라 지금 현재는 나한테 없다.

"후학을 위해서, 만드는 거 한번 보여줄 수 없을까?"

전에 일본도를 만들어보려고 한 적이 있는데, 영 제대로 되질 않았단 말이지.

겉보기에는 일본도처럼 생긴 칼이 만들어졌지만 부러지기 쉽고, 가지고 있는 마검이나 요정검과 비교해도 훨씬 낮은 공격력밖에 없었다.

흔히 라노벨이나 만화에서 묘사되는 「부러지지 않고, 휘지 않고, 잘 베이는」 일본도하고는 거리가 먼 느낌이었단 말이지.

"좋은 것이다. 다만, 대장간 준비를 해야 하니 지금 당장은 못 한다."

"물론 기다릴게. 그보다도, 그 미스릴은 비약 같은 거 안 넣은 그냥 괴인데, 문제없어?"

"음. 내 칼 만들기는 _{블러드 매직} 혈류 마법을 이용한 특수한 것이니, 그 냥 괴가 더 좋은 것이다."

그럼 다행이네.

나는 우연찮게 일본도 제조 견학을 하게 된 것에 조금 만족하면서, 선물을 계속 꺼냈다.

"이건 시녀 여러분한테."

시녀들에게도 그녀들이 기뻐할 법한 재봉 도구나 왕도에서 구한 오락적인 책 따위를 나눠주었다.

"괜찮을까요?"

"물론이지."

"나 이 책 좋아."

"나는 이 산호 귀걸이!"

"손님과 반 님 앞입니다! 고르는 건 나중에 하세요!"

"""네, 미세스 페드라르카!"""

소란스럽게 선물 쟁탈전을 벌이는 젊은 시녀들에게 진조의 신뢰가 두터운 나이가 지긋한 시녀장이 야단쳤다.

진조가 몇 번인가 시녀장에게 흡혈귀가 되지 않을 것인지 물어봤다고 하는데, 그녀는 완고하게 인간 그만두는 선택을 하지 않았다고 한다.

그런 그녀들을 지켜보고 있는데, 성 안쪽에서 청초한 소녀가 다가왔다. 유이카다.

유이카의 하얀 이마에는 고블린족의 특징인 작은 뿔이 두 개 나있다. 그녀도 진조와 마찬가지로 전생자이며, 내가 아는 한 최대수의 유니크 스킬을 가졌다.

"쿠로 씨, 안녕하세요?"

"안녕? 유이카."

유이카는 피서지의 아가씨 같은 의상이 참 잘 어울렸다.

"오늘은 선물로 갓 찧은 찰떡이랑 조미료를—."

"찰떡인가요! 찹쌀을 구하기가 어려워서 오랜만이네요."

어지간히 기뻤는지, 얌전한 그녀 치고는 보기 드물게 함박웃음을 지었다.

"그 밖에도 초밥이나 회 같은 요리를 가져왔어."

"초밥이라, 오랜만이군. 미궁 대어인가? 아니면 왕도 쪽의 벚꽃 복어인가?"

"아니, 참치를—."

""참치!""

진조와 유이카가 나란히 외쳤다.

유이카의 표정이 유이카 3호로 바뀌었다. 분명히 식욕에 진 거겠지.

그녀는 유니크 스킬을 이용해 몇 개의 과거 인격을 가지고 있어서, 이렇게 때때로 인격을 교대한다.

방금 전의 얌전한 유이카가 유이카 1호, 지금 표면에 나온 것이 유이카 3호이자 초대 유이카이며, 「칠흑의 미희」 포이르니스라 벨 피유라는 중2병 네임을 가졌다.

"참으로 그리운 것이다. 800년 정도 전에 남쪽 바다로 나서서 참치를 찾아다닌 것이 떠오르는군."

"그때는 유령선의 성가신 해골이나 크라켄의 방해를 받아서, 가다랑어나 상어밖에 못 잡았지."

유이카 3호가 말하는 「유령선의 성가신 해골」이란 존재는 짚이는 데가 있다.

아마, 『신의 부유섬』 라라키에를 부활시키려고 했던 「해골왕」이 아닐까 싶다.

"포이르니스의 유니크 스킬로 발견 못했어?"

유이카 3호는 「유이카」라고 불리는 걸 싫어하니까, 나는 그녀의 중2병 네임을 불렀다.

"유니크 스킬도 만능이 아니야. 아무리 그래도 바다는 너무 넓어서 무리다."

과연, 내 맵은 유이카의 유니크 스킬과 비교해도 규격을 벗어난 모양이다.

"참치라면, 무쿠로나 요로이를 불러야 하는 것이다."

"안 불렀다간 분명히 나중에 심통을 낼 테니까."

진조가 흡혈 공주들을 보내 두 사람을 불렀다.

성질 급한 유이카 3호의 재촉에 져서 꺼낸 찰떡과 초밥으로 출출함을 달랜 다음, 일본도를 희망하는 흡혈 공주가 준비한 대장간에서 일본도 제조를 구경했다.

"도구는 보통 대장간이랑 별로 다를 게 없네."

"『보통』이라는 말에는 항의하고 싶은 것이다만, 도구는 그리 다를 것 없다. 화력을 올리기 위해서 분말로 만든 불 광석이나 화정주를 쓰는 정도일까?"

진조가 대장장이 도구 옆에 둔 적색이나 홍색 가루를 손으로 만지면서 노의 온도를 눈으로 확인했다.

가루를 한 줌 불 속으로 던지자, 불의 기세가 크게 늘어났다.

"이 정도면 되는 것이다."

노의 온도가 납득이 됐는지, 흡혈 공주가 건넨 미스릴 괴를 혈류 마법으로 만든 칼날로 셋으로 나눠, 그 중 하나를 집게로 집어 노 안으로 넣었다.

"이 부분까지는 보통의 제조법과 같은 것이다."

진조가 말하면서, 날카로운 손톱으로 손목에 상처를 냈다.

상처에서 흘러나온 피가, 생물처럼 꿈틀거리며 적열하는 미스릴로 흘러 들어가고 붉은 증기를 만들었다.

증기가 잦아들자, 미스릴의 표면에 신비로운 무늬가 떠올랐다.

"이 주인(呪印)이 칼을 강하게 만드는 것이다."

진조가 망치를 휘둘렀다.

붉은 불똥이 나오는 건 일반적인 칼 만들기와 같았지만, 불똥과 함께 수상쩍은 검은 안개가 나오는 게 조금 다르다.

처음에는 흡혈 공주가 함께 망치질을 했지만, 중간부터 나랑 교대해 주었다.

가열, 주인, 단련의 흐름을 반복하는 모양이다.

"이 접쇠 단련은 본래의 일본도 제조에도 존재하는 것이다. 본래 일본도에서는 불순물을 제거하고, 탄소량을 평균화하기 위해 하는 것에 비해, 내 일본도 제조는 주인을 통한 주각회로라고 부르는 마력회로를 형성하기 위해서 한다."

망치를 휘두르는 틈틈이, 진조가 작업의 의미를 가르쳐 주었다.

동시에 보통 칼 만들기와 다른 점을 가르쳐주니 대단히 공부가 된다.

"이것은 신가네로 쓴다."

검게 변색된 미스릴을 옆에 두고, 나머지 둘도 착수했다.

하나는 경도에 특화된 카와가네, 또 하나는 강도와 질김의 밸런스를 조정한 하가네라는 걸로 쓴다고 했다.

본래 철이라면 탄소량으로 밸런스를 조정하지만, 진조류 칼 만들기의 경우는 주인의 종류로 그걸 조정하는 모양이다.

"마지막으로 하가네로 신가네와 하가네를 끼우고, 모양잡기를 하는 것이다."

지금 다루고 있는 건 철이 아니지만, 진조는 딱히 신경 쓰지 않는 모양이라 나도 그냥 넘어갔다.

검은 미스릴 덩어리가 점점 내가 아는 일본도의 모양이 되어 간다.

"늘리기는 이 정도면 되는 것이다. 여기서부터는 나 혼자서 할 테니 쿠로는 구경하고 있으면 된다."

진조는 혈류 마법으로 주인을 거듭하면서, 검은 미스릴 칼을 망치로 두드려 날을 만들어갔다.

칼날 부근에 파문 같은 무늬가 생기기 시작했다.

칼 끝을 다 만들고 나서, 대장장이 장르에서 흔히 보는 담금질 작업에 들어가는데, 이 단계도 공중에 만든 피의 소용돌이에 칼날을 넣는 판타지 감이랄까? 뱀파이어감이 넘치는 공정을 거쳐서 일본도—라기보다 요도가 완성됐다.

◆

"아아, 이런 곳에 있었구만."

"참치는 어딨냐? 설마 너희들이 전부 다 먹은 건 아니겠지?"

칼에 명명을 끝낸 타이밍에 무쿠로와 요로이가 대장간으로 찾아왔다.

"체엣, 반 님이 카타아나 만드는 거 끝났네. 니혼 토를 만드는 진지한 반 님이 좋은데……."

세메리도 같이 왔다.

"뭐냐? 도령한테 칼 만들어 주고 있었나?"

"아니에요. 이건 제 거예요."

흡혈 공주 한 명이 방금 만든 요도를 끌어안았다.

독기시를 사용하면 흡혈 공주의 몸을 애무하는 것처럼 꿈틀거리고 있어서 제법 야하다.

"요도『쿠로기리마루』라고 이름 붙인 것이다. 소중히 다뤄라."

"네, 반 님."

흡혈 공주는 진조에게 인사를 하더니, 칼집과 장식을 만든다면서 통통 뛰며 물러갔다.

"좋겠다~."

그 등을 보면서 세메리가 중얼거리며 손가락을 입에 물고 부러워하고 있었다.

"반의 일본도 제조 따위를 보고 참고가 되긴 하나?"

"따위는 실례인 것이다."

요로이의 말에 진조가 항의했다.

"혈류 마법은 못 쓰지만, 일본도 제조에 대해서는 배웠어요."

만화 정도의 지식밖에 없었기 때문에 이것저것 오해하고 있었던 것이 많아 참고가 됐다.

진조가 사용할 때 조금 닿았는데, 혈류 마법 스킬은 생기지 않았다. 진조 말로는 어둠 마법이나 물 마법의 복합 마법이라고 한다.

"지상에 돌아가면 실천해 보려고요."

"그래. 다 되면 보여주러 오는 것이다."

잘 만들 수 있게 되면, 타마의 닌자도를 만들어 주는 것도 좋겠군.

"그런 것보다, 참치 회랑 초밥이다."

재촉하는 무쿠로에게 등 떠밀려서, 우리는 대장간을 떠나 테라스에 준비된 연회 공간에서 출장 초밥 장인을 하게 됐다.

혼자서는 힘드니까, 상야성의 요리사가 도와주었다.

"우효효효. 대뱃살이 입안에서 녹는구만."

"아아, 걸작이야. 좋은 와사비를 썼군."

"넙치나 잉어의 회도 맛이 있는 것이다."

"쿠로, 와사비 빼고 만들어 다오."

혀를 내두르는 요로이, 무쿠로, 진조에게 미소로 응답하고, 유이카 3호의 요청에 응답했다.

그런 식으로 전생자 팀에게는 호평이었는데—

"반 님의 취미지만, 이걸 먹는 건 고사하고 싶습니다……."

"이건, 조금."

"……."

—흡혈 공주들은 거리를 두고 말했다.

"생으로 먹는다니, 짐승 같아서 기분 나빠."

"세메리?"

"그건 반 님이 짐승 같다고 말하는 걸까?"

"……갈기갈기, 결정."

세메리가 진조를 비난하는 말을 흘리자마자, 다른 흡혈 공주들의 역린을 건드렸는지 다수의 「혈류 채찍」에 뒤엉켜서 테라스 밖으로 연행됐다.

아마 세메리를 핑계 삼아 초밥 냄새가 떠도는 장소에서 이탈하고 싶었겠지.

시로히메는 계속 얼굴에 손수건을 대고 있었으니까.

"이건 참치 조림인가?"

"아니, 그건 고래 조림이야."

"그렇군, 고래군. 그리운 맛—."

유이카 3호용의 와사비 뺀 뱃살을 쥐어주면서, 무쿠로의 질문에 대답했다.

"—고래, 라고?"

"그래. 잔뜩 있으니까 필요하면 나눠줄까?"

그렇게 잔뜩 먹었는데 아직도 한 마리째를 다 먹을 기색이 없단 말이지.

과연 300미터급의 초거대 고래다.

"『그래』가 아니다. 고래란 것은 대괴어 토부케제라 아니야?"

무쿠로가 「그래」 부분에서 내 흉내를 내며 말했다.

"그거 맞는데, 마물 고기 싫어해?"

"무쿠로, 이제 와서 뭘 그러냐? 이 녀석은 구두를 쓰러뜨려버린 규격을 벗어난 자식이란 걸 잊었냐?"

"그랬었지……."

미묘하게 실례되는 반응인데.

"고래 고기는 다오. 대가는 빚 하나면 된다. 신 관계로 의지할 게 있으면 와라."

"아아, 그때는 사양 않고 의지할게."

남은 고래 고기로 파격적인 대가군.

진조는 혈주나 혈옥을 비롯한 상야성의 희귀 소재, 요로이는 거점에 있는 마초 조각상을 양도, 유이카는 물건이 아니라 내 미궁 별장이나 미궁 온천에 상야성 같은 결계를 쳐주기로 했다.

응, 미안하지만 요로이 건 필요 없어.

"그런데, 김말이 초밥은 없는 것인가?"

"오이라면 만들 수 있어."

"나는 참치 김말이가 먹고 싶다."

"나는 평범한 김말이가 좋아."

유이카 3호가 말하는 평범한 김말이란 건 박고지가 들어간 걸 말하는 모양이다.

"그건 코야두부[#2]나 박고지가 없으니까 무리야."

"코야두부라면 반의 성에 있다."

#2 코야두부 두부를 얼리고 건조 가공한 것. 냉동과 건조를 거치며 장기 보존이 가능해진다.

—호오?

보통 두부라면 공도에서도 입수했지만, 코야두부는 보이질 않았단 말이지.

옆에서 도와주는 상야성의 요리사가 코야두부 레시피를 가르쳐준다고 했으니 지상에 돌아가면 얼른 만들어서 아리사한테 만들어줘야겠다.

"그리고—."

그때 진조의 폭탄발언이 날아왔다.

"박고지라면 토마토 탐색을 할 때 발견한 것이다."

—뭐라고?!

나는 축지로 진조에게 다가가 그 소재를 물었다.

물론, 신사적으로.

"불어! 어디서 발견했어!"

"쿠로, 그만두지 못할까! 나는 남색 취미 따위는 없다."

발견하는 게 힘들었는지, 진조가 좀처럼 입을 안 열었다.

신사적으로 물어보는 상대의 얼굴을 손으로 밀어내다니 실례로군.

"기다려라. 지도는 없지만 발견하는 건 간단하다."

"그래서 어디서 발견했는데?"

어느 정도 장소를 좁히면, 맵 검색 기능으로 발견할 수 있을 거야.

점심 식사로 자주 먹은 김말이 초밥을 또 먹을 수 있다!

"시가 왕국의 동쪽에 있는 대하는 알고 있겠지?"

"물론이지."

시가 왕국에서 공도 옆을 흐르는 대하를 모르는 자는 없을 거다.

"그 강의 상류를 원류 근처까지 올라간다."

구를리안 시보다도 더 북쪽이군.

"그 앞의 산들을 넘어서 북북서로 빠져나가면—."

—응? 북북서?

"숲 거인이 사는 대삼림이 있다. 그 거인들의 영역에 자생하고 있는 것이다."

그건— 무노 남작령에 있는 「산수의 마을」이잖아!

설마, 내가 이미 여행해온 「산수의 마을」에 박고지가 있었다니.

"거인 놈들은 까다롭다. 탐색에 사용했던 권속인 혈염 늑대나 구울이 몇 마리나 짓밟혀 버렸던 것이다."

그렇게 말한 다음, 진조가 침입할 거면 협력해줄 수 있다고 했다.

"그건 나도 짚이는 데가 있으니 괜찮아."

숲 거인의 마을에는 연줄도 있고, 이장인 「돌망치」가 모른다고 해도, 소거인들의 수장인 「세이타카」 씨한테 부탁해서 마을 사람들에게 물어보면 알 수 있겠지.

지금 당장이라도 가고 싶지만, 내일부터 왕도로 출발할 예정이니까 왕도 관광이나 생활이 안정된 다음에 갈까.

"다음에 올 때는 반드시 준비해 올게."

"응, 기대하지."

나는 유이카에게 최고의 김말이 초밥을 약속했다.

◆

"헤에, 세리빌라의 미궁은 그렇게 옛날부터 있었구나."

"그런 만큼 구두를 비롯해서 마왕이 힘을 쌓으러 오는 일이 많다."

선물로 가져온 떡을 식후 디저트로 먹으면서, 무쿠로 일행에게 세리빌라 미궁이 대륙에서 가장 오랜 미궁이라는 이야기를 들었다.

"대개의 마왕은 한 대로 끝나지만, 구두를 비롯해서, 전갈왕, 벌레왕, 쇄람왕 같은 유명한 녀석이 몇 번인가 되살아났지."

부활 마왕은 정신체로 이 세계에 재출현하여, 농밀한 독기의 응어리로 육신을 이룬다고 했다.

"덕분에 지난 천 년 정도 대가 바뀔 때마다 용사가 조사하러 온다."

"여기까지 온 녀석은 적지만 말야."

"우리들을 마왕이라고 착각하여 공격해 오는 건 여흥이 되니까 좋기는 한데, 정원을 흙발로 더럽히는 섬세함이 없는 건 좀 고쳤으면 좋겠다."

그러고 보니, 미궁도시에서도 탐색자 길드 상담관인 세베르케아 양이 「주검의 왕」, 「심연혈왕」, 「강철의 왕」, 「소귀 공주」를 마왕이라고 착각했었지.

아마 그게 무쿠로, 진조, 요로이, 유이카라고 생각한다.

"반네는 이야기로 남아 있을 정도니까."

"—이야기? 호러물이나 전기물인 것인가?"

"왕조 야마토를 주제로 한『세리빌라의 심원』이라는 이야기야."

"아아, 그 실없는 이야기군."

"정말이지, 나랑 무쿠로를 굴복시키다니, 그 태평한 녀석이 할 수 있겠나……."

왕조 야마토는 태평한 녀석이었나 보군.

"그러면『귀인족의 왕』이랑 싸웠다는 것도 창작이야?"

"나는 안 싸웠는데? 된장이나 간장 만드는 법을 가르쳐줬을 정도다."

—충격적인 사실이다.

시가 왕국에 된장이랑 간장을 전파한 건 유이카였나 보군.

"그렇지, 쿠로. 반에게 엘릭서는 받았나?"

나는 모르쇠란 태도로, 여러 종류의 떡을 하나씩 집어 먹으며 시가주를 마시고 있던 요로이가 그런 화제를 꺼냈다.

"쿠로는 엘릭서가 필요한 것인가? 지하의 보관고에 몇 갠가 있으니 필요한 만큼 가져가는 것이다."

"아니, 그렇게 귀중한 건 못 받지."

3개월쯤 지나면 양산할 수 있고 당장 필요한 아리사 분량은 확보를 했으니까.

"상관없는 것이다. 정기적으로 하층에서『계층의 주인』을 사냥하고 있으니, 몇 년에 한 번은 새로운 엘릭서를 얻을 수 있는 것이다."

"정기적으로 사냥하는 거야?"

"매년 사냥하지 않으면 무쿠로가 걱정하는 것이다."

"걱정?"

눈앞에 출현한 레어 몬스터를 사냥하지 않으면 손해 본 기분이 든다는 느낌인가?

"무쿠로는 아내를 아끼는 것이다."

"시끄럽다!"

진조의 말에 무쿠로가 화를 냈다.

어쩐지, 무쿠로가 아내를 소중히 여긴다는 것과 「계층의 주인」을 정기적으로 사냥한다는 이야기의 연결고리를 모르겠는데.

"어떤 분인가요?"

역시, 무쿠로의 아내니까 미이라의 왕비님이려나?

"아내? 무쿠로의 아내라면 던마인데?"

요로이가 뜻밖의 대답을 했다.

"던마?『미궁의 주인_{던전 마스터}』인가요?"

"아아, 맞아. 너라면『계층의 주인』정도는 쓰러뜨린 적 있지? 그 소환구의『언젠가 세 증거를 거느리고, 그대 곁에 이르리!』라는 것의『그대』라는 게 던마야. 그래서 우리는 누군가 세 가지 증거를 모아서 던마가 위험해지지 않도록 하층의『계층의 주인』을 사냥하는 거지."

헤에, 아내가『미궁의 주인』이란 것도 굉장한데.

어떤 식으로 만나서 맺어졌는지 조금 신경 쓰인다.

그렇지―.

"그러면, 『영창의 보주』를 얻을 수 있을까요?"

그것만 있으면 마법의 자유도가 상당히 올라간단 말이지.

"―음."

"아, 바보 자식."

"관둬라. 야."

진조, 무쿠로, 요로이가 각자 중얼거렸다.

"뭔가 안 좋았나요?"

"바보 자식, 우리 마누라는 베베 꼬여 있단 말이다. 그런 말을 했다간……."

"효효효, 확실하게 안 나오게 됐구마안."

그게 뭐야. 너무하네.

"물욕 센서라는 녀석이군."

아니, 그건 아니잖아.

"반의 보물 창고에 보주 한두 개 남아 있는 거 없나?"

"보주 종류는 희망하는 아내들이나 시녀에게 주기 때문에, 하나도 안 남아 있는 것이다."

요로이의 말에 한순간 기대를 해봤지만, 금방 부정해 버렸다.

그렇지―.

"직접 만나서 부탁할 수 없을까요? 물론 필요한 대가를 준비할게요."

"대가라……."

내 물음에 무쿠로가 떨떠름한 표정을 지었다.

"무쿠로의 아내라면, 대가로 『신 하나를 사냥해 와라』 정도는 말할 것이다.”

“아아, 그 신 혐오증 환자라면 그럴 법 하네.”

“우효효효, 그 광경이 눈에 선하다.”

진짜냐…….

내가 신을 이길 수 있는지 없는지는 그렇다 치고, 아무리 그 래도 원한도 없는 상대를 자기 욕망을 위해서만 죽이는 건 좀 못하겠네.

“그렇게 풀 죽지 말아라.”

요로이가 내 등을 탕탕 두드리며 격려했다.

금속 손이니까 평범하게 아프다.

“유이카, 애당초 반의 성은 그 녀석이 볼 수 있나?”

무쿠로의 말에 무심코 고개를 들었다.

내 공간 마법을 차단할 정도니까, 『미궁의 주인』이 엿보는 시 선도 차단해줄지도 모른다.

조금 기대하면서 유이카를 보았다.

질문을 받은 유이카가 고개를 갸우뚱 기울이며 고개를 돌렸다.

아무래도 어느샌가 얌전한 유이카 1호로 돌아왔던 모양이다.

“저는, 좀…… 초대 님으로 바꿀게요.”

유이카 1호가 초대 님, 유이카 3호로 인격 교대를 했다.

“그 녀석이 엿볼 수 없게 된 곳은 무쿠로의 비밀기지 정도인 데? 따돌리면 가엾지 않은가?”

유이카 3호가 허리에 손을 대고서, 「따돌림은 안 된다, 절대 로」라고 표어 같은 말을 했다.

어쨌거나, 이 미궁에서 「영창의 보주」를 얻는 건 절망적인가 보다.

"뭐, 10년쯤 수행하면 금방 사용할 수 있게 된다."

"음, 맞는 말인 것이다."

"그렇고말고요. 이곳의 시녀들도 도중에 포기해서 수행을 그만 둔 자들 말고는 5년에서 늦어도 8년 정도만에 익히고 있습니다."

반의 눈짓을 받은 시녀장 페드라르카 여사도 그렇게 말하여 위로해주었다.

"네. 영창 수행은 앞으로도 계속할게요."

양육원 아이들과 함께 영창 연습을 하고 있으니, 「영창의 보주」를 얻어서 편해지려는 건 어른으로서 조금 꼴사나운 걸지도 모른다.

나는 격려해주는 미궁 하층의 유쾌한 동료들과 작별을 고하고, 지상으로 귀환했다.

여행

"사토입니다. 승부에서 이기면 사귄다는 소재는 픽션의 세계에서는 흔해빠진 것이지만, 현실 세계에서는 그런 장면을 본 적이 없습니다. 뭐, 승부에 도전한 시점에서 고백한 거나 마찬가지니까요."

"머리칼 흐트러짐 없음, 옷의 주름도 없음— 이 정도면 되나?"

미궁 하층에서 저택의 집무실로 귀환한 나는 왕도행 비공정 승선을 위해서 귀족용 예복으로 갈아입었다.

복도로 나서자, 뭔가 엔트랜스 홀이 소란스럽다.

그쪽으로 가자, 나를 발견한 애기 메이드 한 명이 이쪽으로 후다닥 달려왔다.

"주인나리! 『비공정』이에요! 『비공정』! 날고 있어요!"

"비공정이니까."

"그렇네요! 굉장하네요!"

날지 않으면 비공정이 아니라고 생각합니다.

나는 애기 메이드 손에 이끌려 비공정이 보이는 창문으로 갔다.

미궁방면군의 주둔지 바로 위에 대형 비공정이 떠올라 있었다. 요전에 나나시로서 나라에 납품한 비공정 1호다.

우리나 중층 「계층의 주인」을 토벌한 「적룡의 포효」의 제릴 씨 일행을 비롯한 이들도 저 비공정에 동승하여 왕도로 가게 되어 있었다.

"커어다래, 요. 주인나리는 저 비공정 타는 거죠? 꽝장해요!"

미궁도시에는 매달 한 번 왕도에서 정기편이 오는데, 어째서 이렇게 텐션이 높은가 했더니 자기가 아는 사람이 비공정에 탄다는 거에 흥분한 모양이다.

"그래—."

애기 메이드의 머리를 쓰다듬으면서 함께 비공정을 올려다보았다.

비공정 측면 장갑에는 시가 왕국의 국기가 그려져 있고, 선수에 삐져나온 함교 위에는 탑승자를 나타내는 작은 문장 깃발이 올라가 있었다. 작위를 받을 때 무노 남작령의 문관 유유리나가 가르쳐준 문장학 덕분에 그 깃발이 「비스탈 공작」 것이라는 걸 알 수 있었다.

분명히, 미궁방면군 에르탈 장군의 조카가 그 공작이었을 거다.

비스탈 공작은 오유고크 공작과 사이가 안 좋다고 하니까, 이동하는 도중에 무료함을 달래기 위해서 오유고크 공작 쪽인 무노 남작의 가신인 나한테 시비를 안 걸면 좋을 텐데…….

뭐, 공작 정도 고위 귀족이 일부러 최하급 명예사작에게 시비를 걸 정도로 별나지도 않겠지.

"여러분. 아침 일이 끝나지 않았어요. 얼른 일하러 돌아가세요!"

어느샌가 엔트랜스 홀에 와 있던 메이드장 미테르나 씨가 일

갈하자, 애기 메이드들이 후다닥 흩어지면서 일하러 돌아갔다.

"안녕하십니까? 주인나리."

"그래. 안녕?"

그런데, 동료들은 옷을 다 갈아입었나?

"다들 준비는?"

"네, 이미 준비는 끝났습니다."

미테르나 씨의 말을 기다린 건 아니라고 생각하지만, 홀의 계단에서 보이는 문이 열리면서 아리사를 선두로 다들 얼굴을 비쳤다.

오늘은 다들 예쁜 옷이다.

"짜자~안, 어때? 근사하지?"

아리사가 빙글 그 자리에서 턴했다.

칵테일 드레스의 옷자락이 예쁘게 펼쳐지며 아리사의 포즈와 함께 둥실 내려갔다.

가슴에서 「혼각화환」 브로치가 반짝 햇빛을 반사했다.

"응, 멋진 의상이네."

"에잇! 칭찬할 거면 아리사 본체를 칭찬해줘!"

펄펄 화내는 아리사에게 「물론, 본인도 귀여워」라고 커버를 했다.

"다음은 포치인 거예요!"

"타마도~?"

타박타박 계단을 내려온 타마와 포치가 척 포즈로 내 감상을 기다렸다.

"둘 다 귀엽다."

"와~아."

"인 거예요!"

타마와 포치는 핑크와 레모네이드 옐로우의 드레스 차림이었다.

귀엽지만, 전대물 같은 「척」 포즈는 이 의상이랑 별로 안 어울리는 것 같다.

"사토."

미아는 신록색의 레이스를 듬뿍 사용한 드레스를 입었다.

어젯밤에는 엘프다운 민족의상인지 아제 씨가 입고 있는 무녀복 같은 옷인지 고민하고 있었는데, 결국 다른 애들에 맞추어 드레스를 고른 모양이다.

"미아도 공주님 같아."

"응."

미아의 대답은 짧았지만, 볼을 붉게 물들이고 기뻐보였다.

"마스터, 기상의 인사를 한다고 선언합니다."

"아아, 안녕?"

나나는 가슴팍이 가려진 얌전한 파란색 드레스를 입었다.

내가 처음 만들었을 때는 그라비아 잡지의 표지를 차지할 정도로 공격력이 높은 녀석이었는데, 미아의 참견과 아리사의 감수로 지금 같은 디자인이 되어 버렸다.

"마스터의 칭찬을 기다리고 있다고 속삭입니다."

"오늘은 평소보다 더 미인이네."

나나는 그다지 표정이 바뀌지 않아서 알기 어렵지만, 저 얼굴은 조금 자랑스러워하면서 뭔가 가슴이 설레는 표정이었다.

아마 왕도로 출발하는 게 즐거운 모양이다.

"기다리셨습니다, 주인님."

루루는 하얀색을 기조로 한 얌전한 드레스를 입었다.

어제는 메이드복을 고르려고 했었지만, 기껏 배로 여행을 하는 거니까 예쁘게 꾸미라고 권했다.

"주인님, 안녕하십니까?"

마지막으로 나온 리자는 전투복이다. 기사 같은 갑옷 차림이었다.

몇 번 드레스를 권했지만, 미스릴의 탐색자로서 가는 거니까 전투복으로 간다고 했었다.

리자가 보기 드물게 스스로 주장을 한 거니까, 마음대로 하도록 했다.

"아리사, 짐은 다 꾸렸니?"

"당근이지!"

아리사가 한시대 옛날처럼 대답했다.

눈에 띄는 짐은 더미용 옷가방 모양 대형 여행 가방이 셋에 갑옷 주머니가 둘 있을 뿐이다.

진짜 짐은 각자의 요정가방이나 아리사의 「보물 창고」, 그리고 아리사의 공간 마법 「격납고」로 만들어낸 수납공간에 넣었다.

"그러면 가자—."

애기 메이드들이 열어준 문을 지나 밖으로 나섰다.

정문 앞에 세워둔 두 대의 마차 앞에서, 애기 메이드들과 양육원의 아이들이나 탐색자 학교의 학생들이 꽃길을 만들어 주었다. 카지로 씨나 아야우메 양 두 사람도 있었다.

두 대의 마차 중에서, 한 대는 듀케리 준남작 가문에서 빌려온 것이다.

듀케리 준남작이 우리 마차가 마음에 든 기색이기에, 어느 정도 가까워졌을 무렵에 같은 형식의 마차를 한 대 양도해준 것이었다.

두 대에 모두 탈 수 없으니까 카리나 양 일행은 먼저 비공정의 정박소에 보낸 뒤였다.

""""다녀오세요, 사작님.""""

어린애들이 일제히 말했다.

나는 그것에 응답하면서 마차를 향해 걷기 시작했다.

꽃길 중간 정도까지 왔을 때, 짧은 지팡이를 든 양육원 남자애들이 앞으로 나섰다. 아침저녁으로 영창 수행을 같이 하는 아이들이다.

세 사람이 목소리를 모아 영창했다.

" ■ 미풍."
브리즈

놀랍게도, 그 중 한 명이 마법의 영창에 성공했다.

그의 마법으로 생긴 바람이 애기 메이드들이나 아리사 일행의 스커트를 들추었다.

나는 반사적으로 루루와 나나의 허벅지를 껴안아 스커트를 고정했다. 다른 사람이 보면 성희롱으로 보일지도 모른다.

그러나, 내가 가드하지 않았던 애들의 스커트는 성대하게 뒤집어지고 말았다. 더운 미궁도시에서는 통기성이 좋은 가벼운 천의 짧은 스커트가 많은 것이 원인이리라.

새된 비명이 들린 뒤, 내가 가드하지 않았던 미아나 아리사에 게서 성대한 항의의 목소리가 나왔다.

포치와 타마는 뒤집힌 스커트가 재미있는지, 「하늘하늘~」, 「인 거예요!」라며 기뻐했다.

"에헤헤~ 해냈다."

"젊은 나리한테 비밀로 영창을 특훈한 보람이 있었어."

장난꾸러기 꼬마들이 승리를 기뻐하고 있었다.

양육원에서 맡은 아이들 가운데 「영창」 스킬이나 「마법」 스킬 을 가진 애는 없었다.

설마 이렇게 짧은 시간에 영창을 습득할 줄은 몰랐네.

용도는 그렇다 치고, 그 노력과 재능에는 경의를 표하고 싶다.

솔직히, 부럽다……

아니, 어린애한테 질투하는 건 관두자.

그리고, 장난꾸러기 꼬마의 처분은—.

"이 바보 녀서어어어억!"

아리사가 꿀밤을 먹이자 비명을 질렀다.

그런 귀여운 해프닝 뒤에, 우리를 태운 마차가 비공정의 정박 소로 갔다.

"커다래~?"

"굉장히 굉장한 거예요!"

좌우의 창으로 몸을 내민 타마와 포치가 하늘에 떠 있는 거체를 올려다보면서 들떠 있었다.

붕붕 흔들리는 포치의 꼬리가 얼굴에 닿아서 아프다.

"우음."

양쪽의 창을 점거 당해 버린 미아가 불복하듯 마부석의 대화용 창을 열고 바깥 경치를 엿보고 있었다.

아리사, 루루, 나나 세 사람은 자리 찾기 가위바위보에 져서 앞 마차였다.

리자는 어째선지 마창 도우마를 가진 채 마부석에 앉아 있었다. 흑룡의 등에서는 무서워 했었는데 의외로 높은 곳을 좋아한단 말이지.

창밖에 배웅하러 온 구경꾼들이 우글거리는 게 보였다.

우리들의 마차를 깨달은 사람들이 퍼레이드가 떠오르는 환성을 차례차례 올렸다.

마부석에 앉아 있는 탓인지 리자에게 날아오는 성원이 많은 것 같았다.

"잠깐 세워줘―."

비공정 앞에 배웅을 나와준 제나 씨 일행이 보이기에, 마부 메이드에게 말해서 정차하고 마차에서 내렸다.

"사토 씨, 이거 비공정에서 드세요."

"고맙습니다, 제나 씨."

제나 씨가 건네준 꾸러미를 받았다.

따끈따끈한 온기가 손에 전해졌다.

"이건 제나 씨가 만들어주신 건가요?"

"……저기, 그게 저기……."

아닌가 보다.

제나 씨를 난처하게 만드는 건 내 뜻이 아니다. 얼른 화제를
바꿔야―.

"유감이지만, 만든 건 숙사의 식사를 만들어주는 아주머니랑
나야."

"잠깐, 릴리오! 비밀로 해달라고 했잖아요! 그리고 저도, 분
명히 담는 거 도왔어요!"

내가 커버하려는 말보다 빠르게, 릴리오가 진상을 폭로해 버
렸다.

나중에 제나 씨가 노력한 성과를 보여달라고 해야겠군.

"음식은 겉보기도 중요하니까요. 보기 좋게 담는 건 중요해요."

"아, 네……. 그렇네요……. 중요해요."

제나 씨가 시선을 피하면서, 중얼중얼 말했다.

아차. 이건 커버가 아니라 그냥 모른 체 넘어가주는 편이 좋
았나?

이거 실수했다. 미소녀 게임이었다면 호감도 다운 효과음이
울렸을 거야.

"그렇지, 소년. 지도 고마워. 다음에는 영지군 모두가 사마귀
―는 위험하니까 되도록 피하고, 『미궁 달팽이』나 『적색 곤봉딱
정벌레』를 중심으로 사냥해볼게."

릴리오가 손을 획획 흔들면서 감사 인사를 했다.

"네, 열심히 하세요. 여러분이 강해지면 그만큼 제나 씨도 안

전해지니까요."

그런 부분은 「구역의 주인」이 배회하는 커다란 방이나 이동하다가 만나는 「기사 살해자」만 주의하면 괜찮을 거다.

그녀들이 그 근처를 개척해줬기 때문에, 탐색자 학교의 학생들이나 졸업생들도 안전하게 사냥을 할 수 있으니까 그야말로 WIN-WIN의 관계다.

"—사작님!"

제나 씨가 「제나, 사랑 받고 있네」라고 릴리오에게 놀림 받고 있을 때, 이오나 양이 찾아왔다. 그녀 뒤에는 익숙한 기사와 문관이 있었다.

"사작님, 지난번 일로 대장인 기사 헨스와 트릴 문관이 감사를—."

"펜드래건 경! 태수 님께 소개해준 것, 감사한다!"

이오나 양의 말을 끊고서, 그녀들의 상사인 기사 헨스가 끼어들었다.

요전에 탐색자 학교 견학을 할 때 소개를 부탁해서, 소개의 편지를 써줬었다.

얼른 내일부터 위병들과 함께, 탐색자들을 상대로 하는 치안유지에 대해서 배운다고 했다.

장비품의 수리를 기다리는 기사나 병사들 속에서 우선적으로 연수를 받는다고, 물어보지도 않았는데 기사 헨스가 가르쳐 주었다. 그들이 치안유지에 대해서 배워준다면, 장래를 내다봐서 세류 시에 사는 문전 여관 사람들이나 해결사 점장인 나디 씨 일행을 위한 일이 되니까 꼭 열심히 해주면 좋겠다.

"펜드래건 경. 요전에는 탐색자 학교 견학 허가를 해주셔서 감사드립니다. 그리고 단기간에 마법병 제나 분대를 단련해주신 탁월한 수완! 참으로 감복할 따름입니다."

문관이 거창하게 추켜세웠다.

이럴 때는 대개 나중에 뭔가 부탁을 하기 때문에 나는 정신을 가다듬었다.

"그래서, 가능하면 우리들 세류 백작령 영지군에서 몇 명을 탐색자 학교의 수습 교사로 써주실 수는 없을까요? 물론, 무상으로 부려주셔도 상관없습니다."

영지군에서 교관을 하고 있던 베테랑을 내준다고 하기에 승낙해뒀다.

무상으로는 미안하니까, 수습 교사로서 급료를 지불할 생각이다.

"펜드래건 경은 탐색자 길드하고도 가깝게 지내고 계시죠?"

수긍하자 직원으로 응모하는 것에 한 마디 보태달라는 부탁이 이어졌지만, 그쪽은 딱히 권한이 없기 때문에 소개장을 써준다는 약속만 했다. 이제부터 왕도로 출발하니까.

마지막으로 제나 분대 사람들 말고 다른 멤버도 단련시켜줄 수 없을까 타진을 했지만, 그건 딱 잘라 거절했다. 세류 백작에게 훈장이나 포상이 나온다고 했지만 딱히 마음이 동하지 않았다.

"여러분에게 협력한 것은 제 친구이자 동료들의 은인인 제나 씨를 위해서입니다. 과잉된 의뢰를 하신다면 여러분과의 관계를 다시 생각해야겠군요."

이런 건 진흙탕에 빠지기 전에 적당한 곳에서 못을 박아둘까.

내 노여움을 샀다고 짐작한 문관이 태도를 확 뒤집어서 열심히 사과 모드가 되기에 그 정도로 봐주었다. 제나 씨까지 함께 문관의 실례를 사과했으니까.

◆

"……사토는 제나를 좋아하는 건가요?"

"갑작스러우시네요. 카리나 님."

나는 뒤에서 말을 거는 카리나 양 쪽을 돌아보고는 힘이 빠져버렸다.

……어째서 드레스가 아니라 갑옷 차림인 건지 추궁하고 싶다.

아침식사 때는 분명히 드레스 차림이었는데.

"그 의상은 어쩐 일인가요? 오늘은 공작 각하와 면회를 할지도 모르니까 건네드린 드레스로 준비를 해달라고, 부탁을 드리지 않았나요?"

나는 웃으면서 카리나 양을 몰아세웠다.

기껏 유력 귀족과 동석을 하는 거니까, 연담이 오기 쉽도록 공격력이 높은 근사한 드레스를 준비했는데.

"……그치만, 드레스를 입으면 남성분들의 시선이 무서운걸요."

"그런 식으로 귀엽게 말해도 안 됩니다."

"사토가 심술을 부리는군요! 제나한테는 그렇게 상냥했으면서……."

그야, 제나 씨는 친구고 이래저래 은혜를 입은 게 있으니까.

삐친 기색의 카리나 양은 그렇다 치고, 제나 씨나 아리사가 이쪽을 뚫어져라 보고 있는 건 어째서지?

릴리오 일행의 히죽히죽 웃는 얼굴을 보고 사태를 이해했다.

─아까 카리나 님이 한 말 때문이구나.

"저에게 제나 씨는─."

"스! 승부랍니다!"

내가 「존경할 수 있는 소중한 친구」라고 말하려는데, 약간 조바심 난 기색의 카리나 양이 말을 끊으면서 큰 소리로 말했다.

본래 그녀가 한 질문에 대답하려고 했을 뿐인데.

"저하고 승부를 하세요! 당신이 이기면 그 창피한 옷을 입어주겠어요."

자, 잠깐. 남들 듣기 안 좋게 말하지 말아주세요.

내가 준비한 건 왕도에서 유행하고 있는 최신 드레스를 흉내낸 것이다.

그녀가 말하는 「창피한 옷」이라는 것도, 약간 가슴이 낙낙하게 되어 있는 드레스고, 그 정도로 노출이 격한 게 아니다.

카리나 양이 고향에서 입고 있던 드레스는 오유고크 공작령에서 만든 것도 포함하여 조금 낡고 보수적인 디자인이었다. 그 탓에 파렴치하게 느끼는 거겠지.

뭐, 승부에 이기기만 하면 순순히 입어준다고 하니까, 얼른 결판을 내자.

"어쩔 수가 없네요. 결판은 포치나 타마 상대의 룰이면 될까요?"

"물론, 바라는 바랍니다!"

포치나 타마와 카리나 양이 대전하는 경우, 한 판 승부로 장외로 밀어내거나 등이 땅에 닿는 쪽이 지게 되어 있다고 한다.

"제가 이기면—."

그러고 보니 카리나 양이 이겼을 때 요구를 듣질 않았네.

카리나 양이 빨간 얼굴로, 이쪽을 바라보았다.

오히려 노려보고 있는 인상을 받았다.

한계 직전의 표정으로, 카리나 양이 충격적인 요구를 내밀었다.

"—저, 저랑, 호, 호— 결혼해주셔야한답니다!"

응? 결혼?

옆에서 아리사가 「길티」를 연호하고 있었다.

미아가 포치와 타마를 데리고 군것질을 하고 있어서 다행이군.

참고로 루루와 리자는 나나와 함께, 비공정으로 반입하기 위한 컨테이너에 짐을 실으러 갔다.

갤러리에서 환성인지 매도인지 알 수 없는 성원이, 카리나 양이나 나를 향해 날아왔다.

"아, 아니—."

눈이 빙글빙글 돌고 있는 카리나 양이 당황했지만, 아무도 그녀의 변명을 듣지 않는다.

아마, 왕도에서 결혼을 하지 않아도 되도록 「약혼자 행세를 해라」라고 말하려다가, 당황해서 말이 안 나오고 「결혼」이라고 해버린 거겠지.

그녀가 나에게 호의를 가지고 있는 건 틀림없다고 생각하지만, 이성으로서 나에게 반했느냐고 물어보면 고개를 갸우뚱거릴 수밖에 없다.

오히려, 포치나 타마의 덤 정도로 생각하고 있는 게 아닐까 싶었다.

그것보다도, 제나 씨가 「결혼」이라며 부서진 레코드처럼 같은 말을 반복하고 있는 게 신경 쓰인다.

나중에 오해를 잘 풀어둬야겠군.

"젊은 나리! 무대 준비가 끝났습니다요!"

제나 씨에게 뭐라고 말을 걸기 전에, 괜한 배려를 한 갤러리가 승부의 준비를 완료시켜 버렸다.

아는 얼굴이다 싶더라니, 서민가의 대표자 중 한 명인 「진흙 전갈」의 스코피였다.

비공정이 도착하기 전에 여흥용으로 마련해둔 가설 투기 공간으로 갔다.

오늘은 귀족들이나 미스릴의 탐색자들이 많이 모이기 때문에, 탐색자나 무인들이 자신의 강함을 어필하기 위해 가설 투기 공간을 준비한 모양이다.

가설 투기 공간까지 가자, 스코피의 부하들이 사전에 고지를 한 모양인지 수많은 갤러리가 모여 있었다.

"젊은 나리가 싸운다고? 누구랑? 흑창의 리자인가?"

"그 엄청난 미인이래."

"크구만! 소 수인보다도 굉장한데."

"이노옴. 내 여신에게 파렴치한 말을 하지 마라!"

"아아, 그 미녀라면 알고 있어. 콩알 갑옷 둘이 데리고 다니던 아가씨다."

"—그렇다면, 펜드래건 비장의 신인이라는 건가?"

"그건, 눈을 뗄 수가 없구만."

갤러리가 제멋대로 말하지만, 카리나 양은 나랑 결투하기 전에 긴장을 했는지, 들리는 목소리에 반응하지 않았다.

카리나 양과 마주섰다.

오늘 그녀의 장비는 미궁에서 쓰고 있던 방어구와 라카다.

미궁에서 그녀가 붕붕 휘두르고 있던 대검은 없었다. 도수공권이다.

나도 그것에 맞춰서, 허리에 차고 있던 요정검을 아리사에게 맡겼다.

카리나 양의 방어구는 방어력을 유지하면서 가슴의 흔들림을 방해하지 않는 회심의 작품이었는데, 지난번 미궁 개척에서 돌아온 다음 아리사가 마개조를 해서 흔들리지 않도록 고정되어 버렸다.

그 탓인지 조금 가슴이 답답해 보였다.

"자, 잠깐, 주인님. 일부러 진다거나 그런 생각은 하지 마?"

"생각 안 해."

아리사가 작은 소리로 바보 같은 소리를 하기에 즉답으로 부정했다.

"가슴에 낙이면 안 돼? 나라면 나중에 마음껏 만지게 해줄 테니까."

"아니, 그건 됐어."

애당초 어린 소녀의 가슴을 만져서 어쩌자고.

"그러면— 그렇지! 나중에 루루의 가슴을 만지게 해달라고 부탁해줄 테니까!"

현저하게 성장하고 있는 루루의 가슴을 만질 수 있는 허가는 조금 매력적이지만, 본인이 아닌 사람의 허가 따위 완전히 부도수표잖아.

"아리사, 진정해. 질 생각은 없으니까."

"그, 그래? 그렇지. 왜냐면, 우리가 있으니까."

불안해 보이는 아리사의 머리를 쓱싹 쓰다듬고, 나는 카리나 양이 기다리는 가설 투기 공간 중앙으로 발을 들였다.

얼른 승부에 이겨버리고 싶지만, 그럴 수도 없었다.

어려울 것 없이 한순간에 이겨 버리면 카리나 양에게 창피를 주게 되고, 주변에서 알 수 있는 수준으로 봐주면 결혼하고 싶다는 의심을 받는다.

잠시 호각의 승부를 이어서, 근소한 차이로 승리하는 패턴이 제일 좋다.

제법, 성가시지만 열심히 해야겠군.

"지금까지의 저라고 생각해서 방심하면, 한순간에 패배할 것이에요?"

"그건 무섭네요. 살살 부탁드려요."

"흥, 이로군요. 미궁에서 급성장한 제 앞에서, 언제까지 그런 시원스런 표정을 하고 있을 수 있을까요?"

요즘에는 포치와 타마에 이끌려 정신연령의 저하가 격렬했던 카리나 양이지만, 결투를 앞두고 오랜만에 나이에 걸맞은 어른스런 분위기가 돌아와 있었다.

카리나 양이 내 주의를 끄는 사이에, 몰래 라카가 「초강화 부여」로 카리나 양을 강화했다. 한순간이지만 비늘 형상의 마력 장벽이 발생하니까 금방 알 수 있단 말이지.

라카의 「초강화 부여」는 「신체 강화」에 더해 「의지 고양」, 「가속」, 「마력 장벽」 등의 지원 효과를 발휘한다.

나는 라카가 강화 마법을 다 쓸 때까지 기다리고서 자세를 잡았다.

심판의 신호와 동시에 땅을 기는 것처럼 접근해온 카리나 양이 눈앞에서 넘어— 아니, 넘어진 것처럼 보였을 뿐이다.

직전에 공전하여 뒤꿈치 찍기를 한 것이다.

엔터테인먼트성이 중요한 영상 작품이라면, 여기서 팔을 크로스하여 십자로 받아내는 게 보기에 좋겠지만 그런 배려는 필요 없겠지.

나는 몸을 반쯤 틀어서, 카리나 양의 뒤꿈치를 피했다.

—오옷.

피해낸 발꿈치가 갑자기 옆 방향의 벡터를 얻어서 대각선으로 공격해온다.

아마도 라카가 공중에 마력 장벽을 이용한 발판을 만들어, 그녀의 자세 변경을 가능케 한 것이 틀림없다.

그것을 따로 떼어놓고 생각해도, 그 한순간에 그렇게 할 수 있는 카리나 양의 반사 신경은 무척 대단하다.

이런 기동은 타마가 특기니까 타마한테 배웠을지도 모르지.

짧은 장타를 카리나 양의 다리에 뽑었다.

라카가 만든 작은 방패 몇 장을 장타로 파괴하면서, 카리나 양의 공격을 흘려냈다.

갤러리가 환성을 올렸다.

"오오! 저 일격을 피하다니!"

"그보다도, 저 미인이 입고 있는 갑옷은 마법의 물건인가?"

"저건 『펜드래건』 일행과 같은 장비잖아?"

"과연 『상처 모르는』 파티의 장비구만!"

해설을 듣고 있을 틈이 없다.

카리나 양이 땅에 닿은 발을 축으로, 반대쪽 발을 돌려 차기로 뽑었다.

그것을 백스텝으로 피하며, 장외가 되지 않도록 주의했다.

큰 기술만 써서는 맞출 수 없다고 판단했는지, 카리나 양이 낭비가 적은 작은 기술의 콤비네이션으로 바꿨다.

잽의 연타로 의식을 위로 모으고는 발 후리기라거나, 무노 시에 있을 무렵의 카리나 양하고는 명백하게 다른 교묘한 공격을 해온다.

미궁도시에 도착한 다음에 아인 소녀들 상대로 쌓아온 수행의 성과가 나온 모양이다.

……그리고, 미궁에서 대검을 썼을 때보다도 명백하게 강하다.

카리나 양은 검사보다도 격투가가 잘 맞을 것 같네.

그런 것을 생각하는 사이에, 나와 카리나 양은 일진일퇴의 공방을 반복한다. 종횡무진으로 펼쳐지는 그것은, 마치 댄스 같았다.

카리나 양의 공중 3단 차기를 손으로 흘리면서 반격의 돌려차기를 뿜었다.

물론, 충분히 힘 조절을 한 발차기지만, 카리나 양의 속도와 손색없는 속도라서 아무도 수상하게 생각하지 않는다.

카리나 양이 라카가 만든 역장을 발판 삼아 공중에서 궤도를 바꾸고, 내 발차기를 피했다.

충분히, 달인의 움직임이다.

"이봐, 어째서 저 킥을 피할 수 있는 거야!"

"시끄럽다, 여신의 싸움에 집중하고 싶다!"

"아아, 아깝다! 카리나 님! 힘내요~!"

"아아, 차암. 위태로운 싸움을 하다니, 얼른 승부를 내버려!"

"우음."

갤러리들이 제멋대로 해설을 하거나 보내는 성원을 배경 삼아서, 드디어 카리나 양의 비장의 수가 발동했다.

"어이! 저거!"

"마인인가?"

"하지만, 하얀색인데?"

카리나 양이 공중에서 내리치는 하얀 빛의 칼날을, 위기 감지에 따라 뒤로 뛰어서 피했다.

그녀의 손목에서 돋아난 것처럼 보이는 것은, 라카의 수호—비늘 모양의 작은 방패와 같은 질감을 한 30센티미터 정도 되는 빛의 칼날이다.

예상 밖의 공격이었다. 조금 더 빛의 칼날이 길었다면 간담이 서늘했겠어.

그러나, 이 간격이라면 맞을 리가 없다.

"이겼다아!"

아, 카리나 양, 그 대사는 안 되죠.

내 빈틈을 찌를 예정이었던 2단계째 비장의 수도, 승리를 확신한 카리나 양의 한 마디가 다 망쳐버렸다.

카리나 양의 손목에서 **떨어져서 날아오는** 빛의 칼날을, 상반신을 비틀어 피했다.

대각선 위에서 오는 공격이니까, 그 사선 끝에는 아무도 없다.

빛의 칼날이 내 옆을 지나갔을 때 파열하지 않을까 경계했지만, 그건 기우였다.

그대로 땅에 박혀서 빛의 칼날이 무산되어 버렸다.

"아직 멀었답니다아아!"

그래도 포기하지 않고 카리나 양이 맹공을 계속하려고 공격해오지만, 표정에 피로와 초조함이 떠올랐다.

아까 그 공격이 건곤일척의 공격이었는지, 라카의 본체에서 흘러나오는 파란 빛이 명백하게 약해졌다. 카리나 양의 마력도 거의 떨어져가는 모양이다.

가슴이 전혀 안 흔들리는 카리나 양과 싸워도 그다지 즐겁지 않으니까, 이쯤에서 싸움을 끝내기로 결정했다.

갤러리도 접전을 탐닉한 모양이고, 카리나 양도 비장의 수를 포함하여 전력을 발휘한 모양이니까 여기서 져도 후회는 없을 거야.

누가 봐도 내 맹공을 아슬아슬하게 비껴내지 못하고 아깝게 진 것처럼 보이기 위해서, 「수 읽기: 대인전」 스킬의 도움을 빌어 열 수 정도 만에 결판이 나는 패턴을 생각했다.

─아리사가 방심하지 말라고 혼낼 것 같아.

그런 괜한 생각을 하면서, 카리나 양의 자세를 무너뜨리기 위해 그녀의 왼쪽 어깨에 장타를 뻗었다.

장타는 얇아진 라카의 수호를 부수고, 그대로 카리나 양의 어깨를 밀어내─었어야 했지만, 피로가 다리에 나타난 카리나 양의 자세가 무너져서 우연히 장타를 피해냈다.

미약하게 내 손톱이 그녀의 갑옷을 스쳤지만, 이 정도에 상처가 날 정도로 약하게 만들지는 않았다.

빗나간 공격의 조합을 수정하여 카리나 양을 내몰았다.

싸우는 장소는 장외 라인 아슬아슬한 곳까지 이동해 두었다.

차츰 불리해지는 카리나 양의 모습에, 갤러리들이 마른침을 삼키며 지켜보았다.

가드한 팔이 연격으로 강하게 튕겨나가자, 카리나 양이 몸을 뒤로 젖혔다.

─앞으로 세 수. 내 공격을 카리나 양이 비껴내고 반격하려는

참에, 카운터로 쓰러뜨리는 형태다.

다음 순간, 갤러리가 끓어올랐다.

마가 춤춘다.

"오오오오오!"

"—신이여!"

"저, 저건 뭐냐!"

"기, 기적은 존재했어……."

아리사가 달아둔 구속끈이 튕겨 날아가고, 본래의 프리덤함을 되찾은 마유가 카리나 양의 움직임에 맞춰 아크로바틱하게 움직였다.

물론, 갑옷 그 자체는 무사하지만, 마유의 매력에 저항할 도리가 없었다.

젖가슴 난무에 시선이 못 박혀 버렸다.

"가라아아~~!"

"카리나 니이이이임!"

카리나 양의 메이드 부대가 보내는 성원이 들렸다.

바람을 가르는 소리가 발차기가 다가오는 것을 가르쳐주었다.

본능에 져서, 사각에서 다가오는 카리나 양의 킥에 반응할 수가 없다.

"안 돼애애애애애!"

"사토!!"

갤러리의 환성에 섞여서 아리사와 미아의 비명이 들렸다.

운명의 일격이 정해지고, 장외의 판정으로 결판이 났다.

◆

"그래서, 방심하지 말라고 언제나 입이 마르도록 말하잖아."

"음. 방심은 안 돼. 안 되는 거야? 여유는 좋지만 방심은 안 돼. 절대야?"

결판이 난 뒤, 아리사와 미아가 몰아붙였다.

그런데 미아. 언제 돌아왔니?

두 사람에게 「**걱정**끼쳐서 미안해」라고 사과하고, 땅에 주저앉아 움직이지 않는 카리나 양에게 말을 걸었다.

"괜찮으세요? 카리나 님."

『마음이 정리가 될 때까지, 가만 놔둬주게.』

"그런가? 그러면 위로하는 역할은 라카나 피나에게 맡길게."

말할 것도 없지만, 대전은 내가 승리했다.

카리나 양의 킥이 머리에 닿기 직전, 시선을 고정한 채 그녀의 근사한 다리만큼 머리의 위치를 내려 피한 것이다.

그 다음에 마유가 그녀의 몸에 가려진 것을 계기로, 공중에 있는 그녀의 허리를 아주 약간 밀어서 장외로 날려 보냈다.

운명의 일격이라기에는 가벼운 일타였을지도 모르지만, 카리나 양의 반응을 보니 거창하다고 할 수 없을 것 같다.

아마도 갤러리에겐 그녀가 기세가 지나쳐서 장외로 나간 것처럼 보였을 것이다.

"카리나~?"

"아픈 거예요?"

타마와 포치도 카리나 양을 위로하러 왔으니, 그 자리는 맡기고 벗어나고자 일어섰다.

로브 소매 자락을 끌어당기는 감촉이 들어서 시선을 내리자, 내 옷의 소매를 붙잡은 하얀 손가락과 카리나 양의 분한 눈물로 젖은 얼굴이 보였다.

"다음에는…… 다음에야말로 반드시 이기겠어요."

이런 불굴의 의지는 호감이 간다.

대상이 내가 아니었다면, 얼마든지 응원해주고 싶었다.

"살살 부탁드릴게요."

눈물 섞인 음성의 카리나 양에게 재대결을 승낙하고 포치, 타마와 교대했다.

"카리나는 잘한 거예요."

"같이, 더, 더 수행하자~?"

"물론이랍니다!"

뜨겁게 타오르는 세 사람을 등지고, 출발 준비를 리자에게 확인했다. 루루와 나나는 먼저 승선시켰으니까 여기에는 없다.

카리나 양과 싸움이 길었으니 출발시간까지 여유가 얼마 없을 거다.

카리나 양은 비공정의 선실에서 드레스로 갈아입도록 하고, 배웅하러 와준 사람들에게 인사를 하러 다니도록 할까.

"펜드래건 경!"

처음 인사를 한 것은 듀케리 준남작이 인솔해온 귀족 자제들이다.

탐색자 학교에 들어온 뒤로 아직 열흘도 안 지났는데 몸이 탄탄해지고 있었다.

"사작님. 방금 전 승부는 굉장했어요."

"정말 그렇노라! 사토 공 정도의 무인이라면 왕도에서 시가8검으로 천거될지도 모르는 일이니라!"

듀케리 남작에게 마차의 감사 인사를 한 다음, 메리안 양이나 미티아 왕녀와 인사를 나눴다.

시가8검으로 천거된다는 이야기는 몇 번 와도 즉답으로 거절할 예정이니까, 이상한 플래그를 세우는 건 그만두면 좋겠다. 두 사람에 이어서, 미티아 왕녀의 호위인 바위의 기사나 존재감이 옅은 종자 류라하고도 가볍게 인사를 했다.

이어서, 다른 귀족 자제들이 앞으로 왔다.

"나— 우리도 금방 펜드래건 경과 나란히 설 것이다."

"그러면, 저도 루람 공과 여러분에게 따라 잡히지 않도록 정진하죠."

혼자서만 통통한 그대로인 토케 남작 가문의 루람 군에게 립 서비스를 해뒀다.

"루람 주제에 건방지다."

루람의 머리를 찰싹 두드린 태수 3남 게릿츠 군이 앞으로 나섰다.

"보먼을 위해서 힘을 써줬다고 들었다."

······보먼?

금방 생각나지 않았지만, 메뉴의 교류란에 있는 메모장에 이름이 있어서 떠올랐다.

보면 소년은 게릿츠 군의 지인인데, 함께 미궁에 온 동료들이 미궁에서 전멸했을 때 수색대 편제에 조금 조력해준 상대다.

"그 녀석은 싫어하지만, 그 녀석의 어머니에겐 은혜를 입었다. 펜드래건 경의 조력에 감사한다."

소꿉친구이자 싸움 친구 같은 느낌인가?

루람 군이나 게릿츠 군에 이어서 다른 귀족 자제들도 인사를 했다. 게릿츠 군의 시중을 드는 태수의 호위 기사는 가볍게 눈인사를 하는 정도다.

""사작님!""

탐색자 학교를 대표해서, 「아리따운 날개」의 이르나와 지에나도 배웅하러 와주었다.

"탐색자 학교의 학생들은 우리들이나 카지로 님에게 맡겨 주세요."

"사작님께 도움이 되도록, 『펜드라』들도 팍팍 육성할 테니까요!"

그렇게 말하면 내가 자기 가신으로 삼기 위해 학생들을 육성하는 것처럼 들린다.

"안전제일로 부탁드려요."

"네!"

"물론이죠!"

이르나와 지에나는 멋진 웃음을 지으며 고개를 끄덕였다.

이 두 사람은 탐색자로서는 빛을 못 봤지만, 교육자로서는 상당히 우수하다.

"젊은 나리! 이건 선물이에요."

"타코야키인가요? 고맙습니다. 나중에 타마하고 먹을게요."

에치고야 상회 세리빌라 지점에서는 넬이 배웅하러 와줬다.

그 밖에도, 중견 탐색자 도존 씨나 코신 씨, 그리고 자리곤이 이끄는 「업화의 송곳니」의 사람들, 더욱이 여성 탐색자 집단인 「은광」 사람들도 어째선지 배웅하러 와줬다.

그다지 많은 이야기는 못했지만, 다들 축복해주니 기뻤다.

마지막으로 다시 한 번, 제나 씨 일행과 출발하기 전에 인사를 나눴다.

"길어도 1개월 정도면 돌아오니까요, 그때까지 너무 무리하지 말아주세요."

"네, 지난번 미궁 탐색으로 배운 걸 살려서, 안전제일로 힘낼게요."

안전제일이라고 하지만, 제나 씨의 뭔가 절박한 표정을 보니 그다지 안심할 수가 없다.

"오늘 아침엔 『사토 씨 일행의 강함에 조금이라도 다가가겠어요!』라고 의지를 보이지 않았어?"

"루우, 그건 여기서 할 말이 아닙니다."

루우 씨와 이오나 양이 뒤숭숭한 말을 나눴다.

―제나 씨?

내가 뭔가 말하고픈 시선을 보내자, 제나 씨가 어색한 표정을 지었다.

"제나 일은 맡겨둬. 무리하는 건 막을 수 없겠지만, 무모한 짓은 못하게 할게."

릴리오의 미묘하게 안심할 수 없는 말에 쓴웃음을 지으면서 다시 한 번, 제나 씨에게 무모한 짓은 하지 않도록 못을 박아두었다.

"이제 그만 갈게요."

"네, 사토 씨."

잘 알 수 없는 흐름으로, 제나 씨와 굳은 악수를 나누고 우리는 비공정의 승선 트랩에 올랐다.

우리들이 마지막 손님이었는지, 내가 타자마자 트랩이 올라가고 비공정의 주기관이 시동되는 소리가 들렸다.

왕도에서 예정을 떠올리면서, 우리는 동료들이 기다리는 전망실로 갔다.

◆

"—그렇지, 주인님. 전생할 때 일로 잊고 있었던 게 생각났어."

아리사가 창밖의 풍경에서 고개를 되돌리고, 「혼각화환」 브로치를 손가락으로 만지면서 나에게 귓속말을 했다.

"전생했을 때 신이 이렇게 말했어. 『권능, 희망, 성장』이라고. 그러니까 유니크 스킬을 전혀 안 쓰는 것도 위험할지도 몰라."

"그럴지도 모르지만, 아리사의 안전이 우선이야."

"위험성 있는 『전력전개_{오버 부스트}』는 그렇다 치고, 회수 제한이 있는

『불요불굴』은 괜찮지?"

흠, 그 정도라면 괜찮을까?

"알았어. 정말로 필요할 때만, 『불요불굴』의 사용을 허가한다. 회수제한은 절대 넘으면 안 돼."

"네~에, 알겠습니다."

아리사가 어린애 같은 태도로 대답했다.

"아, 또 하나 있었어."

"전생 관련 일이야?"

"응. 정확하게는 전생했을 때는 아니지만, 아기일 때 신이 꿈에 나타나서 이렇게 말했어. 자기 말고 다른 신이나 『신의 사도』를 만나면 조심하라고—."

아리사가 더욱이 목소리를 죽였다.

"—내 힘을 이어 받은 사람을 발견하면 반드시 공격해올 테니까, 자기 말고 신이나 『신의 사도』를 만나면 전력으로 도망치거나 전력으로 저항하라고 했어."

아리사의 말을 들었을 때, 내 뇌리에 테니온 신전에서 세례를 받았을 때 광경이 스쳤다.

그때, 아리사는 테니온 신의 세례를 받을 수가 없었다.

설마하니 생각하지만, 「다음 적은 신」이라는 건 아니겠지?

나로서는 신마의 최종결전 같은 게 아니라, 훈훈한 관광 여행이 좋거든.

창 밖으로 보이는 밝은 태양을 올려다보면서, 나는 하늘에 거하는 신들에게 사소한 희망을 바랐다.

왕도로 가는 여로

"사토입니다. 처음으로 비행기 날개 가까이 탔을 때, 상상 이상으로 날
개가 바람에 흔들려서 무서웠던 기억이 있어요. 물론 중간부터 익숙해져
서 평범하게 경치를 탐닉했지만요."

"비스탈 공작 각하를 뵈오니 참으로 영광인줄 아옵니다."

"그래. 모사드 준남작도 장건하니 다행이군."

비공정이 미궁도시에서 날아오르고 금방 귀빈실로 불려간 것
은 「붉은 귀공자」제릴 모사드 준남작을 필두로 귀족적에 있는
자들뿐이었다.

우리들 말고 미스릴증을 얻은 사람들도 왕도에서 서훈을 받
을 테지만, 평민이면서 여기로 불려온 자는 없었다.

물론 귀족이라고 해도 준남작위를 가진 제릴 씨를 빼면 명예
사작과 작위가 없는 귀족 자제들 정도밖에 없다.

나는 다른 자들의 말석에서 무릎을 짚고, 우리들 뒤에 입실해
온 비스탈 공작의 얼굴을 훔쳐보았다.

비스탈 공작은 숙부인 에르탈 장군과 마찬가지로 매부리코에
억센 생김새의 중년 남성이었다. 숙부와 조카의 관계인데도 두
사람의 나이는 그리 떨어지지 않았다.

233

상대는 왕족도 아니라서 시가 왕국의 관례에 따르면 무릎을 짚을 필요는 없을 테지만, 현 국왕의 사촌이라는 고귀한 핏줄 탓인지 아니면 비스탈 공작의 권세 탓인지 방에 먼저 들어와있던 사람들이 무릎을 짚고서 입실을 기다리고 있었기에, 나도 눈치밥으로 그 자리에 맞추었다.

"어엿한 수완이었다고 라벨레에게 들었다."

제릴 씨의 교묘한 지휘와 작전으로, 강대한 미궁 중층의 「계층의 주인」을 토벌한 것을 비스탈 공작이 칭찬했다.

"장차 내 영지군의 한쪽 날개를 맡게 될 지도 모르겠군. ─아니, 그 전에 시가8검의 자리에 앉아 경력을 쌓겠는가?"

"재주가 미천한 몸에는 너무나 과분한 바람이지만, 시가 왕국에서 무인의 길을 걷는 자로서, 언젠가 그 말석에 앉고 싶다 바라고 있습니다."

비스탈 공작의 너그러운 발언에 제릴 씨가 긴장한 표정으로 대답했다.

한가하기에 들어본 바 없는 라벨레라는 이름을 맵으로 검색해보니, 비스탈 공작의 부하 중 한 명으로 제릴 씨와 함께 「계층의 주인」을 토벌한 흙 마법사였다.

아마 제릴 씨의 「계층의 주인」 토벌을 지원하기 위해서 장차 주군이 될 비스탈 공작이 파견한 거겠지. 일부러 비스탈 공작이 이 비공정을 탄 것도 가신이 될 제릴 씨를 축복하기 위해서일지도 모르겠다.

이윽고, 비스탈 공작과 제릴 씨의 대화가 끝나고, 공작이 귀족의 자제에게 「계층의 주인」 토벌을 축복하는 말을 순서대로 걸었다.

이어서 명예사작들에게 아까보다도 어느 정도 간소한 축복의 말을 하고, 마지막으로 내 차례가 되었다.

시선을 보니 나한테 마음에 안 드는 점이 있는 느낌이다.

"아까 그 곡예는 즐겁게 보았다. 경은 탐색자보다는 재주꾼이 더 잘 맞는 것은 아닌가?"

곡예라고 하면 카리나 양이 펄펄 뛸 것 같군.

하지만, 미아가 연주하고 아리사가 춤추고, 포치와 타마가 춤추면서 재주를 선보이며 각국을 떠도는 건 참 즐거울 것 같군.

그런 식으로 생각해 버린 탓인지―.

"그것은 즐거울 것 같습니다. 혹 탐색자를 폐업하게 되면 공작 각하의 성채 도시에서도 공연을 하고 싶습니다."

―그만, 그런 느낌으로 말을 해버려서 공작이 떫은 표정을 지어버렸다.

칭호 「무구한 도발자」를 얻었다.

이상한 칭호가 생겼지만 무시해도 되겠지.

공작은 비꼬는 의미로 말한 걸 테니까, 내 솔직한 감상이 앙갚음으로 들렸을지도 모른다.

이건 「하천한 평민 출신이 운운」하며 성대한 조소로 끝나는 것이 약속된 전개인데…….

"오유고크 공작은 경을 은퇴하는 토렐 경의 후계자로 천거할 셈인 모양이다만, 실력도 없이 맡을 수 있을 정도로 시가8검의 존재는 가볍지 않다."

토렐 경이라는 게 누군지 처음에는 몰랐는데, 이야기의 흐름으로 보면 시가8검을 은퇴하는 누군가겠지.

그러고 보니, 제나 씨 이야기 속에서 토렐 경의 이름이 나온 것 같다.

분명히 하급룡에게 도전했다가 큰 부상을 입었던 사람이다.

그건 그렇고 아무리 정적이 후원을 하는 상대라도, 미스릴의 탐색자한테 「실력도 없이」라고 단정하는 건 무리가 있는 것 같은데.

"—각하."

인물감정 스킬을 가진 측근이 공작에게 귓속말을 했다.

공작은 미약하게 눈썹을 올린 다음에 나를 보고, 역겹다는 기색으로 작게 혀를 찼다.

"그리고 시가 왕국을 대표하는 무인이 되려면 무훈만 가지고서는 안 된다. 사람들의 모범이 되는 우아함과 교양이 있어야 하지."

발언의 방향성이 갑자기 바뀐 것은, 측근이 내 레벨을 알려줬기 때문이겠지. 물론 본래의 레벨 311이라는 경이로운 수치가 아니다. 교류란에 설정해둔 공개 레벨 수치다.

구두의 마왕을 토벌하기 전처럼 공개 레벨이 30이었을 때라면 모를까, 지금은 제릴 씨와 동등한 레벨 45까지 올려놨으니까 시가8검이 될 자격을 무력이 아닌 걸로 바꾼 거겠지.

"그것들을 모두 아울러 갖춘 자는 드물다."

공작은 시선을 제릴 씨에게 보내고 묵직하게 고개를 끄덕였다.

그렇군. 그는 제릴 씨를 시가8검으로 천거하여 오유고크 공작에게 대항하고 싶은 거구나.

세력 다툼의 게임 말 취급 받는 건 가능하면 사양하고 싶은데.

까딱 잘못해서 시가8검이라도 되면 관광을 다니지도 못하게 될 것 같군.

그리고, 섣부른 발언을 했다가 적으로 인정되면 곤란하다.

일단은 아까 그 실언을 커버하고자 「공작 각하의 충고에 감사드립니다」라고 무난하게 대답해뒀다.

만약 불똥이 튄다면 적당히 새로운 가명을 대면서 수수께끼의 제3세력으로 등장하여 시가8검의 자리를 옆에서 가로채면 되겠지.

적당히 사태가 수습되고 나면, 수수께끼의 검호는 용에게 도전하여 덧없이 전사한 걸로 하면 될 거야.

제릴 씨가 그 후계자가 되면 잘 수습되겠지.

◆

"비스 공도 참, 주인님이랑 적대하다니, 파멸 플래그를 세우네."

"정말이지, 어리석은 일입니다."

아리사의 말에 리자가 진지한 표정으로 고개를 끄덕였다. 미아는 모르쇠란 느낌이다.

　나는 우리에게 배당된 선실로 돌아온 다음 귀빈실에서 있었던 일을 애들에게 알려줬는데, 어째선지 비꼬는 말을 들은 내가 아니라 비스탈 공작을 동정하는 느낌이었다.

　아무래도 위기감이 희박하니까, 이상한 녀석이 접근하면 꼭 보고하도록 말해뒀다.

　그리고 루루와 나나는 주방 견학, 포치와 타마는 결투에 져서 풀이 죽은 카리나 양의 상태를 보러 가서 여기 없었다.

　"정말로 시가8검이 되는 건 어때?"

　"돼서 어쩌라고?"

　"무슨 말이야. 시가 8검이 되면 재적중인 대신들이랑 마찬가지로 백작 취급인걸?"

　"그런 지위는 흥미 없어."

　애당초 나는 상급 귀족이 되어도 메리트가 없다.

　만약 작위가 필요하면 나나시로서 국왕에게 부탁하면 후작 정도는 무리라도 백작위 정도는 간단히 줄 것 같긴 하지만.

　"크아～～악. 정말! 어째서 그렇게 욕심이 없는데! 남자라면 이세계 와서 치트 얻으면 입신출세를 하려고 생각 안 해? 백작 같은 거 되면 귀족의 영애나 아내를 마구 받을 수 있는데?"

　"진정해, 아리사."

　이해하기 어려운 주장을 하면서 아리사가 바싹 다가온다.

　아리사는 「약속된 전개」가 얽히면 폭주하는 기색이 있다. 평소에는 날 좋아한다고 말하면서 달리 아내가 늘어나도 되는 건가?

그런 아리사의 발언에 미아가 눈썹을 찌푸렸다.

"바람은 안 되는 거야. 절대로야? 그리고 아내는 이미 충분히 있어. 잔뜩이야?"

"미아 미안! 자, 잘못했다니까, 반성하고 있어어~."

미아의 태도에 아리사도 허둥댄다.

나로서는 오로지 아제 씨 뿐이지만, 괜히 건드리면 엉뚱한 방향으로 튈 것 같으니 아내가 누구를 가리키는 건지는 미아에게 확인하지 않았다.

리자는 딱히 의견을 말하지 않았지만, 태도나 표정을 보니 아리사와 마찬가지로 내가 시가8검이 되면 된다고 생각하는 것 같다.

다만 나보다도 리자가 시가8검에 잘 맞는다고 생각한다.

적어도 지금의 리자라면 시가8검이었던 제3왕자보다 강할 테니까.

포치나 타마도 이미 제3왕자보다 강하다고 생각하지만, 이 둘은 아직 어린애니까 그런 직위에 앉히는 건 조금 이르지.

◆

"다녀왔슴슴~?"

"다녀왔습니다, 인 거예요."

포치와 타마가 지친 표정으로 돌아왔다.

언제나 활기가 가득한 두 사람치고는 드문 표정이다.

"카리나 님 어땠니?"

"방에 콕콕~."

"방에서 안 나오는 거예요!"

추욱~. 소파에 늘어지는 포치와 타마에게 수고했다는 의미를 담아서 비장의 고래 고기 육포를 입에 넣어주었다.

전에 만든 100킬로그램 분량의 육포는 이걸로 끝이니까 또 만들어야겠군.

"이, 이건!"

"고래 육~포~."

"활기 100배인 거예요!"

둘은 입에 육포를 문 채 뛰어 올라서 척 포즈를 취했다.

수고한 두 사람에게 위로의 뜻을 담아 머리를 쓱쓱쓱 쓰다듬었다.

둘은 간지러운 기색이지만, 눈을 가늘게 뜨고서 기쁜 소리를 흘렸다.

"어디, 그러면—."

"가슴 씨한테 가려고?"

—아니, 그럴 생각 없는데?

나는 그렇게 말할 뻔 했지만, 현명하게도 말하지 않았다.

분명히, 이 상황에 풀이 죽은 카리나 양을 방치하는 건 심한가?

모처럼 있는 기회니까, 모두를 데리고 다른 미스릴 탐색자들과 교류를 할까 생각했는데 그건 나중에 하자.

"그러네. 조금 시간을 두고서 어떤지 보러 다녀올게."

손님을 알리는 노크 소리에 리자가 일어섰다.

방문자는 카리나 양의 호위 겸 메이드인 에리나와 신입 아가씨였다. 주방에 갔던 루루와 나나도 있다.

시녀인 피나는 카리나 양에게 배당된 선실에 남아 있는 모양이다.

"사작님 도와주십쇼~."

"부탁드립니다!"

두 사람이 고개를 숙이면서, 방에 틀어박힌 카리나 양을 어떻게든 해달라고 부탁했다. 그렇게까지 걱정하지 않아도 될 것 같은데, 그녀들의 경험으로는 이상하다고 한다.

"그치만, 주방에서 루루 씨가 만들어준 튀김 그릇을 방 앞에 놔둬도 나오질 않는 겁다?"

에리나, 그걸로 나오는 건 너뿐이야.

포치와 타마에 더해서, 리자까지 고개를 끄덕끄덕하는 기척이 느껴졌지만 묵살했다.

"나나 집정관한테 혼나도, 조를 대장한테 너덜너덜하게 당해도, 게르트 요리장이 만든 튀김 냄새로 기운을 차렸습다! 그런데~."

에리나가 필사적으로 나한테 다가왔다.

카리나 양을 걱정하는 건 알겠으니까 아까부터 내 팔을 작은 가슴에 끌어안는 건 관두자. 신입 아가씨가 흉내 내잖아.

"길티."

"잠깐, 그렇게 달라붙을 필요 없잖아."

아리사와 미아가 두 사람을 내 팔에서 떼어냈다.

본래 카리나 양을 만나러 갈 예정이었으니, 우리는 두 사람의 청에 따라 카리나 양의 방으로 가게 됐다.

"카리나 님, 몸져누우셨다고 들었습니다만, 상태는 어떠신가요?"

카리나 양이 틀어박힌 침실의 문을 노크했다.

물론, 대답이 없다.

"카리나 님은 이렇게 풀이 죽을 정도로 사작님을 좋아하셨네요…… 눈치 못 챘어요."

"사작님한테 차이면, 왕도에서 강제 결혼 활동이니까 그렇습다."

"남작님이라면 모를까, 니나 집정관한테 걸리면 분명히 유력 귀족이랑 연담 자리가 성사될 테니까요."

"나이를 봐도 벼랑 끝이고, 틀림없습다. 왕도에서 결혼 활동을 하는 것보다 사작님의 사모님이 되는 편이 즐거울 것 같기도 한 겁다. 앞으로도 포치나 타마랑 같이 미궁에서 실컷 싸울 수 있습다."

뒤에서 신입 아가씨랑 에리나가 그런 비밀 이야기를 하는 걸 엿듣기 스킬이 포착했다.

둘 다 카리나 양과 함께 행동을 하다 보니, 그녀를 잘 보고 있었다.

그런데, 그런 것보다 다음은 어떡한다?

"이럴 때는 아마노이와토 작전이야!"

"아마노이와토 인가요?"

"그래! 용사님 세계의 신화인데, 신역에 틀어박혀서 안 나오는 여신님이 있었어! 그 여신님을 끌어내는 작전을 실행하는 거야!"

아리사가 거칠게 콧김을 뿜으며 테이블 위에 떡 버티고 서서 주장했다.

"아리사, 버릇없습니다."

"나하하하, 미안미안—."

리자가 야단치자 바닥으로 내려온 아리사가 다시 한 번 자신만만하게 아마노이와토 작전 실행을 선언하고는, 모두를 데리고 연회 준비를 하기 위해 주방으로 갔다.

그러나, 진심으로 풀이 죽은 사람의 방 앞에서 연회 같은 걸 벌이면 괜히 오기가 생겨서 더 안 나올 것 같다.

카리나 양의 침실로 이어지는 문 앞에서, 나는 생각했다.

나나가 아마노우즈메노미코토 역할이라면 보고 싶지만, 평소 같은 패턴이라면 아리사나 연소자 팀의 누군가겠지.

나는 딱히 아쉬울 것 없이 일어서서, 카리나 양과 사이를 가로막는 문 앞으로 다가갔다.

공간 마법「멀리 보기」로 방 안 상태를 확인했다.

솔직히 말해서 한창 나이의 아가씨 방을 엿보는 건 완전히 아웃인 행위지만, 이번에만 자신의 윤리관을 무시하자.

아쉽게도— 아니, 다행히도 카리나 양은 아까 그 옷을 입은 채 침대에 엎드려서 토라져 잠들어 있었다.

아니, 맵으로 확인했는데「수면」상태가 아니니까 잠든 건 아닌 모양이다.

나는 그걸 확인하고서 바람 마법「밀담 공간」으로 소리를 차단하고,「이력의 손」마법을 이용해 침실 안쪽에서 잠금쇠를 열었다.

이 콤보가 범죄에 쓰이는 게 무섭지만,「바람 마법」,「공간 마법」,「술리 마법」셋을 쓸 수 있다면 애당초 범죄자가 되지 않아도 대성할 수 있다.

그런 시답잖은 생각을 하면서 침실로 들어갔다.

테이블 위에서 라카가 파랗게 깜빡이고 있었다.

깜빡이는 모습을 보니 라카는 내 침입을 깨달은 모양이지만, 카리나 양에게 경고할 생각은 없는지 침묵을 지키고 있었다.

"카리나 님, 몸이 안 좋다고 들었는데, 상태는 어떠신가요?"

카리나 양의 침대 머리맡에서 그녀에게 속삭였다.

놀란 카리나 양이 펄쩍 뛰어오르더니, 넓은 침대 끝에 있는 베드 보드에 등을 기댔다.

아차. 문을 열 때 소리를 지운 탓인지 발소리도 죽이며 다가와 버렸다…….

시치미를 떼자.

"놀라게 해 버렸나요?"

카리나 양은 빨개진 눈가가 눈에 안 띌 정도로 얼굴이 빨개져서, 입을 뻐끔뻐끔 움직였다.

……그렇게 놀랐나?

싸움에 지고 분해서 운 탓인지, 눈가가 촉촉해서 폭력적일 정도로 매력적이다.

뇌리에 아제 씨를 떠올리고 정욕을 억눌렀다.

"가만있으세요."

"……네……."

카리나 양은 거동이 수상하게 주위를 두리번거린 다음, 결심한 것처럼 눈을 감았다.

꺼낸 손수건으로 그녀의 눈가를 닦는 척 하면서 마법으로 치유했다. 이걸로 안심이다.

카리나 양은 눈을 감고 있고, 라카는 내 몸이 가려서 마법의 발동이 안 보였을 테니까 괜찮을 거야.

하지만, 다 닦고 나서도 카리나 양이 눈을 감고 있었다.

─너무 빈틈투성이인데.

내가 육식계였으면 그대로 키스를 하고 덮쳐버렸을 겁니다?

"다 닦았어요. 이제 눈 떠도 괜찮습니다."

카리나 양이 눈을 크게 깜빡인 다음, 멍한 표정으로 이쪽을 보았다.

나랑 눈이 마주치자 뭐가 마음에 안 들었는지 볼이 퉁퉁 부풀어 올랐다.

"사토는 심술쟁이예요!"

카리나 양이 던진 베개가 내 얼굴로 날아왔다.

베개를 받아낸 시야 구석에 칭호 획득 로그가 보였다.

〉칭호 「마법 도적」을 얻었다.

〉칭호 「정적의 침입자」를 얻었다.

〉칭호 「사랑 도둑」을 얻었다.

……마지막 칭호는 반납하고 싶은데.

◆

"요리가 도착한 거예요!"

"튀김 산맥~?"

포치와 타마가, 그런 말을 외치면서 방으로 뛰어 들어왔다.

펄펄 화를 내면서 달콤한 공기를 뿌리던 카리나 양의 취급에 난처하던 참이라 솔직히 살았다.

"카리나~?"

"카리나가 문을 열어준 거예요! 아마노 작전은 굉장한 거예요!"

아니아니, 아마노이와토 작전은 아직 발동도 안 했어.

타마랑 포치가 카리나 양의 품에 뛰어들며 기뻐했다.

두 사람에게 사과하는 카리나 양을 흘끔 살피면서, 두 사람이 날라온 커다란 접시 위의 요리에 눈길을 주었다.

"응, 냄새 좋구나."

"몰래 먹으면 안 되는 거예요!"

요리 완성도를 확인하려다가 포치한테 야단맞았다.

"맛보기야. 맛보기."

"맛보기라면 어쩔 수 없는 거예요."

"타마도 맛보기~?"

"포치도 맛보기를 하는 것에 **어색**하지 않은 거예요."

포치, 그건 「인색하다」야.

타마의 그릇 꼭대기에서 집은 튀김을 타마와 포치 입에 넣어 주었다.

이어서 내 입에도 하나.

루루도 실력이 늘었다. 이제 조리 스킬 최대인 나보다 잘하는 거 아냐?

카리나 양이 내 옆에서 포치와 타마를 부러운 기색으로 보고 있기에, 작게 벌어진 그녀의 입에도 하나 선물했다.

갑자기 입에 튀김을 넣은 탓인지, 카리나 양이 오물오물하면서 항의했다.

손을 들지 않는 걸 보니, 입에 넣은 튀김에는 죄가 없다는 거겠지.

그때 미아와 조금 늦게 아리사가 돌아왔다.

두 사람 다 온몸을 뒤덮는 망토를 입고 있었다. 그 안쪽 의상을 물어보기 무섭군.

"길티."

카리나 양이 뿜어내는 분위기에 반응한 미아가 엉뚱한 죄를 물으려고 했지만, 오히려 길티 판정을 받아야 하는 건 너희들이다.

"어머, 에이, 가스— 카리나 님을 방에서 끌어냈어?"

조금 표현이 그렇지만, 아리사의 물음에 수긍했다.

"기껏 준비한 뇌쇄 의상이 소용없어졌네."

"밤."

"그, 그렇네!"

중얼중얼. 작은 소리로 나누는 아리사와 미아의 뒤숭숭한 대화는 전력으로 무시했다.

어디, 기왕 준비한 거 연회라도 시작해볼까?

◆

"흠. 과연 미궁도시 유수의 요리사가 만든 요리군."

"맛있다. 설마 비공정에서 환상의 요리사가 솜씨를 발휘해줄 거라고 생각 못했군."

루루가 만든 파티 요리를 먹은 미스릴의 탐색자들이 감탄의 소리를 질렀다.

요리의 수가 많기에, 비공정의 대식당에 다른 탐색자들을 초대하여 파티를 열어봤다.

예상보다도 참가자 수가 많아서, 부족한 요리는 비공정 주방 사람들의 협력을 받아서 추가했다. 그리고 대부분의 식재료는 내가 들고 온 거다.

비공정에 타고 있던 미스릴의 탐색자들은 대부분 남성이었지만, 여성 탐색자도 일고여덟 명 섞여 있었다.

같은 여성 탐색자라면 카리나 양하고도 친구가 될 수 있을까 생각했는데, 내 속셈은 빗나가고 말았다.

테이블 한 구석에서 에리나와 신입 아가씨를 방벽 삼아서 요리를 먹고 있었다.

방금 전까지는 카리나 양의 마유와 미모에 이끌린 남성 탐색자들이 몰려들었는데, 다수가 다가가면 카리나 양이 무서워하니까 한 번에 두 사람 이상이 다가가지 못하도록 내가 매니저처럼 관리하는 꼴이 됐다.

어느 정도 순서가 돌아간 다음, 카리나 양한테 그럴 생각이 없다는 걸 깨달았는지, 남성 탐색자들은 급사를 하고 있는 여성으로 타깃을 바꿨다.

나나한테도 남성진이 달라붙었지만, 평소처럼 마이페이스로 물리쳤다. 그들이 나나의 철벽 방어를 돌파하기에는 앳됨이 부족한 모양이다.

사라진 남성진들 대신 파티에서 친해진 여성 탐색자들을 카리나 양에게 소개했는데, 아무래도 성향이 안 맞는지 대화가 뚝뚝 끊어지며 이어지질 않았다.

기껏 상대가 호의적인 느낌인데, 어째서 그렇게 가시 돋친 대응을 하는지 추궁하고 싶군.

여성 탐색자들은 쓴웃음을 짓는 정도로, 별로 기분이 상한 것 같질 않으니 그나마 다행이다.

"잠깐, 주인님한테 너무 달라붙지 마!"

"응, 접근 금지."

아리사와 미아가 스킨십이 풍부한 여성 탐색자들 사이에 끼어들었다.

흠. 그렇게 달라붙었었나?

기분 탓인지 카리나 양이 아리사와 미아를 보고 기분이 좋아진 기색이었다.

어쩌면 나랑 그녀들의 거리가 너무 가까워서 까칠한 대응을 한 걸지도 모른다.

다음에 카리나 양에게 친구 후보를 소개할 때는 거리감에 주의해둘까.

나름대로 넓은 식당 한 구석에서 미아가 음악을 연주하기 시작했다.

탐색자 누군가가 청했는지, 시가 왕국의 사교댄스에 쓰이는 유명한 곡이다.

탐색자 남녀가 곡에 맞추어 춤추기 시작했다.

그다지 연습을 안 했는지 다들 서투른 느낌이었다.

"웃지 말아줘. 우리는 젊은 나리나 제릴이랑 달라서 평민이니까, 다들 왕도에 도착하기 전에 연습을 하고 싶은 거야."

"웃지는 않아요. 처음에는 다들 초보자니까요."

서른 가까운 여성 탐색자가 댄스가 서투른 탐색자들을 두둔했다.

왕도에 도착하면 그들은 갖가지 귀족들이 주최하는 파티에 초청을 받을 거다. 그 자리에서 창피를 당하지 않기 위해서도, 사교댄스를 연습하는 거겠지.

—마침 잘 됐다.

기왕 이렇게 된 거, 카리나 님도 연습을 시켜보자.

공도에 있을 때 몇 번 같이 춤을 출 기회가 있었지만, 빈말로도 잘 춘다고 말하기는 어려웠다.

시가 왕국의 결혼 활동은 댄스가 필수니까, 카리나 양도 열심히 해줬으면 한다.

"자, 카리나 님, 저와 춤을 추셔야겠습니다."

"아, 안 춰요."

"안 됩니다. 그리고, 여기서는 제 발을 밟아도, 혼내는 사람도, 웃는 사람도, 실망하는 사람도 없어요."

"하지만……."

주저하는 카리나 양의 손을 잡았다.

"제가 연습 상대인 건 싫은가요?"

얼굴을 가까이 들이대고, 진지한 느낌으로 호소해봤다.

"시, 싫— 싫지 않답니다."

카리나 양이 재빨리 부정하는 중간에 새빨개지더니, 사라질 것처럼 가녀린 목소리로 연습을 승낙해 주었다.

어쩐지 예상했던 반응이랑 달랐지만, 댄스의 연습을 할 생각이 들어줬다면 그거면 된다.

아리사와 미아가 항의를 했지만, 카리나 양의 댄스 연습이 끝나면 교대한다고 하자 납득해줬다.

"카리나 님, 조금 더 몸을 가까이."

"아, 네……. 우욱, 창피하군요."

부끄러워하는 카리나 양은 조금 매력적이지만, 지금은 댄스를 가르치는데 집중하자.

집중해라 사토.

결코, 자신의 가슴에 닿는 두 개의 기적에 집중해서는 안 된다. 안 되는, 것이다.

미아의 날카로운 시선을 피하면서, 카리나 양에게 댄스를 가르쳤다.

"그래요. 잘 하시네요."

"……그, 그렇지는 않아요."

조금이라도 잘했을 때는 곧장 칭찬해서, 댄스에 대한 거북한 의식을 떨쳐냈다.

"보이지 않는 발치에 신경을 뺏기지 마세요."

카리나 양은 너무나 위대한 가슴 탓에 춤을 출 때 발치의 스텝을 확인할 수가 없다. 그래서 불안감이 늘어나는 모양이다.

카리나 양의 불안을 해소하려면— 그거다!

"전투할 때 발놀림을 떠올려 보세요."

"이, 이렇게 말인가요?"

"그래요. 그런 식으로요."

격투나 발놀림이랑 엮어서 가르치자, 조금씩 좋아졌다.

빈말로도 우아하다고는 하기 어렵지만, 스피디하고 날카로운 댄스다.

이제는 자리에 익숙해지면 될 거야.

카리나 양과 춤춘 다음에는 루루부터 순서대로 우리 애들이랑 춤을 추고, 그대로 흐름에 따라 피나 일행이나 여성 탐색자들하고도 춤을 추었다.

어째선지, 마지막에 남성 탐색자들의 댄스를 지도하는 일이 기다리고 있었다.

조금 힘들긴 했지만, 이런 일 정도로 남성 탐색자들에게 은혜를 입힐 수 있다면 싼 거지.

다만, 내가 남성 탐색자들의 스텝 연습 상대를 할 때, 견학하는 아리사의 콧김이 거칠어진 것이 조금 뭐라 말하기 어려웠지만.

◆

"젊은 나리! 전망실이 개방됐대. 지금부터 갈 건데, 젊은 나리도 함께 어때?"

댄스가 일단락되고 해산하려는 참에 여성 탐색자 한 명이 그렇게 제안했다.

"좋네요, 갈까요."

기왕 열렸으니 다 함께 함수의 전망실로 갔다.

우리가 이용한 식당은 함미에 있어서 꽤 멀다.

잠수함이 떠오르는 좁은 통로를 나아가자, 시야 구석에 언제나 표시하고 있는 레이더에 빨간 광점이 비쳤다. 지상에 있는 마물이나 도적이다.

일단 메뉴의 레이더 설정 윈도우를 열어서 임의 조건을 변경하고 비공정의 위협이 될 법한 레벨 10 이상의 비행 마물만 빨간 광점으로 표시되도록 했다.

나한테 살의를 가진 자가 빨간 광점으로 표시되는 설정은 그대로 두자.

──응?

빨간 광점이 가까이 있다.

확인해 봤더니, 빨간 광점의 정체는 비공정을 호위하며 날고 있는 3기의 비룡 기사가 타고 있는 와이번들이었다.

설정을 변경할 때 종마를 제외하는 설정을 해제해버린 모양이다.

나는 사소한 실수에 쓴웃음을 지으면서, 설정을 조작하여 종마를 제외했다.

전망실로 이동하는 사이에 비행형 마물이 비공정을 향해 날아왔지만, 비공정에게 다가오기 전에 비룡 기사들이 쫓아내 주었다.

"넓어~?"

"유리창창인 거예요."

"참 예쁘답니다!"

2층 구조의 함수 전망실은 유리로 뒤덮여 있었다.

버드 스트라이크가 무서우니까 보통 유리가 아니라 강선으로 만든 그물을 수정으로 감싸서 만들었다.

비공정 본체에 술리 마법 「방어벽」의 마력 장벽 발생 장치를 탑재했지만, 마력 소비가 많으니까 전투할 때 말고는 작동하지 않기 때문이다.

그래서, 수정의 가공에 편리한 흙 마법인 「석제 구조물」 마법이 없었다면 이 전망실은 없었을지도 모른다.

2층 구조라고 했지만, 기본적으로 1층 천장이 트인 복층 구조니까 2층 부분은 1층의 6분의 1 정도 면적밖에 안 되며, 공중정

원풍의 테라스로 만들었다.

"어쩐지, 레이네 고향이 떠오르네."

아리사가 남쪽 바다의 라라키에 사건에서 알게 된 레이아네 일행의 화제를 꺼냈다.

"왕도의 용건이 끝나면 또 놀러 가자."

매일 밤 아제 씨에게 공간 마법 「원거리 통화」로 좋은 밤 콜을 보내는 김에 레이 자매하고도 서로의 근황 이야기를 하는데, 전에 우리의 「계층의 주인」 토벌 건으로 보르에난 숲에 가는 도중에 들렀을 때 이후로 한 번도 놀러 가질 않았단 말이지.

"마스터, 2층 테라스는 진입 금지라고 경고를 받았습니다."

나나가 풀이 죽은 분위기를 두르며 보고했다.

그녀가 걸어온 쪽으로 시선을 보내자, 2층 테라스 계단 앞에 비스탈 공작령의 기사들이 보초를 서고 있었다.

2층 테라스는 비스탈 공작의 부인들이나 영애들을 중심으로, 공작과 동행하고 있는 고관들이 점거한 모양이다. 부인들이 초대했는지 제릴 씨도 동석했다.

AR표시로 「부인」이라고 표시된 사람이 많기에, 어쩐지 모르게 검색해 보니 11명이나 있다.

3명 정도는 공작과 비슷한 나이의 여성이지만, 연령의 폭이 넓다. 여기서 보이는 위치에 있는 가장 젊은 여성은 나나 정도로 젊은 생김새였다. 맵으로 확인한 나이는 17세였다.

비공정에 타고 있는 가장 연상의 공작 영애보다도 젊다.

동행하고 있는 공작 영애는 7명 정도인데, 과반수가 루루와 마찬가지로 성인 직전인 14세다.

절륜한 공작의 가정 사정을 캐는 건 이쯤이면 충분하겠지.

"좀 지나면 질릴 테니까 나중에 보러 가자."

"예스, 마스터."

나나가 고개를 끄덕이더니, 아리사와 함께 동료들이 바깥을 바라보는 장소로 걸어갔다.

"어머님. 비공정의 전망실이라는 건 모두, 이렇게 멋진 풍경인가요?"

"시가 왕국의 비공정에는 모두 타본 적이 있지만, 이토록 빛과 녹음과 하늘이 조화를 이룬 테라스가 있는 비공정은 이게 처음이란다."

"폐하가 새롭게 예술가를 찾아내신 걸까요?"

"성의 이궁에도 이런 테라스가 있으면 좋겠답니다."

영애와 부인들이 테라스를 바라보며 칭찬하는 것을, 엿듣기 스킬이 포착했다.

이 설계는 이래저래 시행착오를 했었던 거라, 이런 식으로 한껏 칭찬을 해주니 조금 자랑스러운 기분이 드는군.

"뷰리푸~울?"

"아주아주 스카리 하이케인인 거예요!"

전망실의 유리에 달라붙은 타마와 포치가 기쁜 기색으로 바깥 경치를 바라보았다.

포치가 뭘 잘못 말한 건지는 어째 도통 모르겠다.

카리나 님과 종자들도 눈빛을 반짝이면서 유리에 달라붙었다.

"사토."

"주인님, 저쪽 문으로 갑판에 나갈 수 있는 모양입니다."

미아와 리자가 보고했다.

"바깥에 나가도 괜찮을까요?"

"마스터, 바깥은 강풍이라고 고합니다."

루루와 나나 두 사람이, 갑판 앞쪽에 서 있는 깃대에서 바람에 나부끼는 신호기를 보면서 지적했다.

"괜찮지 않아? 봐, 발코니를 걷는 사람의 머리칼은 흔들리질 않아."

아리사의 지적도 당연한 것이다. 요전에 막 얻은 「바람 읽기」 스킬을 써서 바람의 흐름을 보았다.

아무래도, 발코니 주변은 바람 마법으로 기류를 제어하고 있는지 강풍에서 보호받고 있는 모양이다.

"괜찮아 보이니까, 가보자."

나는 그렇게 말하고 모두를 선도하여, 2중문으로 되어 있는 전망실의 문을 지나 갑판을 내려다볼 수 있는 발코니로 나왔다. 불과 2미터쯤 아래가 갑판이다.

"마스터! 이쪽 경치가 굉장하다고 고합니다."

나나가 현측의 바깥쪽으로 튀어나온 발코니 끝에서 나를 불렀다.

거기서 지상을 내려다볼 수 있는 것이다.

키가 작은 타마와 포치가 난간을 기어올라서 조망을 바라보는 줄에 끼었다.

무서운 걸 모르는 카리나 양도 난간에 기어오르려다가 시녀 피나에게 야단맞았다.

"그레이트~?"

"아주아주 하이하이인 거예요!"

어쩌면 포치는 스카이 하이라고 말하고 싶은 걸지도 모르겠다.

"위험합니다."

리자가 주의를 주더니 타마와 포치의 허리띠를 붙잡았다.

"……■ 전서구 소환."

엿듣기 스킬이 포착한 영창의 소리에 돌아보니, 비스탈 공작령의 고관 한 명이 마법으로 불러낸 비둘기를 날리는 모습이 보였다.

AR표시를 보니 그는 소환 마법 스킬을 가진 모양이다.

어쩐지 모르게 보고 있으니 「왕도 저택으로 보내는 정기 연락입니다」라고 묻지도 않았는데 가르쳐준 다음, 발 빠르게 전망실 쪽으로 돌아가 버렸다.

그런 미묘하게 수상쩍은 남자와 교대하여, 비싸 보이는 드레스를 입은 어린 소녀가 발코니로 뛰쳐나왔다.

"와아~ 테라스도 굉장했지만 이쪽도 무척 굉장해! 그렇지 않아요? 할멈."

"아가씨. 이런 장소에서 달리면 위험하옵니다."

"괜찮습니다. 여차할 때는 제가 구해드릴 것입니다."

그녀 뒤에서 초로의 유모와 여기사가 따르고 있었다.

AR표시를 보니, 비스탈 공작의 막내딸이었다.

흥미진진한 어린 영애의 눈동자가 나를 포착했다. 아니, 내 뒤를 보고 있군.

"귀 종족!"

그렇게 외치고 내 옆을 지나가더니, 타마와 포치 옆에서 버릇없는 시선으로 빤히 바라본다.

"진짜인가요?"

"진짜~?"

"진짜로 귀 종족인가요?"

"물론, 당연히 진짜인 거예요! 포치는 강아지 귀 종족인 거예요."

"타마는 고양이 귀 종족~?"

처음에는 겁먹은 기색이었던 타마와 포치였지만, 어린 영애한테 악의가 없다는 걸 알았는지 평범하게 대답했다.

"아가씨, 아인에게 너무 가까이 다가가면 안 됩니다."

유모는 아인에게 차별 의식이 있는지, 타마와 포치의 귀를 만지는 어린 영애를 두 사람에게서 떼어 놓으려고 했다.

"트리엘 오라버님이, 종족의 차이로 인간족 말고 다른 종족을 아래로 보는 건 잘못된 거라고 말씀하셨는걸요."

"또 그런 말씀을…… 아버님께 야단을 맞아도 모릅니다?"

"괜찮아요! 아버님을 저를 야단치지 않는답니다."

어린 영애가 자신 있게 잘라 말했다.

"소미에나, 이런 곳에 있었니."

"함내를 견학할 수 있다고 해요. 당신이 보고 싶다고 했었죠?"

"어머, 멋져라!"

259

어린 영애의 언니 두 사람이 그녀를 함내 견학에 부르러 왔다.

언니 두 사람은 아리사보다 조금 연상인 느낌이다.

"그렇죠! 포치랑 타마도 같이 가요!"

"뉴?"

"괜찮은 거예요?"

타마와 포치가 나를 올려다보면서 물었다.

가능하면 아이들끼리 놀러가게 해주고 싶지만, 이제 막 만난 상급 귀족— 그것도 나한테 호의적이지 않은 비스탈 공작의 딸들과 타마, 포치만 보내면 조금 트러블의 예감이 든다.

"소미에나 님께 무례가 있어선 안 됩니다. 죄송합니다만—."

"당신 이름은?"

"저는 무노 남작 가신 사토 펜드래건 명예사작이라고 하옵니다."

어린 영애가 내 말을 끊고 물어보기에 순순히 대답했다.

"그래. 사토라고 하는군요. 당신도 함께 오도록 해요. 그러면 걱정 없겠죠? 괜찮죠? 언니들."

어린 소녀인데 재치가 있군.

거절할 이유가 사라졌으니, 언니 두 사람이 쓴웃음과 함께 허가해주는 걸 계기로 동행하게 되어 버렸다.

다른 동료들의 동행은 안내 직원이 인원 초과라고 거절했다.

어린 영애들의 함내 견학이 끝난 다음에, 다른 동료들도 안내 해준다고 했다.

"주인님, 걱정 없을 거라고 생각하지만 바람은 안 돼."

"응, 엄금."

아리사와 미아가 가슴팍이 스트레이트한 여기사를 보면서 못을 박았다.

나는 두 사람에게 걱정 없다고 말한 뒤, 타마와 포치와 함께 함내 견학을 출발했다.

어린 영애의 등장으로 잊고 있었는데, 아까 비둘기를 소환했던 고관을 조금 검색해봤다.

고관은 레벨이 7밖에 안 되는 대신, 소환 마법 스킬 말고도 사무 스킬을 잔뜩 가지고 있었다. 아리사 말로는 마법 스킬은 필요한 스킬 포인트가 많다고 하니까, 너무 지나치게 경계할 필요는 없어 보였다.

하지만 일단, 왕도에 도착할 때까지는 마커를 달아둘까.

◆

"여기가 비공정의 조종을 맡고 있는 함교이옵니다."

함수에 있는 함교부터 안내를 받았다.

발코니에서는 갑판이 방해가 되어 안 보였지만, 여기는 아까 그 전망실 바로 근처다.

"발치도 유리로 되어 있네요."

"어머나, 어쩐지 무서운걸요."

유시계 비행을 할 수 있도록, 함교 구조물은 유리 통 안에 튀어나온 구조가 되어 있었다.

마물과 전투를 할 때는 장갑판을 닫고서, 관측원이 작은 창으로 확인한 정보를 이용해 항행하는 것이다.

"이 최신예 비공정은 종래의 비공정과는 달리—."

안내원이 소개해준 함장이 비공정에 대한 이야기를 해주었다.

이 비공정은 함교에서 집중적으로 함의 제어를 할 수 있는 선진적인 구조를 도입하고 있는 것이다. 함장이 뜨겁게 말했지만, 어린 영애들의 흥미를 끌 수 있을 리가 없었으니 어깨를 떨구게 되었다.

그러나, 그렇다고 어린 영애들의 흥미를 끄는 레이더 담당자나 조타수에게 질투의 시선을 보내는 건 관두시죠.

"그, 그러면 조종에 방해가 되면 안 됩니다. 다음으로 가시죠."

분위기를 파악한 안내원이 어린 영애들을 다음 장소로 안내했다.

함교에서 나와 통로를 나아가자—.

"트리엘 님의 폐적을 다시 생각해 주십시오. 장자가 계승해야 공작령의 치세도 안정되는 법—."

"끈질기군! 야만족들을 맹신하여 영지 경계의 마을들을 위험에 노출시킨 어리석은 놈에게 차기를 맡길 수 있겠는가!"

어쩐지 말다툼하는 소리가 모퉁이 너머에서 희미하게 들렸다.

목소리 한쪽은 들어본 적이 있다. 비스탈 공작이다.

엿듣기 스킬이 없는 다른 아이들에게는 안 들린 모양이지만, 말다툼하는 것은 어조로 알 수가 있는지 조금 불안한 느낌이었다. 호위인 여기사가 어린 영애들 앞으로 나섰다.

"그것은 야만— 원숭이 수인족의 전사가 아니라, 부족에서 쫓겨난 도적이라고—."

"그러한 조잡한 변명은 부모와 자식이 살해당한 마을 주민들 앞에서 말해보도록 하라! 쟁기나 괭이로 경작하면 그 꽃밭 같은 머리도 생각이란 것을 할 수 있게 되겠지!"

화를 펄펄 내는 공작이 시종 몇 명을 데리고 모퉁이 너머에서 모습을 드러냈다.

비공정의 소음이 있기는 해도, 이 거리에서 목소리를 듣기 어려운 건 이상하군.

"방첩 장치를 멈추거라—."

공작이 말하자, 평범하게 목소리가 들리게 됐다.

"—소미에나, 함내 견학을 하느냐?"

방금 전의 격노했던 표정으로는 상상도 하기 어려운, 흐물흐물하고 부드러운 목소리가 되어 어린 영애에게 말을 걸었다.

"네, 네에. 언니들이 권해주셨답니다."

"그렇구나, 재미있게 보고 오렴."

"네, 아버님."

공작은 그렇게 말하고 어린 영애의 머리를 쓰다듬은 다음, 기사나 종자를 데리고 함교로 갔다.

언니 둘에게도 말은 걸었지만, 어린 영애 정도로 달달한 느낌은 아니었다. 막내딸인 어린 영애가 비스탈 공작의 사랑을 받는 모양이군.

그런 사랑 받는 어린 영애 가까이 있던 탓인지, 아니면 처음부터 미움 받고 있었는지 옆을 지나갈 때 나를 찌릿 노려보았다.

"그러면 가시죠."

벽에 달라붙어 존재감을 지우고 있던 안내원이 말하고서 안내를 재개했다.

모퉁이를 돌자, 방금 공작의 노여움을 산 고관이 동료에게 무슨 말을 듣고 있는 옆을 지나갔다.

레이더에 비치는 마커로 깨달았는데, 이 고관은 아까 발코니에서 비둘기를 날렸던 소환 마법사였다.

동료가 물러간 다음에도 그는 거기 머물며 「이제, 다른 길이 없는가……」라는 수상쩍은 말을 중얼거리는 게 들렸다.

정말이지, 집안 소동은 자기 동네에서 부탁합니다.

"이곳 경비는 상당히 엄중합니다."

"네, 여기는 비공정의 마력 장벽 발생장치가 있으니까요. 만에 하나라도 도적이 들어오지 못하도록 하고 있습니다."

여기사의 감상에, 안내원이 이유를 말했다.

"상당히 커다란 장치입니다. 요새에 있는 마력 장벽보다도 클지도 모르겠습니다."

"그렇군요. 비공정이 무거워지면 항행에 필요한 연료가 늘어나니까 두껍고 튼튼한 장갑보다도 상황에 따라 방어력을 늘리는 마력 장벽 쪽이 적합합니다."

안내원의 설명에 여기사가 흥미롭다는 기색으로 고개를 끄덕였다.

군인이라 그런지 여기사는 이런 설비에 흥미가 있는 모양이다.

"저 두꺼운 관 같은 것은, 무엇입니까?"

"저거 말인가요? 저건 뭘까요? 죄송합니다. 잠시 뒤에 잘 아는 자에게 물어보겠습니다."

안내원이 대답하지 못한 것은, 긴급용 자세제어 부스터로 이어지는 마력 전달 케이블이다.

이 부스터는 일회용이지만, 키로 대응할 수 없는 공격을 회피하기 위한 것이다. 가속은 대단하지만, 분사 시간이 짧아서 전망실이나 격납고 같은 넓은 장소에 있는 사람들 말고는 다칠 정도는 아니다. 통상적으로 부스터를 사용하기 전에 함내 방송으로 경고를 할 것이다.

"이것이 신형 비공정의 요체, 최신식의 2중반전식 공력기관이옵니다. 이렇게 교대로 회전하는 것으로—."

이어서 기관부로 이동하여 마력로나 2중반전식 공력기관, 그리고 추진기를 순서대로 견학했다.

공력기관에서 기관장이 함장과 같은 전철을 밟았다. 논하고 싶은 마음은 이해한다. 왕도에 도착한 다음에라도 그를 술자리로 초대하여 이것저것 비공정에 관련된 이야기를 들어줘야겠군.

"팔락팔락~?"

"부르르르 흔들리는 거예요."

"아아, 저건 비공정의 키로군요. 추진기가 토해내는 공기의 흐름을 저 커다란 키로 받아서 그 힘으로 비공정이 진로를 바꾸는 겁니다."

안내원이 통로의 작은 창에 달라붙은 타마와 포치에게, 키—

수직 꼬리날개의 원리를 가르쳐주고 있었다.

키는 마법 공격으로 노리기 쉬우니까, 마법 저항이 강한 소재로 만들었다. 중급 이상의 공격 마법이라도 몇 발은 버틸 수 있고, 내 「이력의 손」으로도 간섭할 수 없을 정도다.

안정익에 달려 있는 고양력 장치의 플랩이나, 선회 보조 날개인 에일러론도 마찬가지 소재로 만들었다.

"비상시에는 키의 위에 있는 제어실에서, 직접 와이어를 감아올려서 操타할 수도 있습니다."

물론, 이 와이어도 키 본체와 같은 재질로 만들었다.

내가 이 비공정을 만든 것은 비밀이니까, 누구 자랑할 수 있는 사람이 없는 게 유감이다.

또한, 추진기에는 흑룡 산맥의 바람구멍에서 발견한 거대한 바람 광석을 사치스럽게 사용했다.

"어라? 작은 배 같은 게 있는걸요. 저건 뭐죠?"

"저건 비상시에 고귀한 분들을 안전한 장소로 피난시키기 위한 탈출정이옵니다."

후방 갑판 옆의 격납고에는 16인승의 탈출정이 2기 있다.

공력기관의 규격보다 떨어지는 핀을 이용한 낙하속도 경감의 마법 장치가 탑재되어 있으며, 상당한 고도에서도 안전하게 강하할 수 있다.

선박의 탈출정하고 달리, 다수의 공력기관을 탑재한 비공정은 불시착할 틈도 없이 추락하는 상황일 때 탈출 불능일 경우가 많기 때문에, 비공정의 탈출정은 최소한으로만 탑재한다고 했다.

거기서 안내가 마지막이었는지, 후방 갑판 앞의 통로를 빙 돌아서 전망실로 돌아오게 됐다.

—응?

레이더를 보니, 후방 갑판에 마커의 광점이 있었다.

아까 그 비스탈 공작의 노여움을 산 고관이었다.

뭔가 좋지 않은 일을 하지 않을까 싶어서 통로의 작은 창으로 후방 갑판을 엿보니, 고관이 여성 한 명과 함께 있었다.

맵 정보에 따르면 여성은 레다라는 이름으로 비스탈 공작의 부인 중 한 명이었다.

폐적 예정인 트리엘 제1공자의 친모인가 생각했는데 아니었다. 더 젊은 부인이다.

"—으엑."

고관이 부인에게 뭔가 선물한 다음, 감격에 겨운 부인이 품에 안기더니 뜨거운 입맞춤을 시작해 버렸다. 아무래도 불륜 현장인 모양이다.

"사토, 뭔가 재미있는 거라도 보이나요?"

"아뇨, 이제 안 보이는군요."

흥미가 생긴 아이들을 얼버무리고, 전망실로 돌아갔다.

◆

『지금부터, 정익 고개의 영역으로 들어갑니다. 바람 마법사들이 사용하는 마물 퇴치 의식 마법을 실행할 것이니, 귀에 거슬리

시는 분은 함내의 방음실 혹은 귀빈 구역으로 돌아가 주십시오.』

함내 안내 방송이 세 번 반복된 다음, 갑판에 안전끈을 단 바람 마법사들이 나왔다.

테라스에 진을 치고 있던 부인들이 귀빈 구역으로 철수하는 것을 레이더에 비치는 광점이 가르쳐 주었다.

발코니의 난간에 기대어, 기나긴 의식 마법의 영창을 귀로 복사하면서 발동을 기다렸다.

—PYWEEEE.

마법의 발동과 동시에, 새 같은 마물의 포효 비슷한 소리가 들렸다.

아마 그 소리가 마물들을 멀리 쫓아내는 거겠지.

맵에 비치는 마물을 가리키는 광점이 멀어지거나 움직임을 멈추고 있었다.

나름대로 효과가 있는 모양이다. 딱히 비행형 마물에 공격을 받는 일 없이, 우리들을 태운 비공정은 왕도 앞의 마지막 난소인 산들을 넘을 수 있었다.

정익 고개의 요새 상공을 지나칠 때 멀리 파란 평원이 보였다.

"예뻐~ 꽃 잔뜩~?"

"저 파란 건 꽃이야? 무슨 꽃일까—."

아리사가 무영창으로 공간 마법을 쓰는 느낌이 났다. 「멀리보기」 마법이라도 쓴 모양이네.

"색이 보라색이 아니라 물빛이지만, 꽃의 형태는 연꽃 같네."

"연꽃이 정답이야."

맵의 상세 정보를 봤더니 「파란 연꽃」이라는 이름이기에 아리사에게 가르쳐 주었다.

"어머? 주인님. 저 전봇대 같은 게 늘어서 있는 거 뭔지 알아?"

아리사가 연꽃 밭 앞부분에 있는 원기둥을 가리켰다.

"저건 결계주야. 저 결계주는 왕도를 중심으로 빙 고리를 그리고 있어. 왕도 주변은 몇 백 년에 걸쳐서 고리를 넓히고, 조금씩 안전한 경작지를 늘려갔다는데."

이런 이야기는 왕도의 에치고야 상회 멤버들에게 들었다.

물론 결계주를 이용한 마물 퇴치 효과를 돌파하는 마물이나 결계로 뒤덮인 영역 안에 남겨진 마물 같은 것도 있는 모양이니까 완전히 위험이 없는 영역은 아니다.

실제로 어용 목장이 마물에게 공격 받고 있는 것에 마주친 적이 있다.

그래도, 이 정도 광대한 경작지는 풍요로운 오유고크 공작령에서도 본 적이 없었다.

하천이나 수로를 보니 논이 아니라 보리밭 따위가 중심인 것 같은데 이 정도의 경작 면적이 있다면 왕도의 인구도 여유롭게 지탱할 수 있을 것 같다.

"마스터, 고도가 내려갔다고 보고합니다."

정익 고개를 넘을 때까지는 고공을 비행하던 비공정이 고도 2백 미터 정도까지 내려갔다.

"정말이네. 왕도 주변은 마물도 적으니까, 고도를 올려둘 필요가 없을지도 모르지."

이 높이라면 비공정을 노리겠다는 괘씸한 일을 생각하는 자가 있어도 활이나 마법의 유효 사정거리 바깥이다.

아무리 그래도 군용 마력포라면 닿을지도 모르지만, 대형 마력로가 필요한 마력포를 왕국군에게 들키지 않고 이 근처까지 가지고 오는 건 어렵겠지.

"이 높이라면 지상이 잘 보이네요."

"그렇군요. 숲 속에 통통하게 살이 오른 멧돼지가 보입니다."

눈동자를 반짝이는 리자에게, 이야기를 꺼낸 루루가 난처한 표정으로 쓴웃음을 지었다.

왕도 주변의 평야 부분이라도 왕도까지 가는 사이에 산이나 골짜기가 몇 개나 있으니 여기서는 왕도가 아직 안 보이지만, 왕도로 뻗은 가도에는 수많은 마차나 여행자들이 오가고 있었다.

"평화롭네~."

"느긋해~."

"한가로운 거예요."

발코니에 있는 벤치에 앉은 동료들이 부드러운 햇살을 쬐면서 평화로운 경치를 바라보았다.

어디 보자, 아무 일도 없다면 이제 곧 왕도다.

반역의 하늘

『영주를 섬기고, 영민을 지키는 것이야말로 무인의 영광』이라고 스스로 규율에 맞춰 살아왔다. 그런 내가 영지의 미래를 위해서라지만, 섬겨야 할 영주에게 칼날을 겨누게 되다니…….”

“각하…… 이제부터 저희들은 당신께 반역을 하겠습니다.”

회의실 벽에서 떼어내는 비스탈 공작의 초상화를 올려다보며 한 남자가 중얼거렸다.

여기는 정익 고개와 왕도의 중간 지점에 있는 비스탈 공작의 수렵관으로, 공작이 왕도에 머무르는 동안 초대한 귀족들과 함께 마물을 사냥하며 즐기기 위한 거점이 되는 요새 같은 저택이었다.

평소 연말연시의 왕국 회의 시기는 수렵 준비를 위해서 사용인들이 잔뜩 있을 테지만, 오늘은 사용인들의 모습이 없고 대신 비스탈 공작령 소속의 군복을 입은 수많은 남자들이 엄격한 표정으로 오가고 있었다.

“대장님, 초상화 교체가 끝났습니다.”

“수고했다.”

병졸 소년병의 보고에 대장이 고개를 끄덕였다.

소년병이 교환을 마친 비스탈 공작의 초상화를 끌어안고 나갔다.

방금 전까지 공작의 초상화가 걸려있던 곳에는 트리엘 제1공자의 초상화가 장식되어 있었다.

그것은 주군을 바꾼다는, 그들의 의사표시인 것이리라.

"대장님! 비공정의 모산 공이 보낸 비둘기가 도착했습니다."

비둘기를 든 부관이 회의실로 뛰어 들어왔다.

부관이 가져온 비둘기를 받았다. 소환 마법으로 불러낸 비둘기다.

다리에 달린 통에서 작게 접힌 편지를 꺼내 읽었다.

"『미궁도시를 정각에서 4각 늦게 출발. 수렵관 상공까지 얼마나 늦을지는 미정』이군⋯⋯. 뭐 좋다. 이 정도 늦는 것이면 작전에는 지장이 없다."

대장이 엄격한 표정으로 중얼거렸다.

"그렇지만, 정말로 괜찮을까요⋯⋯? 실패하면 우리들의 목숨은 물론이고, 남은 가족들까지 반역죄로⋯⋯."

불안해 보이는 목소리로 부관이 대장에게 물었다.

"말하지 마라. 『이윽고 대란의 세상이 시작된다. 왕조님이나 사가 제국의 초대 용사가 나라를 일으켰을 때처럼, 파란만장한 시대가 시작되는 것이다』—역적의 오명을 뒤집어써도, 공작 각하를 치지 않으면 미래는 없다. 선견지명이 있는 트리엘 님이 공작위에 오르셔야 한다."

"샤로릭 전하의 말씀이군요⋯⋯. 정말로 『대란의 세상』 같은 것이 오는 걸까요?"

부관은 샤로릭 제3왕자의 냉혹한 표정을 떠올리면서 거듭해 물었다.

"온다. 무학한 나는 이해가 모자라지만, 트리엘 님은 샤로릭 전하가 말씀하신 『대란의 세상』이 오는 근거를 확신하고 계셨다."

부관의 질문에 대장은 힘차게 대답했다.

"그렇기에, 트리엘 님은 아인 놈들을 존중하는 태도를 취하면서까지, 족제비 제국 놈들을 자신이 태수를 맡은 도시까지 끌어들인 것이다."

"그렇지만, 이 『나사』를 얻은 대가로, 공작 각하의 노여움을 사게 되어 버렸습니다."

대장과 부관의 시선이 테이블 위에 놓인 「나사」로 돌아갔다.

이 「나사」는 사람의 팔 정도 크기인데, 마물의 머리 부분에 비틀어 넣으면 흉폭한 마물마저 종마로 만들 수 있는 무시무시한 마법 도구였다.

실제로 족제비 제국은 이 「나사」와 사람이 타는 유인 골렘 부대로, 불과 20여년만에 소국에서 대륙 동부의 아인 국가를 통합하는 일대제국을 구축하기에 이르렀다.

그 강건한 사자 수인이나 비늘 종족의 국가를 차례차례 병합했고, 몇 년 전에는 호랑이 수인족의 나라까지 멸망시켜버렸을 정도다.

"아인을 싫어하는 공작 각하라 해도, 『나사』의 유용성을 이해하지 못하실 리 없습니다. 지금이라도 『나사』를 보여 드리고 설득을 하면—."

 "소용없다."

 대장은 부관의 말을 부정의 말로 가로막았다.

 그리고 조금 생각한 다음 말을 이었다.

 "트리엘 님이 『나사』나 유인 골렘 일을 공작 각하께 전하지 않았을 리가 없을 테지. 각하는 그것들을 고려하고도, 족제비 수인족과 손을 잡기에 합당치 않다고 결단하신 것이다."

 "그, 그랬었던 건가요……."

 대장은 트리엘 제1공자와 가까운 일부 측근밖에 모르는 것을 부관에게 전달했다.

 비스탈 공작이 트리엘 제1공자 폐적의 구실로 삼고 있는 「원숭이 수인족의 습격으로 변경 마을들이 몇 개나 막대한 피해를 입었다」는 건은, 족제비 수인족의 기술자가 일으킨 신병기의 실험으로 피해를 입은 원숭이 수인족의 보복 때문이었다.

 "우리들은 트리엘 님의 왕도를 포장하기 위한 초석이 되는 것이다. 망설임이 사라지면, 부대장들을 모으기 전에 종마들의 상태를 확인하고 와라. 『나사』가 있다면 괜찮다고 생각하지만 만약을 위해서다."

 "알겠습니다. 지하의 **그것**도 확인하는 편이 좋을까요?"

 그렇게 확인하는 부관의 표정은, 평소처럼 전의가 넘치는 그 본래의 것으로 돌아와 있었다.

 이제는 안심하고 보좌를 맡길 수 있다.

 "아아, 부탁한다. 미궁도시에서 고용한 조련사 놈들이 보고 있을 테지만, 놈들은 자신들의 조련 기술에 너무 큰 긍지를 가진다. 섣불리 『나사』를 뽑으려고 하지 않는지 감시를 엄격하게 해라."

"알겠습니다. 7개의 『나사』를 써서 붙잡은 그것이 우리들에게 송곳니를 드러내는 일 따위, 생각만 해도 오싹합니다."

"정말 그렇다."

부관이 경례하고 발 빠르게 종마들을 넣어둔 거대한 격납고로 갔다.

"설마, 이 정도 병력을 준비하고서도 그것에 의지하는 일은 없을 거라고 생각하지만…… 그 비공정에는 소문으로 이름 높은 『붉은 귀공자』 제릴 준남작이나 산전수전을 겪은 미스릴의 탐색자들이 타고 있다. 만약을 위한 대비는 많은 편이 좋겠지……."

혼잣말을 하고서, 대장은 비공정이 오는 방향을 바라보았다.

◆

"제군, 비스탈 공작령의 미래를 위해서 집결해준 것에 감사한다."

대장이 말하고, 그의 앞에 정렬한 소대장들을 둘러보았다.

"커다란 은혜를 입은 주군 가문의 당주인 비스탈 공작을 치는 것에 저항감이 있는 자도 많을 것이다. 그러나, 그것도 영지의 안녕을 위해서 필요한 일이다."

대부분의 소대장들은 태연한 표정으로 듣고 있지만, 몇 명의 소대장은 떨떠름함이 가득한 표정을 짓고 있었다.

그것도 무리가 아니리라. 영지에 사는 자에게, 영주에게 반역하는 것은 죽음보다도 무거운 죄니까.

보통의 사형과 달리, 반역죄가 새겨진 자는 일족들이 모두 예외 없이 사형을 당한다.

"비스탈 공작령의 미래를 위해서, 제군의 충의를 나— 아니, 트리엘 님께 맡겨다오."

대장이 주위를 둘러보고, 소대장들 가운에 이견이 안 나오는 것을 확인한 뒤에「고맙다」라고 한 번 중얼거렸다.

"그러면, 작전의 개요를 다시 한 번 모두에게 전달하지."

회의실 중앙에 있는 책상 위에 수렵관을 중심으로 한 지도가 그려져 있었다.

위치를 봐서 정익 고개와 왕도의 중간지점이며, 발이 빠른 비룡 기사를 파견해도 4각의 시간을 벌 수 있는 위치에 있다.

"작전의 제1목표는 비스탈 공작 각하의 암살이다."

대장이 말하고 소대장들을 보았다.

"영지 안에서는 결코 이루지 못하겠지만, 영지에서 벗어난 여기라면『영주의 힘』도 미치지 않는다. 비공정을 격추시켜 공작 각하를 시해한다."

도시 핵을 이용한 수호의 힘이 있는 영지 안에서 영주를 죽이는 것이 지극히 어려운 일이란 것은 여기 있는 모두가 알고 있었다. 무시무시한 마족이 공작성을 공격했을 때, 공작은「영주의 힘」을 사용해 마족을 성 밖으로 쫓아냈으니까.

"제2목표는 소미에나 님과 그 어머니를 탈환하는 것이다. 이것은 비공정의 탈출정을 이용해서 한다."

진짜 목적은 막내 공녀 소미에나—가 「보물 창고」 안에 보관하고 있는 「소성배」다.

트리엘 제1공자와 친모가 같은 소미에나 자신도 중요하지만, 공자에게는 「소성배」가 중요도가 높다.

대장이 아는 한 「소성배」는 영지 안의 독기를 모아 정화하기만 하는 마법 도구이며 대체가 가능한 수준의 물건이라고 생각했지만, 그에게 작전을 전달한 트리엘 제1공자는 「소성배」의 확보를 우선하라고 엄명을 내렸다.

"제3목표는 공작부인들과 영애들이다. 비공정 안에 잠입한 동지의 구출에 관해서는 고려하지 않아도 된다."

"버리는 것인가요?"

"돌격창 딱정벌레 기병을 몇 기인가 보내면—."

"아니, 그들에겐 트리엘 님이 탈출용으로 비장의 마법 도구를 내리셨다. 걱정할 것 없다."

비난이 담긴 소대장의 말을 대장이 부정했다.

"비장의 마법 도구라고요?"

"그래. 마도 폭탄의 폭발에서 몸을 지키고, 지상으로 생환할 수 있는 멋진 물건이다."

소대장들이 「그러한 것이……」, 「과연 트리엘 님」이라고 감탄하는 목소리를 흘렸다.

비장의 마법 도구— 오랜 옛날, 비스탈 공작령에 있었던 미궁

이 말라 죽기 전에 발굴된 「마인 심장」이라고 불리는, 마인약의
데몬 하트
말기 상태에 가까운 능력을 장비자에게 주는 금단의 물건이다.

　한 번 장비하면 두 번 다시 풀 수 없는 저주 받은 물건이 아니
라면, 돌격창 딱정벌레 기병들에게도 장비시키고 싶었다. 대장
이 마음속으로 중얼거렸다.

　작전 목표를 전달한 대장이, 이어서 작전의 실행 순서를 이야
기하기 시작했다.

　"일단, 소미에나 님과 어머님이 탄 탈출정이 발진할 예정이
다. 탈출정은 장시간 날지 못한다. 부관들은 작전 개시와 동시
에 마중할 마차와 함께 출발하라."

　대장은 비공정의 대략적인 지도와 주변 지형을 가리키면서
설명을 이었다.

　"탈출정의 발진을 확인하는 것과 동시에, 지상에서 종마를 이
용해 포격을 하여 비공정의 마력 장벽을 파괴한다. 물론, 그대
로 격추시켜도 상관없다."

　마지막 한 마디에 포격 부대의 소대장이 씨익 웃음을 지었다.

　물론 고공을 나는 비공정을 격추하는 것은 어려울 거라고, 작
전을 세운 참모들은 생각하고 있었다.

　정익 고개를 넘어간 다음은 비공정의 순항 고도가 내려간다
고 하지만, 아슬아슬하게 유효 사정거리의 높이니까.

　"포격 개시에 맞추어 돌격창 딱정벌레 기병들이 이륙하여, 호
위인 비룡 기사들을 비공정에서 떨어뜨려라. 비룡 기사들을 격
추시키는 건 충분히 떼어놓은 다음에 진행한다."

돌격창 딱정벌레 기병대의 소대장이 고개를 끄덕였다.

"비룡 기사들이 떨어지는 것과 동시에, 『분사 나무』를 모두 발사. 확실하게 비공정을 파괴한다."

"알겠습니다!"

고지식한 분사 나무 부대의 대장이 큰 소리로 대답했다.

다른 부대와 달리 발사 뒤의 분사 나무에는 아무도 타지 않고, 거대한 비행물체에 돌격한다는 분사 나무 자신의 본능에 맡기게 된다.

"또한, 우리들의 공격에 호응하여 비공정 안에 잠입하고 있는 동지들이 공작의 암살 및 비공정의 함교, 기관부, 연료고, 조타설비, 포탑의 파괴 공작을 하게 되어 있다."

공작의 암살은 전문 공작원이 하며, 파괴 공작은 마도 폭탄이라고 불리는 족제비 제국의 1회용 마법도구를 이용해서 한다.

후자의 위력은 불 지팡이를 이용한 불 탄환 몇 발 정도의 위력밖에 안 되니, 내부의 파괴활동에서만 쓸 수 있다.

"대장 씨, 지하의 **그건** 안 쓰는 건가?"

회의실 구석에 앉아 있던 마물 조련사가 버릇없이 물었다.

"그건 최후의 수단이다. 제어가 불안정한 것을 쓸 수는 없다."

대장은 무시할 것인가 망설였지만, 그렇게 대답하고 「확인하고 싶은 것이 있나?」라고 부하들에게 물었다.

"대장, 나는 언제 올라가면 되지?"

"포격 개시와 동시에 올라가라."

포격 관측수의 물음에 대답했다.

본래는 포격하기 전에 날아올라야겠지만, 너무 빨리 올라가면 비공정을 호위하는 비룡 기사들의 주의를 끌게 되니 난처하다.

"왕도로 긴급 사태가 통지되면, 왕도나 정익 고개의 비룡 기사들이 옵니다. 그냥 비룡 기사들이 상대라면 두 배의 수가 상대라도 막아낼 수 있지만, 시가8검인 토렐 경이 오면 돌격창 딱정벌레 기병이 지금의 10배가 있어도 승산이 없습니다. 그쪽 대책은 뭔가 있습니까?"

"걱정 없다. 탈출정이 발진하기 직전에, 비공정 안에 잠입한 공작원이 긴급 통지기를 파괴하기로 되어 있다."

돌격창 딱정벌레 기병이 조용히 수긍했다.

"대장님, 비공정에서 탈출정이 발진하지 않을 경우에는 어떻게 할까요?"

"비공정이 이 수렵관 상공을 통과하고서도, 탈출정이 발진하지 않을 경우는 작전을 강행한다."

어디까지나 제1목표가 우선이다. 대장이 씁쓸한 표정으로 고했다.

제1공자의 친모가 대장의 누나라는 것을 알고 있는 자들이 배려의 시선을 대장에게 보냈다.

그 이후도 세세한 질문이 나오고, 소대장들이 자신들의 부하에게 전달하러 해산했다.

◆

"이제 곧이군……."

비스탈 공작령의 고관이자 소환 마법사인 모산이 바람을 맞으면서 중얼거렸다.

"드디어 종막의 종을 울릴 때가 온 모양이다."

왕도로 가는 대형 비공정의 발코니에서, 하천한 탐색자들과 섞여 풍경을 바라보던 모산이 숲 너머에 낯익은 탑을 발견했다.

신호로 거울을 써서 빛을 반짝 반사시키자 그쪽에서도 반짝, 빛이 반사됐다.

예정에 변경은 없는 모양이다.

"……나도 준비를 해야겠군."

발코니에 진을 치고 있던 모산이 몸을 돌렸다.

서두르지 않으면 함교로 가는 도중에 수렵관 상공에 도착해 버린다.

전망실로 돌아오는 도중에, 전망실 2층 테라스에 선 사랑스런 레다 부인의 모습이 보였다. 그녀는 그가 맡긴 마적을 가슴에 품고, 조용히 그를 보고 있었다.

—그녀에게 잔혹한 일을 부탁하고 말았다.

그렇게 후회하면서도 작전을 우선하여, 눈물을 삼키고 시선을 떨쳐냈다.

그런데 그런 식으로 감개에 빠진 탓인지, 모산은 함내의 문을 통과하려다가 흑발 소녀와 부딪힐 뻔했다.

"죄송해요— 저, 저기. 몸이 안 좋으신 것 같은데, 괜찮으신가요?"

걱정하는 마음씨 착한 소녀에게 모산은 괜찮다고 대답하고, 그 자리를 넘어갔다.

"내 얼굴이지만 지독한 낯빛이군……."

연마된 금속문에 비친 얼굴을 보고 모산이 자조했다.

『이제 곧, 이 배는 침몰한다—.』

말은 하지 않고, 자신들의 사정에 말려들게 될 자들을 돌아보았다.

발코니 끝에서 고양이 귀 종족의 아이가 주위를 두리번거리고, 옆에 있던 흑발의 소년에게 말을 거는 게 보였다.

한순간, 불길한 예감이 뇌리를 스쳤지만 신이 아닌 바에야 여기서부터 수렵관에 숨어 있는 동지들을 감지할 수 있을 리가 없다.

"그러나……."

꺼림칙한 아인이라지만, 저런 어린 아이까지 말려들게 해야 하다니…….

"용서, 하라고 하지는 않겠다. 명부에 떨어진 다음, 복수하러 오도록 하라."

고관은 누구에게도 들리지 않는 말을 중얼거리고, 고개를 옆으로 흔들어 망설임을 떨쳐냈다.

만에 하나의 경우에 대비하여, 우리도 행동을 시작해야 한다—.

최후의 말은 입 밖에 나오는 일 없이, 그는 전망실 너머로 사라졌다.

◆

"……비공정은 아직인가."

수렵관의 발코니에 선 대장이, 숲 너머를 노려보며 중얼거렸다.

"대장님! 비공정이 보였다고 척후가 알렸습니다. 앞으로 4반각도 안 되어 본 거점의 상공을 통과합니다."

"드디어로군—."

부관의 보고에, 대장은 어두운 표정을 의지의 힘으로 억누르고 의도적으로 사나운 웃음을 지었다.

발을 돌리고, 천장이 트인 엔트랜스 홀이 한 눈에 보이는 회랑으로 발길을 옮겼다. 복도에는 부하들이 정렬해 있었다.

"들으라! 드디어 작전 결행의 시간이다! 우리들의 비스탈 공작령의 미래는 본 작전의 성패에 달려 있다. 제군의 분투를 기대한다."

"""예!"""

대장의 훈시에 부하들이 힘차게 대답했다.

수렵관의 부지 안에 있는 창고의 문이 열리고, 나사를 박아 넣어 종마가 된 흉악한 마물들이 차례차례 모습을 드러냈다.

이번 습격의 주력인 돌격창 딱정벌레 기병들이 선두다.

화연(火燕) 지팡이를 가진 기수를 등에 태운 10기의 돌격창 딱정벌레 기병이라면, 시가 왕국의 정예인 비룡 기사라 해도 고작해야 3기로 비공정을 완전히 지킬 수는 없다.

작전의 성공률을 올리기 위해, 마법사들이 돌격창 딱정벌레나 기수들에게 지원 마법을 몇 겹으로 걸었다.

그 10기에 이어서, 불쑥 거구를 흔들면서 다음 마물이 나타났다.

캐터펄트 이상의 위력을 자랑하는 「포격 개구리^{캐논 토드}」, 마차보다 커다란 「바위 발사통^{록 슈터}」. 모두 대단한 장갑이 없는 비공정에는 과분할 정도의 포격력을 가졌다.

트리엘 제1공자의 계략으로, 마력 장벽을 파괴하기 위한 비장의 「장벽 파괴탄」을 세 발이나 준비할 수 있었다.

"이렇게 보니, 크기가 눈에 띄는군요."

부관의 시선 끝에서 안뜰에 돋아 있는 다섯 그루의 커다란 나무—「분사 나무」가 술렁술렁 이파리를 흔들며 움직이기 시작하는 참이었다.

고공을 날아가는 와이번을 추격하여, 시체에 씨앗을 심는 흉악한 수목형 마물이다.

다섯이나 준비했지만 움직임이 느린 비공정을 격추하는 거라면 둘이면 충분했을지도 모른다.

그 밖에도 바람 마법을 쓰는 포격 관측수를 태운 「장로 까마귀^{엘더 크로우}」가 출격준비를 하고 있었다.

"적에게 동정이 가는 전력이군요."

부관이 열을 띤 표정으로 말했다.

적이라…… 대장은 아주 잠깐 동안, 비공정에 타고 있는 동료들이었던 자들을 생각했지만, 그것을 입에 담지 않고 고개를 끄덕였다.

"그러면 작전을 개시한다. 포격 개구리와 바위 발사통을 소정의 사격 위치로 이동시켜라. 돌격창 딱정벌레 기병은 초기 가속이 쉽도록 사면으로."

대장의 지시에 각자 행동을 시작했다.

"대장님, 무운을 빕니다—."

"경도 마찬가지다."

경례한 부관이 10기의 기마와 두 대의 4두마차를 이끌고 가도로 달렸다.

비공정에서 탈출한 부인들이나 「소성배」를 가진 막내 공녀 소미에나 님을 **보호**하기 위해서.

"보고! 비공정이 왔습니다!"

"좋다. 탈출정의 발진을 확인하거나, 수렵관 바로 위에 도달하자마자 공격을 개시한다."

파수병의 보고에, 대장은 공격 개시 타이밍을 다시 주지시켰다.

자기 자리로 흩어진 포격 개구리와 바위 발사통이 포신을 하늘로 겨누고, 기수를 태운 돌격창 딱정벌레가 날개를 펼치고 이륙 준비를 하고 있었다.

더욱이, 조련사의 지시를 받은 분사 나무가 뿌리를 넓히고 언제든지 발사할 수 있도록 마력을 모으고 있었다.

그들의 시선은 탈출정이 나올 비공정의 후방 갑판을 향하고 있었다.

◆

"응? 비스탈 공작의—."

함교에 들어온 고관에게 함장이 말을 걸었다.

고관의 이름을 기억하지 못하는 함장에게, 그의 부관이 「소환 마법사이며 문관인 모산 공입니다」라고 덧붙였다.

"그 모산 공이 무슨 용건이신지? 공작 각하라면 이미 귀빈실로 돌아가셨습니다."

"네, 알고 있습니다. 조금 견학을 하고 싶습니다만, 괜찮을까요?"

작전의 성패를 확인하고, 여차하면 이 자리를 파괴하기 위해서 찾아온 것을 조금도 드러내지 않고 고한다.

낯빛이 안 좋은 모산을 본 부관이 「공작 각하의 노여움을 산 터라」라고 하자, 함장이 동정 어린 표정으로 견학의 허가를 내주었다.

색적반이라는 마법 장치를 들여다보는 관측수 뒤에서 바깥 경치를 바라보았다.

동지가 숨어 있는 수렵관이 눈앞이다.

"함장님, 후방 갑판에서 보고입니다. 귀족님이 멋대로 탈출정에 타서 놀고 있는 모양입니다."

"상관없다. 멋대로 하라고 해라. 후방 갑판원에게 무슨 일이 있어도 탈출정이 발진하지 못하도록 하라고 전달해둬라."

"네, 전달하겠습니다."

그 대화에 모산이 입가를 끌어올렸다.

소미에나 님과 모친은 무사히 탈출정에 탄 모양이다.

"응? 이건, 무슨 에러지?"

관측수가 비공정의 이상을 가리키는 램프를 보고 고개를 기울였다.

그것과 동시에 쿠앙, 묵직한 금속음이 전달됐다.

"무슨 소리지?"

"확인하겠습니다. ―후방 갑판에서 탈출정이 발진한 모양입니다."

"뭐라고?! 탈출정의 오발진 방지 장치는 어떻게 됐나?"

"그것이, 어느새가 해제되어 있었다는 모양입니다."

함장이 부관에게 확인을 하는 목소리가 들렸다.

『아무래도 소미에나 님 일행이 탄 탈출정은 무사히 발진한 모양이군. 이걸로 이후의 우려 없이 작전을 실행할 수 있다.』

모산은 내심 중얼거리고, 함교를 파괴하는 마도 폭탄을 꺼내기 위해서 가슴팍에 숨긴 「마법의 가방」으로 손을 뻗었다.

그러나, 그 손은 마도 폭탄을 꺼내는 도중에 멈췄다.

여기서 함교를 파괴하는 것이 동지들에 대한 가장 좋은 지원이라는 건 머리로는 알고 있었다.

그런데, 그 손이 움직이지 않았다.

여기서 마도 폭탄을 쓰면, 그 파편이 하늘로 터지고 날아가서 후방에 위치한 전망실의 유리 벽을 깨고 사랑스런 레다 부인을 상처 입히지 않을까 하는 예상이 모산의 손을 붙든 것이다.

『나도 참으로 나약하군…….』

한숨을 쉰 모산이, 비틀거리는 척하면서 관측수에게 쓰러졌다.

"미안하군. 조금 현기증이—."

몸에 힘이 안 들어가는 척하면서 관측수의 팔을 붙잡았다.

색적반에 비치고 있을, 지상의 동지들을 보고하지 못하게 하기 위해.

그런 모산의 노력을 비웃는 것처럼—.

『적습! 전방 아래 방향에서 반응.』

비공정의 전성 장치에서 젊은 소년의 목소리가 들렸다.

관측수가 모산을 떨쳐내고, 색적반 앞으로 돌아갔다.

"우현으로 전속!"

"우현으로 전속!"

함장의 지령을 조타수가 복창했다.

비공정이 천천히 진로를 바꾸지만, 아마도 소용없는 노력으로 끝날 것이다.

왜냐하면, 아래쪽에서 날아오는 콩알만한 포탄이 점점 커지고 있었으니까.

계획대로라면, 장벽 파괴탄이 섞여 있는 포탄의 비다.

"긴급 기동이다!"

『전원에게 전달, 긴급 기동을 시행합니다—.』

함장의 외침과 동시에, 부관이 전성 장치의 단말로 경고 방송을 시작했다.

『—죽고 싶지 않으면, 가장 가까운 난간을 붙잡아라!』

함장이 부관의 목소리를 가로막으며 노성을 질렀다.

말이 끝나는 것과 동시에, 함장이 조타수에게 지시를 내렸다.

조타수가 손을 조작반에 내리치자, 옆 방향 가속이 비공정을 덮쳤다.

함장과 승무원들은 안전띠로 좌석에 고정돼 있지만, 바닥에 앉아 있던 모산은 어쩔 도리가 없이 함교에서 날아가 함교를 둘러싼 유리벽 위로 떨어졌다.

─뭐, 뭐냐?! 이 어마어마한 가속은!

움직이는 것마저 힘든 가속에, 모산은 유리벽에 매달리면서 경악했다.

정면에 있었을 포탄이, 비공정 옆을 지나쳐갔다.

─그것을 피했단 말인가?!

너무나 엄청난 가속에 말도 제대로 안 나오는 상태에서, 모산은 상상을 뛰어넘는 비공정의 성능에 전율했다.

이 정도 가속이 가능한 것도 그렇지만, 그 가속을 하고서도 무사한 선체도 놀라움의 대상이었다.

"마력로, 전투 출력! 최우선으로 하부 마력 장벽, 출력 전개! 마력로에 여유가 생기자마자 추진기 가속!"

함장의 지령을 승무원들이 복창하고 실행했다.

"피해를 보고해라!"

"기관부, 문제없음. 귀빈실, 불평은 있지만 중상자는 없습니다. 전망실에도 피해는 없습니다."

그 말에 모산은 몰래 가슴을 쓸어 내렸다.

그의 사랑스런 레다 부인은 무사한 모양이다.

"발코니에서 공중으로 날아간 자도 없는 모양입니다."

"기적이군."

—말도 안 된다.

비공정 안에 있던 레다 부인이라면 모를까, 경고 직후의 고가속을 받고서 발코니에 있던 자들까지 한 명도 희생이 없는 일은 있을 수 없다.

신의 가호인지 악마의 변덕인지…….

모산은 아픈 몸을 채찍질하면서, 지표의 수렵관 쪽으로 몸을 돌렸다.

유리벽에서 내려다보는 모산의 시야에, 비공정 아래쪽에 구축되어 있는 마력 장벽이 두꺼워지는 것이 보였다.

더욱이 그 너머, 지상에서 분사 나무가 분사 연기를 뿜으며 날아왔다.

"함장님! 새로운 마물입니다!"

함교에 있는 사람들도 모산과 같은 것을 발견한 모양이다.

"우현의 긴급 기동이다! 좌현으로 전속!"

『전원에게 전달, 가장 가까운 난간에 매달려라!』

모산은 붙잡을 것을 찾아서 주위를 둘러보았다.

가까운 프레임에 팔을 얽고서 안도한 시야에, 유리 바닥에 떨어진 마도 폭탄이 보였다.

아까 그 긴급 기동으로 붙잡고 있던 마도 폭탄을 떨어뜨려버렸을 것이다.

모산은 마도 폭탄을 향해 힘껏 손을 뻗었다.

"갑니다!"

조타수의 선언과 동시에, 아까하고는 반대 방향으로 선체가 급가속했다.

프레임에 매달리는 시야 구석에, 분사 나무와 포탄의 비가 비공정의 옆을 지나가는 것이 보였다.

"함장님, 긴급용 자세제어 부스터는 지금 그걸로 마지막입니다."

"그런 건 알고 있다!"

유리벽에서 올려다보는 모산의 시야에, 천공에서 반전하는 분사 나무가 보였다.

"함장님! 아까 그 마물이 이쪽으로 돌아옵니다!"

"우선순위 변경! 추진기 가속보다 포탑을 우선한다. 포탑은 마력포의 충전이 끝나자마자 마물을 격추해라!"

함장이 외치는 걸 들으면서, 모산은 주위를 둘러봤지만 마도 폭탄이 보이지 않았다.

아까 그 가속으로 어딘가에 들어가 버린 모양이다.

그런 장소 따위는 어디에도 보이지 않지만 **누군가가 집어간** 것도 아닐 테고, 분명히 어딘가에 있을 것이다.

"아래 쪽에서 무수한 반응! 다른 마물입니다!"

숲 속에서 돌격창 딱정벌레 기병들이 날아오르는 게 보였다. 그것과 동시에, 지상에서 검은 점 같은 것이 이쪽을 향해 날아왔다. 포탄의 비 제3진이다.

"칫, 어떻게 되어 먹은 거냐—."

함장이 불평하는 도중에, 포탄의 제3진이 비공정의 마력 장

293

벽에 격돌했다.

"피해를 보고해라!"

"피해—."

진동이 적다.

이번에는「장벽 파괴탄」으로 마력 장벽만 파괴하고 끝인 모양이다.

"—없습니다."

그 보고에 모산이 눈을 뒤집었다.

있을 수 없다.

"마력 장벽도 감쇠했습니다만, 문제없습니다."

있을 수 없다. 있을 수 없다.

비스탈 공작령 비장의「장벽 파괴탄」이 명중하고 파괴되지 않는 마력 장벽 따위, 논리적으로 있을 수 없다.

왕국은 공작들에게도 비밀로 하며 새로운 마력 장벽을 개발했다는 것인가……?

"아래쪽의 마물과 접촉합니다!"

비공정 옆을 지나는 돌격창 딱정벌레들의 등에 탄 기수가 화염 지팡이에서 고위력의 불 탄환을 뿜어내는 것이 보였다.

불 탄환이 비공정의 마력 장벽을 붉게 물들이며 흩어졌다.

역시, 마력 장벽이 있는 상황에서는 화염 지팡이의 불 탄환도 효과가 적다.

"왕도로 긴급 신호를 보내라!"

"안됩니다. 긴급 신호가 안 나갑니다."

동지는 잘 해준 모양이다.

모산은 마도 폭탄을 찾는 손길을 멈추고, 마음속으로 갈채를 보냈다.

"함장님, 앞을!"

뒤늦게 올라온 돌격창 딱정벌레 기병 1기가 정면에서 함교로 돌진해온다.

신형 마력 장벽이라지만, 고속으로 비행하는 돌격창 딱정벌레의 돌격까지 중화할 정도로 만능은 아니다.

이번에야말로, 끝장이다──.

"긴급 회피다!"

"긴급 가속통은 아까 그게 마지막입니다!"

"손쓰기 늦었습니다!"

부관과 조타수가 비명이 섞인 외침으로 대답했다.

"전원, 충격에 대비하라!"

여유가 없는 함장의 외침을 들으면서, 자신의 끝을 실어오는 돌격창 딱정벌레의 모습이 점점 커지는 것을, 모산은 그저 보고 있었다.

◆

"이걸로 끝이다."

장로 까마귀에 탄 포격 관측수가, 함교로 다가가는 돌격창 딱정벌레를 보고 입가를 끌어올렸다.

분사 나무를 노리고 있던 비공정의 포탑이 황급히 선회하는 모습이 시야 구석에 보였지만 이미 늦었다.

비공정은 이제 곧 함교가 파괴되고, 돌격창 딱정벌레에게 유린당할 것이다.

그 운명을 바꾸는 것은, 이제 그 누구도—.

"—무슨."

반짝반짝 빛나는 탄환이 돌격창 딱정벌레를 관통했다.

전방 갑판에 뛰쳐나온 검은 머리의 소년과 소녀가 기다란 막대 모양의 지팡이로 발사한 것이다.

불 지팡이의 불 탄환 공격 따위 끄덕도 없어야 할 돌격창 딱정벌레가, 불과 몇 발로 안쪽에서부터 불꽃을 뿜어내면서 외골격이 폭산해 버렸다.

운이 좋게도, 돌격창 딱정벌레의 기수는 불꽃의 기세에 밀려서 **부자연스러운** 궤도로 날아가 전방 갑판에 매달릴 수 있었다.

그러나, 행운은 거기까지였다. 검은 머리 소년들에게 보복하지도 못하고, 꼬리를 가진 붉은 머리칼의 아인 소녀에게 제압되고 있었다.

발코니에서 갑판으로 굴러 떨어진 어린 소녀들과 금발 세로롤의 소녀가, 위협이 물러간 안도감에 주저앉는 게 보였다.

신이 아닌 포격 관측수는 그녀들이 「나설 차례 없어~?」, 「시들시들인 거예요」, 「활약하지 못했답니다」라며 분한 태도라는 건 상상도 못하리라.

"아, 아직이다—."

비공정의 포탑에서 날아온 마력 포탄은, 하늘을 나는 분사 나무의 속도에 미처 대응하지 못하고 공중에 불꽃을 낭비하며 꽃피웠다.

그리고 포탑은 두 문, 분사 나무는 다섯이나 있었다.

비룡 기사들이 돌격창 딱정벌레 기병을 요격하려고 이동한 지금, 분사 나무를 막는 것은 없다.

아까 돌격창 딱정벌레 기병을 격추한 사수는 얕볼 수 없지만, 돌격창 딱정벌레와 분사 나무는 속도와 마력 장벽의 두께가 다르다.

다소 강력하다고 해도, 개인용 불 지팡이로 떨어뜨릴 수 있는 마물이 아니다.

"소용없는 짓을……."

대출력의 마력포를 가진 포탑조차도 따라잡을 수 없는 분사 나무를 마법사가 사용하는 사정거리가 짧은 마법으로 격추할 수 있을 리 없다.

포격 관측수는 어리석은 마법사들을 비웃었다.

산발적으로 뿜어져 나오는 마법은 그의 예상대로 모두 분사 나무와 멀리 떨어진 곳에서 흩어졌다.

"뭐지? ……녹색의 사람?"

갑판에 선 어린 소녀 근처에, 소거인 만한 신장을 한 녹색의 여성이 나타났다.

"소환 마법사의 소환수인가?"

고개를 갸웃거리는 포격 관측수였지만, 다섯 중에서 세 분사 나무가 비공정에 박히려는 현재 상황에 주의를 옮겼다.

"떨어져라, 굼벵이— 뭣이이이이이이이이!"

하늘로 날아오른 녹색 여성이, 분사 나무 둘의 궤도를 비껴내고 하나의 돌격을 공중에서 받아냈다.

반대쪽 손 주변에서 녹색을 띠는 빛이 휘몰아치더니, 술자로 보이는 어린 소녀가 팔을 한 번 휘두르는 것에 호응하여 그 소용돌이를 분사 나무에 때려 박았다.

마른 가지를 찢어내는 것처럼 분사 나무의 줄기가 갈라지더니, 폭염과 함께 철판도 꿰뚫는 씨앗의 비를 주위에 뿌렸다.

어쩌면 그 폭발에 비공정이 말려들지 않을까 기대한 포격 관측수였지만, 녹색의 여성이 들어 올린 손보다 뒤로는 폭발이나 씨앗의 비가 닿지 않고, 비공정에는 상처 하나 없이 공중에 흩어졌다.

"잠깐, 하필이면 엘프인가!"

포격 관측수는 관측용 망원경으로 녹색 여성을 불러낸 엷은 청록색 머리칼을 한 어린 소녀의 정체를 알았다.

"그러면, 아까 그건 왕조님의 전설에 있는 엘프가 사역하는 정령인가! 어째서, 하필이면 이 비공정에 타고 있나!"

원한이 가득한 목소리가 어린 엘프 소녀에게 닿는 일은 없었다.

정령이 하늘로 날아오르고, 아까 궤도를 비껴낸 두 나무를 추적하여 비공정과 떨어진 상공에서 격추해냈다.

나머지 두 분사 나무도 하나가 포탑의 마력 포탄에 격추되고, 마지막으로 남은 하나는 검은 머리칼 소년소녀의 빛나는 탄환에 관통되어 분사 속도가 떨어진 참에 마법사들의 공격 마법으로 유폭되어 흩어졌다.

그러나 아직 우리들의 우위는 흔들리지 않는다.

돌격창 딱정벌레 기병 9기와 비룡 기사 3기의 싸움은 최초의 교차로 쌍방에 한 기의 희생을 내고서, 지금은 비공정과 떨어진 장소에서 8대 2의 공중전을 펼치고 있었다.

"이제 슬슬 마력 장벽도 한계인가?"

지상에서 반복되는 포격 개구리와 바위 발사통이 쏘아내는 포탄의 비에, 비공정의 마력 장벽이 삐걱대기 시작했다.

"『장벽 파괴탄』이 세 번 다 불발이었을 때는 조바심이 났지만 어떻게든 되겠군."

불발…… 정말로 그랬을까?

발코니에서 뿜어져 나온 「이력의 창」이, 세 번 다 하나의 포탄을 격추하고 있었다.

하필이면, 「장벽 파괴탄」만 노려서 요격할 수 있는 신기가 가능한 자 따위 **있을 리가 없다.**

포격 관측수는 고개를 옆으로 젓고, 있을 수 없는 망상을 뇌리에서 떨쳐냈다.

『가라아아아아아아아!』

어린 소녀의 희미한 외침이, 바람을 가르며 귓가에 닿았다.

갑판에서 몇 줄기나 올라간 주금색 빛이 지상을 향해서 쏟아져 내렸다.

"서, 설마—."

빛이 숲 속으로 빨려 들어가더니, 한 박자 뒤에 불꽃의 기둥이 솟았다.

그 수는 기구하게도 포격 개구리와 바위 발사통의 수와 같았다.

"잘못 생각한 것이기를……."

포격 관측수의 바람도 허망하게, 그것을 경계로 지상의 포격이 뚝 멎었다.

그가 알 리 없었지만, 주금의 빛이 포격 개구리나 바위 발사통에 명중하기 직전, 대인 제압용 「유도 기절탄」이 종마들에 기승하고 있던 포격수들을 날려버리고 **우연히** 그들의 목숨을 구했다.

"아직이다. 아직 끝나지 않았어. 아직, 돌격창 딱정벌레 기병이 있다."

포격 관측수가 한 줌의 희망을 걸고, 유리한 전투를 전개하고 있는 돌격창 딱정벌레 기병들을 올려다보았다.

수의 유리함을 살려서 더욱이 1기의 비룡 기사를 추락시키는 게 보였다.

나머지 1기의 상처 입은 비룡 기사 상대로 2기의 돌격창 딱정벌레 기병들을 남기고, 나머지 6기가 비공정의 아래 부분 후방에서 함교에 급속 접근했다.

아마도, 전방 갑판 가까이 있는 눈에 거슬리는 마법사들을 기습하기 위해서이리라.

다행히도, 엘프 소녀가 사역하는 강력하기 짝이 없는 바람의 정령은 송환되어 사라져 버렸다.

아무리 윤택한 마력을 가진 엘프라고 해도, 분사 나무를 격추할 정도의 상위 정령을 언제까지나 사역하고 있을 수 있을 리 없다.

"자아, 춤을 춰보라고……."

화연 지팡이의 불꽃에 타 들어가는 마법사들을 환시하며, 포격 관측수가 웃음을 지었다.

비공정의 바닥을 따라 비행한 돌격창 딱정벌레 기병들이 드디어 전방 갑판으로 날아올랐다.

화연 지팡이에서 뿜어져 나온 여섯 줄기의 불꽃이 마법사들에게 쇄도했다.

포격 관측수는 보았다.

세 발의 불꽃을 대형 방패를 쓰는 금발 아가씨가 막아내는 것을.

두 발의 불꽃을 작은 어린아이들이 붉은 빛을 끄는 마검으로 하나씩 베어내어 흩어놓는 것을.

최후의 한 발을 하얀 빛을 끄는 금발 세로 롤 소녀가 자신을 희생하여, 불덩이가 되어 막아내는 것을.

"어이이봐, 저 녀석들은 뭔데?"

포격 관측수의 시선이 불덩이가 되면서도 멀쩡하게 일어선 금발 세로 롤 아가씨에게 향한 것도 어쩔 수 없으리라.

◆

"말도 안 돼. 말도 안 돼말도안돼 말도안돼……."

수렵관의 파수탑에 선 대장은 아연한 표정으로 상공을 지나간 비공정을 올려다보고 있었다.

처음 오산은 필살의 간격에서 쏘아 올린 분사 나무 다섯을 비공정이 모두 회피한 것.

두 번째 오산은 「장벽 파괴탄」이 세 발 다 불발이었다는 것.

그러나, 그래도 치명적인 실패라고 할 수는 없었다.

한 번 정도 분사 나무를 회피해도, 분사가 끝날 때까지 녀석들은 목표를 계속 추적한다.

장벽 파괴탄이 불발이 되더라도, 비공정이 사정거리를 벗어날 때까지 포격 개구리나 바위 발사통의 포탄이 장벽을 쳐부순다.

함교에 특공 공격을 한 무모한 돌격창 딱정벌레 기병은 세 번째 오산이라고 할 정도는 아니다.

돌격창 딱정벌레 기병들은 예상대로 비룡 기사를 제거했으니까.

"있을 수 없다. 있을 수 없다 있을수없다있을수없다."

비틀거리며 지하로 이어지는 계단을 내려가는 대장의 뇌리에 치명적인 광경이 떠올랐다.

녹색의 무언가에 분사 나무가 격추당하고, 지상에서 포격을 계속하던 포격 개구리나 바위 발사통이 본 적도 없는 상급 불마법으로, 단 하나도 빠짐없이 불타올라 버렸다.

포격 개구리도 바위 발사통도 약한 마물이 아니다. 모두 희생을 각오하고서 군대가 도전하지 않으면 이길 수 없을 정도로 위험한 마물이다.

바람 마법사인 관측수가 「녹색의 무언가」를 엘프가 사역하는 바람 정령이라고 보고했지만, 그런 일은 있을 수 없다. 정령 마법을 쓸 수 있는 일기당천의 엘프가 세계수를 벗어나 하계에 내려오는 일 따위, 세계의 위기가 찾아왔을 때뿐이다.

마지막 희망이던 돌격창 딱정벌레 기병도 이제 1기밖에 안 남았다.

비공정에 타고 있던 동지들의 파괴 공작도, 긴급 통지를 파괴하고 소미에나 님 일행을 탈출시킨 다음부터는 소식이 없다. 아마도 비공정 안에서 제압 당해버렸으리라.

"나리? 설마, 이 녀석을 쓸 셈인가?"

"그렇다! 두들겨 깨워서 구속을 풀어라!"

주저하는 조련사를 마검으로 한 칼에 베어버리고, 지하에 묶여 있던 마물— 다익 지네 앞으로 걸어갔다.

일곱 개나 되는 「나사」를 박아 넣었지만, 자유롭게 제어할 수가 없었던 흉폭한 마물이다. 동면중인 녀석을 발견하지 못했다면 「나사」가 있더라도 사역할 수 없었을 것이다.

수면을 푸는 마법약을 거대한 머리에 던져 버리고, 다익 지네의 잠을 깨웠다.

증오에 가득 찬 눈동자로 노려보는 다익 지네를 보고 불길한 예감이 뇌리를 스쳤지만, 이제 와서 관둘 수는 없다. 그에게는 이것밖에 남은 길이 없었으니까.

대장이 결심하고서, 마검으로 다익 지네의 구속을 부수었다.

—ANWOOMWALOOOOWN.

지네다운 얼굴의 다익 지네가, 한 번 울부짖더니 대장을 그 송곳니로 찢어버렸다.

그래도 분이 안 풀렸는지, 대장에게 마무리를 짓지도 않고 무수한 날개를 움직여 하늘로 날아오르기 시작했다.

"그래, 가라……. 네가 쓰러뜨려야 할 적은 그곳에 있다."

큰 부상을 입고서 피를 토하면서도, 공중을 헤엄치는 다익 지네를 향해 외쳤다.

어두워지는 시야에 마지막으로 비친 것은 승리였을지도 모른다.

◆

"대체 어디로 사라진 거냐."

모산은 비공정의 함교에서 필사적으로 마도 폭탄을 찾았지만, 도무지 발견될 기색이 없었다.

신기하게도, 다른 장소를 제압하러 간 동지들도 마도 폭탄을 사용한 파괴 공작에 성공하지 못한 모양이다.

"이럴 줄 알았다면, 레다 님에게 마적을 맡기지 않고 직접 가지고 있었어야 했나……."

마도 폭탄을 이용한 파괴 활동에서 마지막 비장의 수인 마적이 부서지는 것을 염려하여 레다 님에게 맡긴 것이 안 좋은 결과를 내고 말았다.

모산은 홀로 투덜거리면서, 셔츠 안쪽, 자신의 가슴팍에서 꿈틀거리고 있는 수상쩍은 마법 장치—「마인 심장」에 손을 댔다.

설령 「마인 심장」을 이용한 신체 강화를 사용한다고 해도, 무인이 아닌 그의 힘으로 함교를 제압할 수는 없다.

마적이 있다면 「마인 심장」의 제한을 해제하여 폭주시킬 수 있다.

장착자의 생명을 보장할 수 없지만, 그 힘은 절대적이며 마도 폭탄 이상의 파괴를 이룰 수 있는 것이다.

"함장님! 후방의 수렵관 쪽에서 거대한 마물이 출현했습니다!"

"또냐! 이번엔 뭐냐! 히드라인가? 나가인가?"

모산은 함교의 혼란에 귀를 기울이면서, 수렵관 쪽으로 고개를 돌렸다.

"저것을 해방시킨 건가……"

비공정을 추월하여 전방으로 돌아온 거대한 마물— 다익 지네를 보고, 모산이 중얼거렸다.

"포탑에서 보고! 마력포의 포신이 타들어갔다고 합니다! 재사용까지 4반각—."

"마법사들의 공격 마법이 저 녀석의 이상한 날개에 반사되고 있습니다."

다익 지네는 마물 조련사도 제대로 제어할 수 없는 위험한 마물이지만, 그 전투력은 네 머리 히드라나 중급 마족— 아니, 하급룡에도 필적한다고 했다.

호위인 비룡 기사도 없고, 마력포도 타 들어갔고, 강력한 정령 마법을 쓸 수 있는 마법사도 마력이 다 떨어졌을 것이다.

여기까지는 다소 오산이 이어졌지만, 이건 다소의 오산 따위 상관없는 압도적인 폭력을 가진 괴물이다.

용사 같은, 규격을 벗어난 존재가 타고 있지 않은 한 비공정에 꿩침 말고 다른 길은 남지 않았다.

"아니— 이 비공정에는 『붉은 귀공자』 제릴 경이나 미스릴의 탐색자들도 있다. 만약에 만약을 대비해야겠지…….."

모산은 가슴팍에 손을 대고, 「마인 심장」를 가동 상태로 만들었다.

"이걸로 만에 하나도 실패는 없다. 언제든지 네 마적을 받아들일 수 있어…… 레다."

마지막으로 사랑하는 사람의 이름을 중얼거리고, 모산은 눈을 감았다.

파란의 항로

"사토입니다. 이야기에서는 트러블을 헤쳐나가 안도했을 때 다음 트러블이 덮쳐오는 일이 흔히 있습니다. 의외로 좋아하는 전개지만, 현실에서 그 패턴은 만나고 싶지 않아요."

"주인님! 아래쪽에서 커다란 게 올라왔어!"

비공정 후방을 보고 있던 아리사가 돌아보며 외쳤다.

내 레이더에도 비친다. 레벨 45나 되는 다익 지네라는 마물이다. 마법 반사나 마정(魔晶) 장벽이라는 성가신 종족 고유 능력을 가졌다.

수면 상태인 채 출격해오는 기색이 없기에 방치하고 있었는데, 마지막의 마지막에 내보낸 모양이다.

비스탈 공작령의 내분에 말려든 것 같은데, 그 전력도 이제 조금 남았다.

저 다익 지네와 돌격창 딱정벌레들 중에 마지막 한 마리뿐이고, 조금 떨어진 장소에서 관전하고 있던 장로 까마귀는 이미 도망가기 시작하고 있었다.

도망친 장로 까마귀를 탄 사람은 마커를 달아뒀으니 추적이 가능하다.

아까 전에 섣부른 판단으로 탈출정이 비공정에서 발진하는 게 보였는데, 공간 마법 「멀리 보기」로 확인한 느낌으로는 유괴 같은 것처럼 보이진 않으니까 방치했다.

"아노말로카리스 같은 녀석이네. 저것도 좀마일까?"

나도 아리사 옆에서 들여다보았다.

숲 속에 있는 수렵관을 부수고 이쪽으로 올라오는 모습이 좀 몸통이 너무 길고 날개가 곤충 같지만, 고생물 도감에서 본 아노말로카리스랑 꼭 닮았다.

"해치워?"

"아니, 마법 반사가 있는 것 같으니까—."

—물리 공격으로 쓰러뜨리자.

그렇게 말하기 전에, 영창을 시작한 미스릴의 탐색자들이 비공정 옆을 통과하려는 사이비 아노말로카리스— 다익 지네에게 갖가지 종류의 공격 마법을 발사했다.

다익 지네의 외피에 튕겨나간 마법 일부가 갑판이나 발코니에 흩어져서, 미스릴의 탐색자들이 우왕좌왕하며 회피했다.

"쏘아낸 상대한테 반사하는 건 아니네."

"그래, 그런가 보다."

우리들 쪽으로 날아온 것은 나나가 받아 흘려줬으니까 태평하게 대화할 여유가 있었다.

다익 지네의 본체는 반사라기보다는 튕겨내서 흩어놓는 느낌이고, 동글동글한 곤충 같은 날개는 마력을 중화해서 일부를 흡수하는 느낌이었다.

다만 온갖 마법 공격을 무제한으로 반사하거나 중화할 수 있는 건 아닌 모양이라, AR표시되는 다익 지네의 체력 게이지가 어느 정도 대미지를 입은 것을 가르쳐 주었다.

다익 지네가 불쾌한 기색으로 포효를 올리더니, 비공정 전방에서 몸을 비틀며 이쪽을 돌아보았다.

"상급 공격 마법이라면 돌파할 수 있을 것 같은데, 어떡할래?"

"어디보자― 관둘래."

아리사가 말하고 미아 쪽을 보았다.

미아의 영창이 진행되는 것에 맞추어, 방대한 마력이 그녀 주위에 충만하기 시작했다.

"벌써, 미아의 영창이 끝날 것 같으니까."

아리사가 말하고 조금 뒤에, 미아의 마법이 완성됐다.

"…… ■ ■ ■ 풍령왕 창조."
<small>크리에이트 가루다</small>

반투명한 황금색으로 빛나는, 왕관을 쓴 새 형태의 의사 정령이 나타났다.

과거에 아제 씨가 소환한 베히모스와 동격의 존재다.

"황금의 짐승?"

"아니, 황금의 새인가?"

"아니야…… 신화시대에, 하이 엘프들이 사역했다는 신수가 틀림없어."

가루다를 본 미스릴 탐색자들이 술렁거렸다.

"사토, 마력."

미아의 짧은 재촉에 응답하여 「마력 양도」를 써서 소모된 미아의 마력을 회복시켜줬다.

"해치워."

미아의 말에 응답하여 가루다가 공력을 무시한 것처럼 황금의 날개를 펼치고 정지하더니, 날개 끝 부분의 깃털을 CG의 모핑처럼 변형시켜서 다익 지네 쪽으로 뻗었다.

눈에 보이지도 않는 속도로 수십 줄기의 황금의 깃털이 가느다랗게 뻗어서, 다익 지네를 감싸는 것처럼 꿰뚫거나, 혹은 베어냈다.

다익 지네는 마디가 많은 몸을 비틀어 도망치고자 몸부림쳤지만, 그 쓸데없는 저항도 오래 가지 못하고 순식간에 잘게 다져져 버렸다.

가루다의 황금의 날개는 다익 지네의 마법을 반사하는 본체도, 중화하는 날개도 상관없이 베어내 버렸다.

"어마어마하군……"

"저게 『계층의 주인』을 쓰러뜨린 소환 마법인가."

발코니에서 함께 싸우고 있던 미스릴의 탐색자들이 경외에 떨리는 목소리를 흘렸다.

"수고했어, 미아."

"우응."

미아가 조금 불만스러워 보였다.

가루다의 필살기인 「천람(天嵐)」을 쓰기 위해서 나한테 마력 보급을 받았는데 그걸 쓰기 전에 적이 쓰러져 버려서 그런 게 틀림없다.

뭐, 「천람」은 위력이 너무 높은 데다가 화려하니까 삼가도록
했겠지만.

"송환?"

도망치려고 하는 돌격창 딱정벌레를 쓰러뜨린 다음, 타고 있
는 사람을 붙잡아 돌아온 가루다를 올려다보며 미아가 물었다.

"아아, 이제 필요 없어."

미아에게 수긍했다.

레이더에는 빨간 광점도 종마도 안 비친다.

자폭 테러를 하려고 하던 녀석들은 손이 부족해서 위험한 마
도 폭탄만 압수하고서 방치했으니, 이틀에 구속을 해버리자.

물론 후방 갑판에 있던 아이템 박스 소유자나 기관부에 난입
하려고 했던 레벨이 높은 기사는 이미 구속해뒀다.

"뉴?"

"피리 소리가 들리는 거예요."

귀를 쫑긋 세운 타마와 포치가 그런 말을 꺼냈다.

내 엿듣기 스킬에는 피리 소리 같은 건 안 들린다.

"어디서 들리는데?"

같은 생각을 했는지 아리사가 두 사람에게 물었다.

그러나, 그것에 두 사람이 대답하기 전에 쿠웅, 소리와 유리
가 깨지는 소리가 전방에서 들렸다.

거의 동시에 전방 갑판 너머에서 거뭇한 선 같은 무언가가 파도
치듯이 돋아나더니, 조금 늦게 유리 파편이 이쪽으로 날아왔다.

거기 있는 건 소환 마법 스킬을 가진 고관이었을 거다.

나는 갑판 위를 달려 함교 위로 갔다.

그 고관은 소환 마법 스킬 레벨이 낮다고 생각했으니까, 저런 위험해 보이는 걸 소환할 수 있는 건 예상 밖이었다.

함교의 유리 천장에 뚫린 구멍으로 뛰어들었다.

꿈틀거리는 무수한 촉수를 베어내면서 함교에 착지하는 사이에, 함교의 상황을 파악했다.

함교의 설비가 거의 파괴되고, 함장 이하 대부분의 선원이 피 바다에 가라앉아 있는 걸 AR 표시가 가르쳐 주었다.

더욱이, 함교를 감싸는 유리벽은 프레임만 남기고 무참히 깨진 상태라 함교는 진행방향에서 불어오는 강한 바람이 휘몰아치고 있었다.

피 웅덩이 안에서, 승무원들이 고통에 신음하는 게 들렸다. 아직 안 늦었나.

내가 착지하는 것보다 조금 늦게, 따라온 아인 소녀들이 착지했다.

"아이쿠쿠, 인 거예요."

착지에서 비틀거린 포치를 타마가 지탱했다.

여러 개 있는 공력기관이나 추진기를 제어하는 함교가 파괴된 탓인지, 방금 전부터 조금씩 비공정의 비행이 안정감을 잃기 시작하고 있는 모양이다.

"카리나, 키이이이이이이이이익!"

아무래도 카리나 양도 함께 와버린 모양이다.

"꺄아아아아."

촉수의 중앙에 돌진한 카리나 양이 촉수에 붙잡혀서 거꾸로 매달려 버렸다.

스커트와 함께 구속되어 있어서 속옷이 드러나는 꼴에 빠지진 않았지만, 촉수에 엉켜 붙잡힌 모습이 대단히 에로틱하다.

"리자, 촉수를 제거해. 타마랑 포치는 카리나 님을 부탁한다."

아인 소녀들에게 명령하고, 나는 함교 전체에 회복 마법을 썼다.

빈사인 자도 있었지만, 어떻게 목숨은 건졌다. 출혈이 많았던 탓인지 아직 의식은 돌아오지 않았다.

카리나 양의 시선이 없는 사이에, 나는 「이력의 손」으로 함교 요원들을 파괴된 함교에서 통로 너머로 한꺼번에 운반했다.

"영차~."

"어영차, 인 거예요."

카리나 양은 촉수의 산에 묻혀버려 있어서, 타마와 포치가 열심히 파내고 있었다.

"주인님! 이쪽을 봐주세요."

리자의 목소리에 고개를 돌리자, 그렇게나 꿈틀거리던 촉수는 모두 절단돼 있고 바닥에 산더미처럼 쌓인 촉수 사이에 기이하게 변형된 사람의 몸이 묻혀 있었다.

흔적은 거의 없지만, AR표시에 따르면 소환 마법사인 고관인 모양이다.

소환된 마물에게 흡수된 건가 생각했지만, 그의 가슴팍에 파묻혀 있는 흉흉한 마법 장치를 보고 아니란 걸 알았다.

한가운데가 깨져서 알맹이를 잃은 마법 장치 표면과, 촉수의

색이나 질감이 같았기 때문이다.

마법 장치는 「마인 심장」이라는 이름이었다. 상태가 「폭주」, 「고장」이었고, 폭주의 결과가 아까 그 촉수 난무의 원인 같았다.

"상처 치료해~?"

"이대로는 죽어 버릴 것 같은 거예요."

어이쿠 잊고 있었다.

나는 치유 마법을 써서 고관의 상처를 막았다.

목숨은 건졌지만, 눈동자에 지성의 빛은 남아 있지 않았고 허공을 바라보며 경련할 뿐이었다.

뭐 자업자득이니, 여기서부터는 의료 기관 사람에게 떠넘기자.

"지독한 꼴을 당했어요."

점액으로 지저분해진 카리나 양이 포치에게 받은 타월로 얼굴을 닦고 있었다.

라카의 수호는 저렇게 더러워지는 건 막을 수가 없는 건가?

그런 생각을 하면서, 스토리지에서 꺼낸 두루마리를 더미 삼아 생활 마법으로 카리나 양을 씻겨 주었다.

『주인님! 그쪽은 지원군 필요해?』

아리사가 공간 마법 「전술 대화」로 모두를 이어 주었다.

『아니, 괜찮아―.』

말하는 도중에 비공정이 흔들렸다.

『주인님! 이쪽에도 촉수가 나왔어!』

긴박한 목소리로 아리사가 외쳤다.

『나나, 막아라! 촉수 중심에 인간이 있다. 주의해!』

『예스, 마스터.』

나는 외치면서 「마인 심장」을 검색했다.

자폭 테러 요원이 있던 기관부, 귀빈실, 후방 갑판 세 군데뿐 아니라, 아리사가 있는 전망실, 더욱이 연료고, 안정익의 뿌리 부근에도 존재하고 있었다.

전망실의 「마인 심장」은 「폭주」나 「고장」 상태가 되어 있었지만, 다른 건 딱히 이상한 상태가 아니었다. 고장이 나서 폭주하면 촉수가 돋아나는 건 틀림없는 것 같았다.

여기에서 마법이나 물리로 모든 「마인 심장」을 처리하기에는 중간에 사람이나 비공정의 항행에 필요한 파이프류가 너무 많다.

바깥쪽에서 유도 화살이나 자유 검으로 노릴 수 있는 건 전망실 정도다. 안정익이나 후방 갑판 부근에 있는 녀석들은 함내에 있으니, 섣불리 공격하면 비공정까지 파괴될 거다.

그리고 「마인 심장」을 몸에 심어놨으니 원거리 공격으로 제거하려고 하면 상대를 죽여 버릴 가능성이 높았다.

살상력이 낮은 대인 제압용 「유도 기절탄」이라면—.

—ZHWOZHWOZHWOOOOGZ.

기침을 하는 것처럼 기분 나쁜 포효가 등 뒤에서 들렸다. 아리사가 있는 전망실 방향이었다.

그 포효보다 조금 늦게, 차례차례 불길한 진동이 바닥에 전달됐다.

맵 정보를 볼 것도 없다. 전망실 말고 다른 다섯 군데에 있던 「마인 심장」이 촉수가 돋아나 날뛰고 있는 거겠지.

대처가 늦어 버렸다.

지금부터 대인 제압용 「유도 기절탄」을 써도 아마도 무력화시킬 수 없다.

『주인님, 날개 옆에서도 촉수가 나타났어요.』

『마스터, 비공정 후방에도 촉수가 보였다고 보고합니다.』

루루와 나나의 목소리가 들렸다.

"주인님, 지시를."

리자가 진지한 표정으로 나를 보았다.

타마와 포치도 리자의 좌우에 자리 잡고 올려다보았다.

나는 재빨리 우선순위를 생각했다.

아리사 쪽은 괜찮다. 「마인 심장」의 촉수는 레벨 30 정도다.

제릴 씨가 있는 귀빈실도 괜찮을 거야.

"리자, 기관부를 맡긴다! 포치랑 타마는 리자의 지원이다! 기관부를 제압한 다음 연료고로 가라."

아인 소녀들이 대답과 함께 달렸다. 어째선지 카리나 양도 같이 간다. 뭐, 라카가 같이 있으니 괜찮겠지.

본래는 내가 가야 할 안건이지만, 지금은 부서진 함교 대신 배의 제어를 회복하는 게 우선이다.

이대로 왕도의 공항까지 도착할 수 있다면 제일 좋다. 최악이라도 비공정을 안전하게 착지시켜야 한다.

나는 부서져서 도움이 안 되는 콘솔을 뜯어내고, 안에서 케이블을 끄집어냈다.

비공정을 건조할 때 썼던 개발용 단말을 스토리지에서 꺼내 케이블을 이었다.

디버그용 커맨드 입력밖에 못하지만, 열심히 하면 대용할 수 있을지도 모른다.

PING 신호가 기관부나 조타 관련 회로에 닿는지 조사했다.

―된다.

기관부도, 조타 관련도, 제대로 이어질 것 같다.

『기관부의 문~?』

『촉수가 꿈틀꿈틀인 거예요.』

『주인님, 지금부터 제거를 시작합니다.』

리자 쪽이 빨리도 기관부에 도착한 모양이다.

『주인님, 이쪽은 쓰러뜨렸어. 촉수가 돋아난 건 시녀 같아. 전망실에 있던 척후 아저씨 말로는, 함께 있던 부인이 아무데도― 우와앗!』

아리사가 보고하던 중간에 비공정이 크게 흔들렸다.

전술 대화에서 아리사 말고 다른 애들 비명이나 놀라는 소리도 들렸다.

개발용 단말에 표시되는 정보를 보니, 6기 있는 추진기 중에서 오른쪽 3기가 과잉 유입된 마력으로 폭주하고, 1기가 마력의 공급이 끊어져서 기능이 정지했다.

비공정은 크게 왼쪽으로 호를 그리면서 급가속을 시작했다.

이대로는 왼쪽에 있는 바위산에 격돌해버린다.

폭주하는 추진기를 긴급 정지하려고 했지만 반응이 안 돌아온다.

정공법이 무리라면 변칙기술로—.

공간 마법 「멀리 보기」와 술리 마법 「이력의 손」으로 추진기 본체에 달린 긴급 정지 장치를 작동시키자.

개발용 단말의 조작을 병렬 사고 스킬의 도움을 빌어 계속하면서 「멀리 보기」를 발동하자, 내 시야에 무참한 상태의 기관부가 보였다.

4기 있는 대형 공력기관 중에서, 2기는 2중반전식 휠이 뒤틀린 모양인지 서로 마찰하며 불똥이 튀고 있었다. 나머지 2기도 불똥은 안 튀지만 회전이 치우쳐 있었다.

마력로도 적지 않은 피해를 입었고, 마력 유래의 묘한 빨간 빛이 노의 표면에서 깜빡이고 있었다.

그런 가운데, 아인 소녀들이 가로방향 G에도 지지 않고 촉수의 대부분을 처리하고 있었다.

『주인님, 앞을 봐! 앞!』

아리사가 필사적인 목소리로 전방에 다가오는 바위산에 대해 외쳤다.

—알고 있어.

나는 목적인 긴급 정지 장치를 찾았다.

"으엑, 뜯겨 나갔어?"

노린 것처럼, 폭주한 추진기의 긴급 정지 장치 부분이 뜯겨 나가 있었다.

오히려, 여기가 뜯겨 나가서 폭주했을 가능성이 높군.

마력 전달 케이블을 절단하는 건 안 된다.

반동으로 마력로나 다른 부분이 망가질 가능성이 높았다.

마력로를 한 번 멈추고 케이블을 절단하면— 안 된다. 마력로를 멈추면 재시동하는 동안 공력기관도 멈춘다. 그리고 한 번 멈추면 부서진 공력기관이 재시동한다는 보장도 없다.

본래는 공력기관이 하나라도 무사하면 불시착할 수 있는 설계를 했지만, 만에 하나 넷 다 멈추면 떨어지는 수밖에 없다.

—그렇다면.

나는 개발용 단말에 커맨드를 입력했다.

비공정이 더욱 가속했다.

『주인님, 위험해! 앞! 위험해!』

바위산이 다가오고, 도망치는 동물들의 모습이 극명하게 보인다.

앞으로, 조금.

『리자! 오른쪽 2번 추진기를 걷어차버려!』

『알겠습니다!』

오른쪽 2번 추진기가 한순간 기침을 하더니 미약하게 추력이 낮아졌다.

금방 돌아올 거고, 더 나쁜 상태가 될지도 모르지만 지금은 이거면 된다.

『우갸아아아아아아아.』

아리사의 귀가 따가운 비명에 밀리는 것처럼, 바위산이 눈앞에서 흘러갔다.

콰드드득. 비공정의 측면이 바위산 표면에서 튀어나온 마른 나무나 바위에 깎여나가는 소리와 진동이 전달됐다.

기분 탓인지 공기의 밀도 차이나 바람 방향이 보이는 것 같았다.

그 감각을 믿고서, 비공정을 바람에 잘 태워서 고도를 올릴 수 있었다.

『죽는 줄, 알았어~.』

눈앞에 파란 하늘이 펼쳐지고 있었다.

바위 산 격돌의 위기는 좌현측 추진기를 폭주시켜서 회피했다.

그 탓에 이 비공정은 현재도 빠르게 가속하고 있었다.

마력 공급이 추진기에 너무 잡아먹힌 탓인지, 공력기관이 거의 망가진 탓인지, 아까부터 에어 스팟에 들어간 비행기처럼 순간적으로 부력을 잃거나 부활하여 위아래 방향으로 배가 안정되지 않는다.

병렬 사고 스킬의 도움이 있으니까 전술 대화로 동료들과 대화할 여유가 있지만, 아무래도 마법을 행사하면 리소스가 부족해진다. 발동하고 있는 「이력의 손」과 「멀리 보기」 정도라면, 어떻게 제어할 수 있을 것 같았다.

『주인님, 고도를 높이거나 속도를 낮추는 편이 좋지 않아?』

『그래, 열심히 노력중이야.』

가능하면 진작에 했지.

『혹시 폭주하고 있어? 꽤 위험해?』

『그래, 이대로는 위험해.』

아까도 고찰한 것처럼, 추진기의 추력을 떨어뜨리려면 마력로를 정지할 필요가 있고, 마력로를 정지하면 공력기관이 멈춰서 부력을 잃고 비공정이 추락한다.

지금은 비공정의 안정익에 있는 고양력 장치의 플랩으로 고도를 올리고자 노력중이다.

항공기랑 달리 날개 면적이 좁고 짧으니까, 그렇게 과도한 기대는 할 수가 없다.

『주인님, 유니크 스킬을 쓰면 모두를 지상으로 전이시킬 수 있어.』

『안 돼.』

그런 무모한 짓을 하면 「혼각화환」을 달고 있어도, 아리사의 「영혼의 그릇」이 무사하다는 보장이 없다.

『하지만 그렇게라도 안 하면 다른 사람들이—.』

『안 돼. 다른 사람보다 아리사가 소중해.』

『우헤? 에, 에헤헤헤~. 진심 톤으로 말하니까, 쑥스럽네~.』

동요하여 떨리는 목소리로 아리사가 놀렸다.

여전히 아리사는 기습에 약한 모양이다.

『네 치트 주인님을 믿어봐.』

『응, 믿을게.』

조금 장난스런 내 말에, 아리사가 안도한 목소리로 대답했다.

『우웅.』

전술 대화에서 미아의 조금 불만스런 목소리가 흘러들었다. 달래줄 셈으로 「미아도 소중해」라고 했더니 「도」라는 화난 기색의 말이 돌아왔다. 애들은 어렵다니까. 나중에 다시 달래보도록 할까.

"그러면, 실제로 상황이 안 좋아."

나는 개발 단말과 AR표시되는 맵 정보를 보면서, 혼잣말로 중얼거렸다.

사방이 꽉 막힌 것 같은 상황이지만, 사실 내가 가진 모든 힘을 보여도 된다면 당장이라도 모두를 구할 수는 있다.

비공정을 스토리지에 수납하고, 낙하하는 사이에 「이력의 손」으로 지상에 내리면 된다. 조금 사람 수가 많으니까 3분의 1 정도는 중간에 있는 호수에 떨어뜨릴 필요가 있을 것 같지만.

이 비공정을 「이력의 손」으로 들어 올려 착지시키는 것도 생각했지만, 아무리 그래도 무리겠지.

상당히 편리하게 쓸 수 있는 「이력의 손」이지만, 힘의 총량은 일반 남성 60인분 정도의 힘밖에 발휘할 수 없다.

상급 마법인 「이력의 팔」을 쓸 수 있다면 모를까, 비공정의 대질량을 지탱하는 건 불가능하다.

아리사에게 게이트 계통 공간 마법을 쓰도록 해서 탈출하는 것도 생각했지만, 이 정도로 불규칙 운동을 하는 망가져가는 비공정에서 정해진 한 점에 게이트를 계속 여는 건 난이도가 너무 높다.

단시간이라면 가능할 것 같지만, 끊임없이 변화하는 시점 위치를 계속 보정하는 건 아무리 아리사라도 무리겠지.

내가 두 사람 있으면 조타는 한 쪽에 맡기고 또 한 쪽이 기관부 수리를 하러 갈 텐데…….

"─아니. 만약의 이야기를 생각해도 어쩔 수 없지."

역시 비공정을 불시착시키는 게 가장 모두를 구할 가능성이 높아 보인다.

그걸 위해서 몇 가지 조건을 만족할 필요가 있다.

그건─.

· 불시착 가능한 속도까지 감속할 것.

· 불시착에 충분한 활주로 같은 공간이 있을 것.

· 불시착해도 지상에 인적 피해가 안 나오는 장소일 것.

· 불확정 요소인 마인 심장을 가진 나머지 네 명을 무력화할 것.

─이런 것들이다.

처음 두 개는 반드시 필요하다.

세 번째는 나로서는 필수지만, 반드시 절대 조건은 아니다.

마지막 하나는 아무래도 좋지만, 가능하면 불확정 요소는 없애두고 싶었다.

나는 필요한 순서와, 비공정의 진로를 머릿속으로 계획했다.

물론 불안정한 비공정을 제어하면서다.

그건 간단한 일이 아니었지만, 자화자찬할 수 있을 정도로는 단시간에 구축할 수 있었다.

하지만, 아무리 그래도 계획 모두를 혼자서 하는 건 무리다.

『다들, 미안하지만 협력해줘.』

『싱겁기는! 얼마든지 말해!』

아리사를 필두로, 다들 긍정하는 말이 「전술 대화」에서 들렸다.

『아까 그 촉수가 넷 있어. 리자 쪽은 아까 말한 것처럼 연료고 녀석을 해치우고―.』

『해치웠어~?』

『지금 쓰러뜨린 거예요!』

『연료고는 이미 제압했습니다. 숙주도 필요 최소한의 치료를 마치고 구속했습니다.』

〈아인 소녀들은 이 진동과 급가속에도 지지 않고, 처음 지령대로 움직여준 모양이다.

『잘했어! 다음은 후방 갑판으로 가줘.』

『알겠습니다.』

리자를 선두로 아인 소녀들이 후방 갑판으로 갔다.

『나나, 미아를 안고서 함교로! 미아는 가루다 재소환을 부탁해!』

『예스, 마스터.』

『알았어.』

미아의 가루다에게 안정익 위로 기어 나온 촉수 제거를 부탁할 예정이다.

―어라?

안정익 위에 있던 촉수가 없네.

『주인님, 날개 위에 있던 녀석은 루루랑 같이 날려버렸어.』

역시 대단해.

『떨어진 촉수는 커다란 까마귀 같은 게 주워 갔는데, 격추할까?』

도망쳤다고 생각했는데, 장로 까마귀가 돌아온 모양이군.

『아니, 그건 방치해도 돼.』

마커도 달아났으니까.

『날개에 촉수의 파편이 남아 있으니까 방해될 것 같으면 미아의 가루다로 제거해.』

『우응.』

강대한 가루다를 청소 담당 취급 받은 미아가 불만스런 소리를 냈다.

발동해둔 「멀리 보기」로 잔해를 확인하니, 루루가 날려버리기 전에 아리사가 공간 마법으로 안정익에 엉킨 촉수를 깔끔하게 절단한 걸 알 수 있었다. 상당히 잘 처리했군.

『그러면 아리사는 루루랑 같이 귀빈실로 가줘.』

『귀빈실?』

『그래, 고군분투하고 있는 제릴 씨의 지원을 부탁해.』

『오케이! 가자, 루루 언니.』

맵 정보로 보면 제릴 씨는 비스탈 공작 일가를 감싸다가 부상을 입은 모양이다.

귀빈실에서는 예복에 검도 없었을 테니까 고전하고 있는 거겠지.

『주인님, 미스릴의 탐색자들이 함께 와버렸는데, 어떡하지?』

촉수를 쓰러뜨리는 것뿐이라면 아리사와 루루가 빠져도 괜찮겠다.

『알았어. 귀빈실은 그들에게 맡기고, 아리사랑 루루는 부상자의 치료를 하면서 승무원이나 승객을 후방의 다목적실로 유도해줘.』

비공정에 2개 있는 다목적실은 불시착할 때 충격을 완화하기 위한 설비가 있다.

『맡~겨만 둬!』

아리사와 루루가 행동을 개시했다.

일단 촉수 관련이나 피난 유도는 이거면 된다 치고. 다음은 착지 가능한 코스로 비공정의 궤도를 바꾸자.

—응?

좌우의 키가 반응이 나쁘다.

후방 갑판의 촉수가 나쁜 짓을 했는지, 수직 꼬리 날개가 어디 걸린 느낌이다.

안정익에도 에일러론이 있지만, 지금은 촉수의 잔해가 엉켜 있어서 오른쪽밖에 못 쓰니까 효과가 적다.

뭐, 지금 이대로도 아슬아슬하게 어떻게 될 거야.

"마스터, 가세하러 왔다고 보고합니다."

나나가 무표정을 유지하며 활기차게 뛰어들었다.

미아는 함교의 강풍에 나부끼는 트윈테일의 머리칼이 거슬리는 모양이다.

"나나, 내 옆에서 이술『방어벽』을 쳐줘."

"예스, 마스터."

나나의 이마에 마법진이 나타나고, 금방 우리를 반구 형태의 투명한 돔이 감쌌다.

미아의 영창이 안정됐다.

한가해서 그런지, 나나가 미아의 머리칼을 정돈해 주었다.

쿠웅 흔들렸을 때 미아가 혀를 깨물어서 울상을 지었다.

"우응, 처음부터 다시."

미아가 재영창을 시작했다.

—어라?

반응이 안 좋던 좌우 키가 반응이 없어졌다.

『주인님, 후방 갑판의 촉수를 제거하고, 촉수의 뿌리에 있던 자를 구속했습니다.』

리자에게 곧장 보고가 왔다.

『리자, 가까이 있는 창으로 키가 어떤지 확인해줘.』

발동하고 있는 「멀리 보기」의 위치를 이동하는 것이 나름대로 귀찮기 때문에 가까이 있는 리자에게 물었다.

『딜렁딜렁~?』

『키 윗부분이 망가져서 파닥파닥하는 거에요.』

리자보다 빠르게 타마와 포치가 보고했다.

이해하기가 어려워서, 결국 스스로 「멀리 보기」의 위치를 변경하여 보게 되었다.

키 본체는 무사하지만, 키를 조작하는 와이어가 끊어져 버렸다.

『하는 수 없지. 「이력의 손」으로 직접— 아 잠깐, 저기는 마법 저항 소재였지.』

와이어도 키 본체도 마법 저항 소재니까 「이력의 손」으로 간섭하기 어렵다.

완전히 무효가 될 정도는 아니지만, 공중에서 늘어진 머리칼을 한눈팔면서 손가락으로 집는 정도로 귀찮긴 하다.

『그러면, 포치랑 타마가 하는 거예요!』

『아이아이서~.』

아인 소녀들이 후방 갑판의 정비용 사다리를 올라가서, 후방 공중으로 튀어나온 키를 지탱하는 프레임 위를 재주 좋게 밸런스를 잡고 달려갔다.

여차하면 「이력의 손」으로 지탱하겠지만, 꽤나 무모한 짓을 한다.

『리자, 안전끈을 써.』

『알겠습니다.』

나는 후방 갑판에 로프가 있는 장소를 리자에게 알려주고, 타마와 포치에게 안전끈을 장비시켰다. 이제는 리자가 밧줄을 단단히 지탱하면 두 사람도 안전할 거야.

주위를 확인했더니, 종자들에게 앞길을 막힌 카리나 양이 있었다.

뭐라고 말씨름을 하는데, 유감이지만 안 들린다.

그리고 보니 카리나 양의 종자들은 어느 틈에 후방 갑판까지 온 거지?

『저도 돕겠어요!』

『아, 안 됩다!』

『카리나 님, 그만 하세요.』

함께 달려가려는 카리나 양을 피나와 에리나가 태클로 막았다.

『무슨 말을 하는지 흥미가 있어서 카리나 님의 목소리도 중계해 봤어.』

아무래도 아인 소녀들과 나눈 말을 전술 대화로 듣고 있던 아리사가 나랑 마찬가지로 후방 갑판을 체크하고, 카리나 양 일행의 행동에 흥미를 가진 모양이다.

추가 마법을 쓸 수 없는 상황이라 조금 살았다.

『그보다도 주인님. 이대로 가면 오른쪽 산에 충돌하거나, 왼쪽 계곡을 깎아내면서 아래쪽에 있는 촌락을 뭉개는 거 아냐?』

비공정의 고도가 내려가는 걸 아리사가 지적했다.

아까 미아가 혀를 깨문 진동은 공력기관 하나가 날아가 버린 충격이었단 말이지.

그 탓에 낮았던 고도가 더욱 낮아졌고, 키가 안 듣게 되어 예정된 항로를 벗어나, 지금 아리사가 말한 난소를 지나가게 되어 버렸다.

『포치 대원, 타마 대원! 키를 부탁한다!』

『네잉!』

『라져인 거예요!』

대답이 좋다.

그 여운도 끝나기 전에, 우리가 탄 비공정이 난소인 골짜기로 뛰어들었다.

◆

『주인님, 오른쪽 주의!』

아리사가 공간 마법으로 감지한 정보를 기반으로 내비를 해준다.

내 맵으로도 알 수 있지만, 맵을 상세하게 바라보면서 커맨드 제어를 하는 게 힘드니까 아리사의 호의에 어리광을 부려봤다.

『타마는 팔 하나 반 만큼 와이어를 감아.』

『빙글빙글~.』

오른쪽으로 다가온 바위에서 조금 떨어졌다.

『주인님, 다음, 왼쪽!』

『포치, 팔 두 개 만큼 풀어.』

『영차, 인 거예요.』

왼쪽 벽에서 뻗은 거목의 가지를 회피했다.

그러나, 조금 여유를 가지고 지나치게 피했다.

이대로는 오른쪽 아래에서 튀어나온 바위에 동체가 스칠 것 같군.

『포치, 팔 반 만큼 감아.』

『아와와, 인 거예요.』

『좋아, 느낌 좋다.』

간신히 바위를 피했다.

골짜기는 하천을 따라서 있으니까, 심술궂을 정도로 구불구불 휘어져 있었다.

그래도 타마와 포치의 결사적인 와이어 조작으로 키를 움직여, 어떻게 골짜기에 격돌하지 않고 넘어갔다.

『주인님, 앞!』

일그러진 프레임만 남은 함교에, 대형 바이크 정도의 커다란 새가 뛰어들었다.

『버드 스트라이크는 위험하다고 고합니다!』

이술「자유 방패」를 전개하고, 애용하는 대형 방패를 든 나나가 커다란 새의 몸통 박치기에서 나랑 미아를 지키고, 받아낸 방패로 후방을 향해 날려 버렸다.

뒤에서 성대하게 뭔가 부서지는 소리가 났지만, 여기 있는 건 대부분 촉수에 부서졌으니까 문제없다.

『주인님, 다음은 조금 위험해.』

골짜기에 나 있는 세 그루 거목이 진로를 막고 있었다.

일단 앞뒤로 흩어져 있지만, 여기서 망원 스킬로 보면 옆으로 나란히 서 있는 거랑 마찬가지다. 비공정의 거체로 빠져나가는 건 불가능하리라.

『나랑 루루가 해볼게.』

아리사의 말 직후에, 루루의 휘염총에서 뿜어져 나온 붉은 빛이 연속해서 날아가고, 왼쪽 나무의 줄기에 명중했다.

이어서 아리사가 장거리 저격형 불 마법으로 중앙의 나무를 태워서 부러뜨렸다.

아리사가 세 번째 오른쪽 나무를 노리고 영창을 시작했지만, 루루는 아직 한 그루째 나무를 미처 쓰러뜨리지 못했다.

레벨 높은 마물용 휘염총은 관통력이 높으니까 줄기를 뚫고 나가버리는 모양이다.

그래도 어떻게 쓰러뜨렸을 때, 아리사의 마법이 발동했다.

『으엑, 미안, 빗나갔어.』

아리사의 불 마법 조준이 골짜기의 난기류에 휩쓸려 빗나가

버려서 완전히 쓰러뜨리지 못했다.

루루가 휘염총으로 지원했지만, 왼쪽 나무를 쓰러뜨렸을 때를 생각하면 늦을 것 같다.

아리사에게 사람들 다 보는 곳에서 무영창 불 마법을 쓰도록 할 수도 없고, 나나의 이술은 사정거리가 짧아서 안 닿는다. 미아의 영창은 박력 있는 기동으로 몇 번이나 멈춰버려서 조금 더 걸릴 것 같다.

되도록 부담이 적은 「불씨 탄환」 정도라면, 비공정 제어도 어떻게 유지할 수 있―.

『주인님, 제가 하겠습니다.』

망설이는 내 앞에 붉은 머리칼을 휘날리는 리자가 착지했다.

이쪽 위기를 보다 못해 선미에서 달려온 모양이다.

"마나여, 내 뜨거운 혈조를 돌아라―."

애용하는 마창 도우마를 빙글 돌려서 잡은 리자의 손에서, 굉장한 기세로 마창이 붉게 빛나기 시작했다.

"―내 팔을 통해, 마창의 끝에 모이라."

마창의 날 끝에 붉게 빛나는 마인이 생겼다.

비공정에 거목이 다가온다.

루루의 휘염총 탄환에 이어서, 미스릴의 탐색자들이 쏜 마법도 거목에 닿기 시작했다.

그러나, 아직 부족하다.

"나와라, 마인포!"

리자가 백렬하는 기합과 함께 외치자, 창 날 끝에서 거대한 마력탄이 쏘아져 나가 붉은 빛을 끌면서 거목의 줄기에 명중했다.

마지막 한 방을 받은 거목이 쓰러진다.

그러나, 조금 늦었다.

『위험해—.』

이대로는 함교 아래에 거목이 박힌다.

『마스터는 제가 지킨다고 선언합니다.』

나나가 대형 방패를 단단히 내밀었다.

아무리 나나라도 비공정의 속도를 생각하면 그냥 나무가 상대라도 상처 없이 넘어갈 수는 없다.

나는 전방에 뻗은 「이력의 손」으로 거목을 스토리지에 수납하고, 거의 동시에 비공정에 닿지 않는 위치에서 거목을 꺼냈다.

이거라면 비공정에 가려서 대부분의 사람들은 깨닫지 못할 거야.

깨달았어도, 「뭔가에 걸려서 갑자기 움직였다」 정도로 인식하고 끝이겠지.

"덕분에 살았다, 리자."

황송해하는 리자에게 말해줬다.

듣자니 포치와 타마의 안전끈 담당은 카리나 양과 교대한 모양이다.

『아까 그 거목이 마지막 난소였나 봐.』

아리사의 말이 끝날 무렵에는 골짜기를 빠져 나와, 전방에 착륙 예정인 광대한 연꽃 밭이 보였다.

"위험한데……."

연꽃 밭 안에 작은 촌락이 보였다.

『주인님!』

『알고 있어.』

예정 진로에서 어긋난 탓이다.

이 고도라면 촌락의 절반이 분쇄되겠어.

망원 스킬의 보조를 받은 시력이, 촌락 사람들의 공포에 물든 눈동자를 보여준다.

이판사판이다―.

『가라아아아아아아아아!』

어찌어찌 쓰고 있던 마력로의 출력 리미터를 해제하여 출력을 높였다.

한계 이상의 마력을 흘려보낸 공력기관이 으르렁대면서 부력을 만들어냈다.

도망치는 촌락 사람들 직전에서, 비공정이 기수를 올렸다.

사람들의 표정마저 보이는 거리였지만, 어떻게든 마을의 파수탑을 부수는 정도로 끝났다.

『후이이이이. 이제 끝장인줄 알았어― 우와아앗.』

아리사가 안도하는 목소리를 낼 틈도 없이, 선체가 크게 흔들렸다.

지나치게 무리를 한 공력기관이 둘 다 날아가 버린 것이다.

기관실에서 튀어 오른 공력기관의 휠이 추진기 하나에 마무리 일격을 가했다.

『마력로를 정지한다! 전원, 쇼크 대비 자세를 취해!』

나는 전성 설비에 끼어들어서 함내를 향해 외쳤다.

마력로에 긴급 정지 커맨드를 보냈지만 멈추지 않는다.

이대로 가면 연꽃 밭을 파헤치고서, 왕도의 외벽에 격돌하여 수많은 사상자가 나와 버린다.

"뭐, 어떻게든 하겠지만—."

내 「이력의 손」을 마력로로 뻗어서, 안의 연료를 모두 스토리지에 수납했다.

물론 연료고의 공급 파이프는 원흉인 휠로 때려서 부숴됐다.

마력 소비가 많은 추진기가 금방 마력로에 남아 있던 마력을 다 써서, 기능을 정지한다.

공력기관 나머지 둘은 커맨드 입력으로 어떻게든 정지시켰다.

그러나, 안도의 한숨을 쉴 틈도 없이, 고도가 내려간 비공정이 연꽃 밭에 배를 비비기 시작했다.

『꺄아아아아아아.』

충격과 진동에 루루가 비명을 질렀다.

나는 에어 브레이크나 비상용으로 후방에 탑재한 감속용 낙하산을 펼쳤다.

비공정이 힘차게 감속했다.

이거라면 어떻게 외벽 직전에서 멈출 수 있겠다—.

뒤에서 콰지직 소리가 나더니, 제동이 약해졌다.

『낙하산, 로스트~?』

『카리나, 위험한 거예요.』

꼬리 날개에 매달려 있는 타마와 포치가, 감속용 낙하산이 끊어져 날아간 걸 가르쳐 주었다.

카리나 양은 낙하산이 끊어진 순간에 떨어질뻔했지만, 타마와 포치가 간신히 팔을 붙잡아 떨어지지 않은 모양이다. 뭐 떨어져도 라카가 있으니까 괜찮을 것 같지만.

『왕도가 보여. 이대로는 충돌할 거야!』

보고해준 아리사에게 대답할 여유도 없었다.

아까부터 「이력의 손」이나 흙 마법인 「풀 묶기」, 그리고 바람 마법으로 비공정을 감속시키고 있지만, 비공정의 질량이 방대해서 새 발의 피다.

아리사도 「격리벽」이나 「차원 말뚝」 같은 공간 마법으로 지원했다.

이미 외벽 앞에서 멈추는 건 포기한다 치고, 왕도의 피해를 조금이라도 줄이고 싶다.

─아니, 틀렸다.

수많은 사상자를 내면서까지 내 힘을 감추는 건 본말전도다.

그랬다가는 켕기는 마음에 즐거운 왕도 관광을 못하게 된다.

좋아, 진심으로 하자.

사토인 채로 행동하는 게 힘들어지겠지만, 새로운 생활용 변장 마스크를 준비해서 스즈키란 이름으로 관광을 다니면 되겠지.

나는 묘하게 상쾌한 마음으로 메뉴를 열었다.

"……■ ■ ■ 풍령왕 창조."

내 귀에 닿은 발동구에 돌아보았다.

금색 날개를 가진 의사 정령 가루다가 나타났다.

충격이나 진동에 몇 번이고 영창을 재시도하면서도, 포기하지 않고 계속한 미아가 마지막의 마지막에 늦지 않았다.

땀에 젖은 이마에 달라붙은 머리칼을 떼어내면서, 미아가 앞을 가리켰다.

"가루다, 비공정을 멈춰—."

미아의 조금 긴 명령을 들은 가루다가 금색의 날개로 비공정을 감싸고, 아까 날아간 감속용 낙하산을 넘어서는 능력으로 비공정을 감속시켰다.

『나이스, 미아!』

『응, 노력했어.』

「전술 대화」로 아리사가 칭찬하자, 미아가 보람찬 표정으로 가슴을 폈다.

그러나, 바람을 다루는 가루다의 힘으로도 비공정의 대질량을 멈추는 건 어려웠는지 왕도가 점점 다가온다.

콰드득으드득 비공정이 지면을 깎아내는 소리가 느려지고 있었지만, 아직 멈추지 않는다.

왕도의 경종이 울리고, 몇 기인가 비룡 기사나 새 수인의 소대가 하늘로 올라오는 게 보였다.

맵에 비치는 왕도 사람들의 광점이, 다가오는 비공정을 보고 도망치는 모습을 전달해주었다.

『젠자앙, 멈춰라!』

『가루다, 팟팅.』

외벽이 점점 다가온다.

함교에서 외벽 너머로 왕도의 광경이 보였다.

『이제, 안 돼.』

아리사가 비명을 질렀다.

이대로는 앞으로 한 걸음 부족하여 비공정이 벽에 격돌한다.

—그래도 되는 거냐?

자문할 것도 없다.

"잠깐 다녀올게."

"사토."

"마스터."

나는 함교에서 몸을 던져, 지면을 파헤치면서 나아가는 비공정 앞에 내려섰다.

함저의 끝 부분에 생긴 균열로 안에 들어가, 흙과 바위로 깎여나가 드러난 비공정의 메인 프레임— 용골에 매달렸다.

"간다아!"

나는 천구를 발동했다.

양 다리에 지금까지 느껴본 적이 없는 힘이 들어갔다.

천구의 발판이 부서졌지만, 상관하지 않고 다음 발판을 만든다.

한 점에 걸리는 힘이 너무 커서 용골이 뒤틀렸다.

뒤틀린 용골이 깨무는 것처럼 어깨를 압박해서 아프다.

그러나— 아플 뿐이다!

"우오오오오오오오오오오오오오오오오오오오오오오오!"

나는 어울리지도 않게 함성을 지르면서, 한층 더 힘을 주어 비공정을 밀어냈다.

오기만으로 버티는 동안, 비공정이 진동을 멈추고 내 등을 때리던 흙더미나 자갈도 조용해 졌다.

외벽 위에서 커다란 함성이 들렸다.

아무래도 비공정은 무사히 멈춘 모양이다.

나는 용골에서 어깨를 뽑고, 빨개진 어깨를 문지르면서 함저에 쌓인 드러난 흙 위에 드러누웠다.

후우, 오랜만에 지쳤다.

칭호 「불운한 승객」을 얻었다.

〉칭호 「실력파 조종사」를 얻었다.

〉칭호 「힘 자랑」을 얻었다.

〉칭호 「강력 무쌍」을 얻었다.

〉칭호 「운명을 꺾는 자」를 얻었다.

에필로그

"사토입니다. 그 세계의 유명인에게 재능이 발굴되어, 일약 스타덤에 올라 입신출세하는 이야기가 적어진 것 같아요. 머나먼 영광보다 가까운 행복이 더 좋다는 시대일지도 모르겠습니다."

"후우, 이 정도면 되겠지?"

비공정의 콕피트 잔해를 사용해서, 조타가 가능할 법한 미묘한 느낌으로 수복해놨다.

아무래도 개발용 단말로 조작했다고 하면 내 정체가 용사 나나시라고 말하는 거나 다름없으니까 조금만 위장을 해둔 것이다.

같은 이유로, 용골의 뒤틀림도 복원해뒀다.

『주인님, 부상자의 치료랑 이동이 끝났어.』

『알았어. 로프를 내려서 지상에 갈게.』

위장하고 있을 때 누가 난입하면 귀찮으니까, 함교의 문은 절대 열리지 않는 느낌으로 뒤틀어 놨다.

보통의 신체능력으로는 전방 갑판에서 함교로 내려오는 건 무리고, 착지할 때 솟아오른 흙에 밀려서 함수가 올라가 있으니까 전방 갑판이나 외벽 위에서 함교를 보는 것도 각도적으로 불가능했다.

뭐, 새 수인 병사가 하늘에서 내려다볼지도 모른다고 생각하여 빛 마법 「환영」으로 완성 뒤의 영상을 만들어냈는데 나설 차례가 한 번도 없었다.

"어서오세~?"

"수고하셨습니다인 거예요!"

다리에 뛰어드는 타마와 포치를 받아냈다.

"카리나 님도 수고하셨습니다. 타마와 포치를 지원해주셔서 살았어요."

"다, 당연한 일을 했을 뿐이랍니다!"

카리나 양이 시녀 피나에게 야단맞아 움츠러들어 있기에, 조금만 두둔해줬다.

"자, 젖은 타월."

"고마워, 아리사."

나는 젖은 타월로 지저분한 손을 닦고서, 주위를 둘러보며 현재 상황을 확인했다.

비공정에서 내린 사람들은 부상자, 선원, 탐색자, 비스탈 공작 관계자, 기타의 다섯 정도의 그룹으로 나뉘어 모여 있었다.

함교에 있던 함장과 선원들은 출혈이 많아서 상처 치료가 끝난 지금도 계속 누워 있었다.

그건 뭐, 좋은데—.

"저 구경꾼은 어디서 온 거지?"

"왕도의 서문이야. 생각보다 가까웠나 봐."

비공정 주변에 구경꾼의 인파가 모여 있었다.

서문에서 달려온 위병들 덕분에 이쪽으로 난입해올 기색은 없었다.

위병의 대장이 스트레처 같은 것에 누워 있는 선장 일행에게 사정 청취를 하고 있었다.

"부상자 운반용 마차나 귀족님들 마중은 금방 온다고 했어."

선장 일행의 상태를 보고 있는데, 아리사가 그렇게 가르쳐주었다.

"주인님, 차 드세요."

"고마워. 루루. 강풍으로 몸이 식어 있었으니까 무척 좋아."

땅바닥에 깔린 방수포 위에 앉아서 루루가 타준 맛있는 청홍차를 마셨다.

"마스터, 달콤한 것은 피로를 치유한다고 고합니다."

나나가 자기 요정 가방에서 꺼낸 병아리 모양 쿠키를 주었다.

내가 과자를 먹고 있는데, 타마와 포치가 옆에 앉아서 같이 간식을 먹기 시작했다.

카리나 양도 같이 앉아서 먹기 시작했다. 포치가 카리나 양을 살펴준다. 언니 행세를 하는 게 즐거워서 어쩔 수가 없는 모양이다.

쿠키를 다 먹은 타마가 내 무릎 위에 스르륵 미끄러져 들어와서 앉았다.

시선이 마주치자, 해쭉 웃는 게 귀엽다.

"사토."

미아가 폭 머리 위에 안겨들었다.

"주인님, 저희들 마중은 조금 더 걸린다고 합니다."

리자와 미아가 위병들에게 마중 스케줄을 물어보러 다녀온 모양이다.

"뉴?"

비스탈 공작 일행 쪽에서 노성이 들렸다.

방첩 장치를 사용한 모양이지만, 소리가 크면 새어 나오는 모양이다.

귀를 기울이자, 누가 배신을 했다 안 했다로 참 쓸데없는 대화를 하고 있었다.

일부러 엿듣기 스킬을 쓸 것도 없었네.

"펜드래건 경."

미스릴의 탐색자 「붉은 귀공자」 제릴 씨가 나에게 말을 걸었다.

비공정에 탈 때는 안 입었던 트레이드 마크인 붉은 갑옷이나 기사 외투로 갈아입었다.

앉은 상태로는 실례가 되니까, 타마를 무릎에서 내리고 일어섰다.

"자네 활약은 흑창의 리자에게 들었다. 촉수 마물의 공격을 방어하는 것도 벅찼던 나하고는 한참 다르군."

"비하하실 일이 아닙니다. 제릴 님은 마물을 퇴치하고 무훈을 세우는 것보다도, 공작 각하 일행을 지키는 걸 우선하신 것 아닌가요?"

사실인지 아닌지는 모르지만, 원군이 도착하는 동안 귀빈실에서 다친 것은 기사나 병사를 빼면 부인이 한 명 뿐이었다.

그 부인도 비스탈 공작 관계자에게서 떨어진 장소에 격리되어 있는 상황을 보니, 부상을 입어도 어쩔 수가 없는 무언가 안 좋은 일을 한 건 틀림없어 보였다.

"어이, 저 붉은 갑옷을 봐."

"혹시, 『계층의 주인』을 쓰러뜨린 『붉은 귀공자』 제릴 아냐?"

"멋진 남자네. 내가 열 살 젊었다면 가만 안 놔뒀을 거야."

"그하하. 서른을 잘못 말한—."

멀리서 구경꾼들의 목소리가 들렸다.

제릴 씨는 왕도에서도 유명한 모양이다.

"그러면, 옆에 있는 검은 머리는 『펜드래건』 젊은 나리 아냐?"

어라? 우리 탐색자 팀도 아는 사람이 있는 모양이군.

"저게 말야?"

"검도 지팡이도 없고, 제릴을 동경하는 귀족 후계자 아냐?"

"근육도 없고 말이지."

역시, 나는 겉모습이 탐색자처럼 보이질 않는 모양이군.

"어라? 뭐지?"

아리사가 구경꾼들 기색이 이상한 것을 가장 빨리 깨달았다.

아무래도 구경꾼 뒤에 유명인이 온 모양인지 그쪽으로 주목이 모이기 시작했다.

"저, 저분은—."

제릴 씨가 그 유명인을 보고 말문이 막혔다.

나도 아는 사람이다. 사토가 아니라 용사 나나시로서 아는 사람이니 여기서는 모르는 척 해야겠군.

"무인 같습니다만, 아시는 분인가요?"

"모르는 건가? 저 분은 시가8검 필두, 『부도(不倒)』제프 쥬레바그 공이야."

임금님 호위를 하는 그밖에 모르니까, 실력이나 평판은 잘 모른단 말이지.

조금 떨어진 장소에 있는 다른 탐색자들도 깨달았는지, 술렁술렁 파문 같은 동요가 퍼졌다.

코시엔에 출장하는 고교 선수 앞에 프로 야구 스타 선수가 나타난 것 같은 느낌인가?

술렁거림은 무책임한 억측으로 바뀌었다.

가장 많은 것은 이런 말이다—.

"분명히, 제릴에게 권유하러 온 거야."

"그것 말고 생각하기 어렵군. 의외로 자기 후계자를 찾으러 온 걸지도 모르지."

"과연 제릴, 우리들의 리더답군!"

「적룡의 포효」동료들의 말이 제릴 씨의 귀에도 닿았는지, 자신만만한 싫지 않다는 표정이 되었다.

다소 플래그 같아서, 내 옆에 선 아리사가 음흉한 미소를 지었다.

이어서 많은 것이 나를 스카우트하러 왔다는 말이나, 어느 쪽을 스카우트하러 왔는지 내기하는 말들이었다.

"주인님, 저건 총 쏘는 사람 아냐?"

아리사 말을 듣고 깨달았는데, 필두 씨 뒤에 시가8검의 총잡이 헤르미나 양이나 몇 명의 성기사들이 따르고 있었다.

헤르미나 양이나 하얀 창을 든 성기사가 필두 씨에게 뭔가 말하고 있다.

구경꾼의 술렁거림이 시끄러워서, 엿듣기 스킬이 있어도 뭘 말하고 있는지 잘 안 들린다. 독순술 스킬 덕분에 나랑 리자의 이름이 몇 번 나온 걸 알 수 있었다.

뭐, 내 이름을 말한 건 헤르미나 양과 호위 성기사들뿐이니, 미궁도시에서 알게 됐다거나 그런 별 것 아닌 이야기겠지.

"이쪽으로 오네."

내 팔을 끌어안은 아리사가 중얼거렸다.

아무도 없는 들판을 가는 것처럼, 필두 씨가 똑바로 이쪽을 향해 걸어왔다.

모세가 바다를 가르는 것처럼, 사람들이 그 앞에서 길을 만들었다.

필두 씨와 인사를 하기 위해서인지 제릴 씨가 몇 걸음 앞으로 나섰다.

한순간 제릴의 옆모습이 「훗」 하고 연극배우 같은 미소를 짓는 게 보였다.

분명히 그의 내면에서 무슨 드라마가 재생되고 있는 게 틀림없다.

―응?

어쩐지 피부가 찌릿찌릿하다.

갑자기 구경꾼들이 경직되고, 동료들이나 제릴 씨가 허리를 낮추며 검에 손을 댔다.

리자에 이르러서는 나와 아리사 앞에 나서서 임전태세다.

아무래도 필두 씨가 봐주는 것 없이 위압 스킬을 쓴 모양이다.

조용해진 묵직한 분위기 따위는 신경 쓰지도 않고, 필두 씨가 똑바로 걸어왔다.

"상당히 거친 세례로군요."

식은땀을 흘리면서도 제릴 씨가 친근하게 필두 씨에게 말을 걸었다.

그러나 필두 씨는 길가의 돌을 보는 것처럼, 차가운 눈으로 제릴 씨를 한 번 보고는 옆을 지나갔다.

"흑창의 리자인가—."

옷, 역시 필두 씨 목적은 리자인가 보다.

아까 필두 씨에게 말을 걸었던 하얀 창의 성기사는 본 적이 있었다.

전에 미궁도시에서 리자에게 승부를 걸었다가 엉망으로 두들 겨 맞은 녀석이다.

"켈른을 꺾은 너의 창 솜씨에는 흥미가 있지만, 지금은 상대 해줄 수가 없다."

그렇게 말하고, 손으로 리자가 겨눈 창을 치우더니 내 앞으로 왔다.

"젊군……. 귀공이 『상처 모르는』 펜드래건인가?"

필두 씨가 가늠하는 눈으로 나를 내려다보았다.

그의 뒤에서 헤르미나 양이 태평한 표정으로 작게 손을 흔드는 게 보였다.

아무래도 그녀의 말을 듣고 나를 보러 온 모양이다.

"처음 뵙겠습니다ㅡ."

"나는 시가8검의 제1위, 『부도』의 제프 쥬레바그. 여기서 『상처 모르는』 펜드래건 경과 겨루기를 바라는 자로다!"

내 인사를 가로막으며, 필두 씨가 터무니없는 말을 꺼냈다.

아무래도 내 평화로운 연말은 아직 찾아오지 않을 모양이다.

EX: 티파리자

　　"일은 고행이다. 고향의 영도에서 일하고 있을 때는 그렇게 생각했다. 하지만, 에치고야 상회(이곳)은 다르다. 보람이 있는 일에 존경할 수 있는 동료, 그리고 무엇보다도, 이곳에는 쿠로 님이 있으니까―."

　　"티파리자. 공장에서 일하는 사람들의 면접이 끝났어. 이 서류는 어떡하면 될까?"

　　에치고야 상회 집무실에서 서류를 처리하고 있는데, 간부인 메리나가 종이 다발을 가지고 왔다.

　　"이쪽으로 주세요. 이름순, 기능순으로 정돈한 다음 지배인에게 건넵니다."

　　"순서 정돈이라면 내가 할 수 있는데?"

　　"아뇨, 지배인의 부담을 줄이기 위해 한 눈에 확인할 수 있는 일람표를 작성해서 첨부할 겁니다―."

　　"헤에, 티파리자는 참 꼼꼼하네. 에르가 의지할 만해."

　　에르테리나를 애칭으로 부른 메리나가 그렇게 말하고, 내 어깨를 톡 두드리더니 방을 나섰다.

　　서류에 눈길을 돌리자, 면접할 때 깨달은 점이나 주의사항 등이 예쁜 글씨로 적혀 있었다.

에치고야 상회 간부들은 다들 왕도의 왕립학원에서 교육을 받아 겉모습이 화려한 용모를 봐서는 상상하기 어려울 정도로 우수하다.

"티파리자, 보석 기술자와 금속 세공사를 확보했어."

면접 서류를 정리하고 있는데, 돌 늑대를 탄 자그마한 간부 로우나가 방에 들어왔다.

"계약서 맡겨도 돼?"

서류판에 끼운 종이를 나에게 내밀었다.

한 번 훑쩍 본 느낌으로는, 보석 기술자나 금속 세공사가 희망하는 안건이 모두 망라되어 있었다.

겉보기에는 어린애 같지만, 그녀는 까다로운 기술자들을 설득하는 게 능숙하다.

애교가 없는 나는 선망마저 느끼는 재능이다.

"네, 계약서 서식을 다 쓰고 나면 그대로 지배인에게 돌려도 될까요?"

"응, 부탁해."

로우나는 「일 끝났다! 간식 시간이다!」하며 즐겁게 선언하고 돌 늑대를 탄 채 방을 나섰다.

나는 표정에 드러내지 않고 작게 웃었다.

까딱하면 휴식도 없이 일을 계속해버리니까, 그녀의 빠른 전환은 본받고 싶었다.

"후우, 조금만 더—."

그런 식으로 시간과 함께 추가되는 서류를 필사적으로 처리하고 있는데, 차츰 해가 기울어 방이 어두워지기 시작했다.

빛 광석을 사용한 촉대에 마력을 주입할까 망설이고 있는데, 문득 상냥한 바람이 방에 흘렀다.

"—눈이 나빠진다."

그 목소리와 함께 방이 밝아졌다.

—쿠로 님이다.

조금 퉁명스런 어조인데, 우리를 배려해주는 상냥함이 전해져 온다.

나는 서류의 산에서 고개를 들기 전에, 손거울로 흐트러진 머리칼을 확인하고 재빨리 정돈했다.

"쿠로 님, 어서 오십시오."

나는 일어서서 쿠로 님을 맞이했다.

에르테리나처럼 화사한 미소로 맞이하고 싶지만, 애교가 없는 내가 할 수 있을 리 없다.

사무적인 대응밖에 못하는 자신에게 자기혐오를 느끼면서, 서랍에서 서류를 꺼냈다.

"음. 티파리자, 조금 안색이 안 좋다. 휴식은 제대로 하고 있나?"

"—네."

죄송해요. 거짓말입니다.

쿠로 님께 걱정을 끼치기 싫어서, 그만 거짓말을 해버렸다.

나는 켕기는 마음을 억누르고, 먼저 자신이 해야 할 일을 진행했다.

"이것이 쿠로 님께 확인을 받고 싶은 서류입니다."

쿠로 님의 결제가 필요한 서류를 건넨 참에, 내 귀에 후다다닥 격렬한 발소리가 들렸다.

달려오는 발소리가 문 앞에서 멈추더니, 조금 시간을 두고 새침한 표정의 에르테리나가 방에 들어왔다.

머리칼이나 옷은 정돈되어 있지만, 상기된 볼이 방금 전 발소리의 내용을 이야기해준다. 1층에 있는 응접실에서 최상층에 있는 이 집무실까지 계단을 달려서 올라왔으니, 단시간에 호흡을 가다듬은 것만 해도 대단한 것이다.

1층에 있던 그녀가 연락하기도 전에 쿠로 님의 귀환을 깨달은 것이 신기하여 전에 물어본 적이 있는데, 「사랑의 힘입니다」라고 진지한 표정으로 대답하기에 성실하게 물어보는 건 그만뒀다.

"어서 오세요, 쿠로 님!"

에르테리나가 화사한 미소로 쿠로 님께 인사했다.

"그래. 지배인도 건강해 보여 다행이군. 보고 사항은 있나?"

"네. 공장 건설에 반대하는 지역 주민이 있었습니다만, 성의를 가지고 설득하여 납득시켰습니다. 내일부터 당장 공장 건설이 가능합니다."

"잘했다, 지배인."

쿠로 님이 칭찬의 말을 하자, 에르테리나의 미소가 더욱 깊어졌다.

조금이지만, 쿠로 님께 칭찬을 받은 에르테리나가 부럽다. 쿠로 님의 손이 놓인 그녀의 어깨에 조금 질투심이 일어났다.

"감사합니다, 쿠로 님. 하지만, 저만의 공적이 아니에요. 여기 있는 티파리자나 다른 간부들의 노력이 있었기 때문입니다."

"그래. 알고 있다. 티파리자도 열심히 해줬군."

"황송합니다."

에르테리나가 다른 사람의 공적도 있다고 주장해줬다.

시시한 일로 질투한 자신이 부끄럽다.

"역시 쿠로 님이다!"

"알고 있었어. 에르가 상스럽게 전력질주하는 건 쿠로 님이 오셨을 때뿐인걸."

돌 늑대를 탄 로우나를 선두로, 간부들이 집무실로 들어왔다.

다들 즐거운 기색으로 쿠로 님께 말을 건다.

"쿠로 님! 룬 광주의 가공을 맡길 수 있는 보석 기술자와 금속 세공사를 확보했어요!"

"—룬 광주?"

로우나의 말에, 쿠로 님이 의문스런 표정을 지었다.

"쿠로 님, 룬 광주는 상품명입니다."

나는 쿠로 님이 만드신 룬을 새긴 빛 광석을 보이면서 설명했다.

"그랬었군. 좋은 상품명이다."

"에헤헤~ 고맙습니다! 제가 생각했어요, 쿠로 님!"

쿠로 님의 칭찬의 말에, 돌 늑대를 탄 채로 로우나가 자랑스럽게 가슴을 폈다.

쿠로 님이 머리를 쓰다듬어준 로우나가 어린애처럼 눈을 가늘게 뜨고 행복한 기색으로 웃었다.

"기술자가 확보됐다면 마침 잘 됐군. 기술자들의 실력을 시험

할 겸, 에치고야 상회의 신분증을 만들도록 해라. 신분증의 견본과 핵이 되는 돌을 두고 가지."

쿠로 님이 보석이 박힌 유려한 브로치와, 간부들의 수보다 조금 많은 보석을 테이블 위에 놓았다.

"예뻐어."

"―에?"

"보석 안에 장미가 들어 있어?"

"장미 중심에 에치고야 상회의 문장이 있어."

로우나 말고 다른 자들이 보석을 보고 놀란 소리를 냈다.

투명한 보석 안에 파란 보석으로 만들어진 장미가 들어있고, 그 장미의 중심에 하얀 보석으로 에치고야 상회의 문장이 형태를 잡고 있었다.

아마도 마법으로 가공했다고 생각하는데, 보석을 문장 같은 형태로 연마하는 마법이라면 모를까, 유리도 아닌 보석 안에 다른 보석을 가두는 마법은 들어본 적이 없다. 놀라는 태도로 짐작하건대 에르테리나와 다른 사람들도 마찬가지이리라.

"쿠, 쿠로 님, 이것은?"

"룬 광주를 만든 기술자에게 만들도록 한 물건이다. 마력을 주입하면 보석으로 만들어진 에치고야 상회의 문장이 빛나고, 보석의 표면에 문장이 떠오르도록 되어 있다. 이거라면 그리 간단히 위조할 수 없겠지."

쿠로 님이 「너희들의 신분증으로 마침 좋지 않나?」라고 별 거 아닌 듯 말했다.

분명히 위조의 걱정은 없겠지만, 하나에 금화 수백 닢이나 할 법한 신분증을 달고 다니면 마음에 부담이 클 것 같았다.

"티파리자, 가공하는 기술자를 찾을 때까지 맡아줄 수 있을까?"

에르테리나가 무시무시한 말을 하면서 보석이나 브로치 견본을 내밀었다.

"아뇨. 이 정도 중요한 물건은 지배인이 관리해야 합니다."

나는 흐트러지지 않도록 마음을 다잡으면서 에르테리나의 손을 밀어냈다.

"그래?"

"에르테리나! 나! 내가 맡아둘게!"

로우나가 어린애처럼 「나! 나요!」 하고 손 드는 것을 무시하고, 에르테리나는 자신이 보관한다고 선언하며 집무실의 금고 안에 보석과 브로치를 수납했다.

그것을 지켜본 쿠로 님이 천천히 모두를 둘러보았다.

"—다들 들어라. 내일 밤, 특별 임무를 내리겠다."

쿠로 님의 말에, 에르테리나와 모두가 한순간 술렁거린 다음 조용해졌다.

그녀들은 쿠로 님이 말한 「특별 임무」가 뭔지 알고 있는 것일까?

"밤 1각부터 시작하여 밤 2각까지는 끝날 예정이지만, 그 다음에 일을 못할 상황일 가능성이 높다. 그 날의 일은 집합하기 전에 끝내놓도록. 예정이 안 맞는 자는 미리 말해라. 그런 자는 따로 예정을 짠다."

쿠로 님이 밤에 일을 명하는 것은 대단히 드물지만, 쿠로 님의 노예인 내가 거부할 리 없었다.

주위를 둘러보며 확인하니, 그건 노예가 아닌 간부들도 마찬가지 같았다.

"쿠, 쿠로 님. 특별 임무는 저희들 전원인가요?"

"그래. 간부들 중에서 시간이 되는 자는 모두다."

간부가 대상이라는 것은 나는 상관없다— 라고 생각했는데, 쿠로 님이 「너도다, 티파리자」라고 말했다.

쿠로 님은 마음을 읽는 건지도 모른다.

몰래 추파를 던져봤지만 쿠로 님은 반응이 없었다.

"아, 알겠습니다. 어떤 의상이 좋을까요?"

에르테리나가 묘하게 쿠로 님께 다가가면서 물었다.

잠깐, 너무 다가간 거 아닐까요?

"너희들이 좋아하는 의상이면 된다."

쿠로 님이 대답하면서 에르테리나와 거리를 벌렸다.

과연 대단하세요, 쿠로 님.

조금 아쉬워 보이는 에르테리나가 가엾기도 하지만, 지배인이라는 모범이 되어야 할 입장인 사람이 공사를 혼동하면 안 됩니다.

그럼요. 질투 때문에 하는 말이 아닙니다. 절대로.

"미안하지만, 조금 용건이 생겼다."

내 사고가 폭주하고 있는데, 쿠로 님이 그렇게 말하며 전이로 집무실을 떠나 버렸다.

책상 위에는 어느새 처리했는지 쿠로 님의 결제가 끝난 서류가 쌓여 있었다.

　내용을 제대로 확인한 증거로, 몇 개의 서류에 밑줄이 그어져서 재조사 혹은 기각의 이유가 적혀 있었다.

　돌아온 서류를 반려하고자 고개를 드는 내 귀에, 터져 나오는 것처럼 환성이 뛰어들었다.

　"있지있지. 지금 그건 그거지?"

　"그래그래. 쿠로 님도 남자니까."

　"에르. 어떤 의상으로 쿠로 님을 뇌쇄시킬 거야?"

　"저, 저는— 전력으로 갑니다."

　—무슨 말을 하는 걸까요?

　"티파리자는 어떤 의상으로 쿠로 님을 뇌쇄시킬 거야?"

　내가 고개를 갸웃거리자, 메리나가 어쩐지 신기한 것을 물었다.

　"뇌쇄, 인가요?"

　"에잇! 여기는 여자들밖에 없으니까 괜히 내숭 떨지 않아도 되잖아! 티파리자도 쿠로 님 좋아하지?"

　"무, 무슨……."

　말을 하는 건가요!

　무심코 외치려고 하다가 입을 손으로 막았다.

　"티파리자, 옷이 없다면 내가 빌려줄까요?"

　"아뇨, 괜찮습니다."

　나를 배려하는 에르테리나의 말을 거부했다.

　"하지만, 처음으로 쿠로 님께 봉사하는 일인걸. 당신도 귀여운 속옷이나 밤옷이 필요하죠?"

아무리 그래도, 그녀들이 무슨 말을 하는 건지 이해했다.

그녀들은 아까 쿠로 님의 말을, 밤시중을 하라는 걸로 착각한 것이리라.

하지만 쿠로 님은 그럴 리 없다. 나랑 넬이 알몸으로 접근했을 때도 조금 난처한 표정으로 외투를 덮어주신 청렴결백한 분이다.

모두의 오해를 풀려고 고개를 들자, 에르테리나와 간부들의 나이에 걸맞은 아가씨다운 화사한 목소리와 미소가 가득했다.

나처럼 무뚝뚝한 여자가 아니라, 그녀들이 상대라면…… 어쩌면…….

"티파리자, 왜 그래요?"

"조금 지쳤습니다. 오늘은 정시가 지났으니, 퇴근하겠습니다."

나는 에르테리나에게 말하고서, 도망치는 것처럼 집무실을 떠났다.

"……수수한 속옷밖에 없어."

나는 내 방의 옷장이나 벽장에서 꺼낸 속옷이나 밤옷을 늘어놓고 낙담했다.

"이런 속옷으로는, 쿠로 님이 기뻐하실 리가—."

—아닙니다. 그런 생각 안 했어요.

자기 방으로 돌아와서 잠들려고 했는데, 잠이 안 와서 방을 어슬렁거리는 사이에 어느샌가 속옷이나 밤옷을 고르고 있었다.

"나는 뭘 하고 있는 걸까요……."

스스로 자신에 대해 알 수가 없어서, 나는 속옷이나 밤옷 위에 몸을 던졌다.

—주름질 거야.

그것을 깨닫고 나는 뛰어 올랐다.

일단은, 전에 에르테리나가 장을 볼 때 같이 가서 샀던 속옷이 제일 나으니까. 그거랑 「담쟁이 저택」에서 받은 밤옷을 남기고 다른 건 옷장이나 벽장에 돌려놨다.

기대는 안 하지만, 에르테리나와 간부들 곁에서 볼품없게 보이지 않는 정도로는 몸가짐을 꾸미고 싶었다.

"이거라면 쿠로 님도—."

그 다음을 말하는 것은 어쩐지 창피해서, 나는 침대로 파고들어 눈을 감았다.

◆

"쿠, 쿠로 님, 기다리고 이셨습니다."

파렴치한 모습을 한 에르테리나 일행과 함께 쿠로 님을 마중했다.

……아니, 냉정하게 생각해 보면 내 차림도 그녀들과 큰 차이가 없군요.

"지배인, 오늘은 상당히 개방적인 의상이군."

"아, 네. 쿠로 님께 봉사해야 하니, 다 함께 한껏 꾸며봤습니다."

에르테리나의 대답에 쿠로 님이 이마를 손으로 눌렀다.

"─오해를 하게 만들었군. 나는 너희들을 억지로, 잠자리에 끌어들일 생각은 없다. 특별 임무란 것은 다른 일이다. 시간을 줄 테니 평소의 복장으로 갈아입고 재집합해라. 신발은 걷기 편한 걸로 하도록."

쿠로 님의 말에, 에르테리나 일행은 말이 안 되는 비명을 지르며 무너졌다.

알고 있었어요. 쿠로 님은 그런 청렴결백한 분이죠. 네, 정말로…….

다 갈아입은 우리는 쿠로 님의 전이로 어슴푸레한 동굴 같은 곳으로 가게 되었다.

"이, 이곳은?! ─미궁?"

"그래. 미궁 상층의 깊숙한 곳에 있는 미답 구역이다."

쿠로 님의 담담한 말에, 다리에 힘이 풀릴뻔했다.

초월자인 쿠로 님이라면 모를까, 치고받는 싸움조차 해본 적이 없는 나에게 마물이 날뛴다는 미궁은 그저 공포의 대상이었다.

"안심해라. 위험한 마물은 이미 제거했다."

쿠로 님의 말에 조금 공포가 누그러졌다.

에르테리나 일행도 나와 마찬가지로 안도의 한숨을 흘렸다. 본래 탐색자였던 그녀들에게도 여기는 무시무시한 장소인가 보다.

우리는 쿠로 님이 건네준 마법의 무기로, 미궁의 바닥에 만들어진 마물이 꿈틀거리는 구멍을 향해 순서대로 공격했다. 그 작업의 의미는 잘 알 수 없었다.

마법의 무기에서 뿜어져 나온 빛이 비추는 마물들의 검고 번들거리며 빛나는 등에 생리적인 혐오감을 느꼈지만, 금방 구멍 위에서 떨어졌으니 토하거나 비명을 지르지 않고 넘어갔다.

"티파리자, 괜찮나?"

어지간히 얼굴이 새파랬는지, 쿠로 님이 걱정을 해주셨다.

"아, 네. 괜찮, 습니다."

얼굴에 닿은 쿠로 님의 손에 의식이 가지 않도록 자신을 억누르면서, 어떻게든 평정을 꾸며내 대답했다.

"쿠로 님, 모두 끝났습니다."

"좋다. 위험하니 모두 뒤에 있는 피난소까지 물러나라."

에르테리나의 보고에, 내 얼굴에서 쿠로 님의 손이 떨어졌다.

쿠로 님의 손이 떨어지는 모습을 눈으로 좇던 자신을 깨닫고 얼굴이 빨개졌는데, 구멍 앞까지 온 쿠로 님이 어마어마하게 강대한 마법을 사용했다.

차가운 바람이 불어 닥쳐서 우리들의 머리칼이나 옷자락을 흔들었다.

—역시, 쿠로 님은 용사의 종자님이구나.

이제 와 새삼 그것을 깨닫고, 나는 쿠로 님과의 거리를 실감해 버렸다.

어쩐지, 어둠 속에 홀로 남겨진 기분이었다.

"티파리자, 괜찮아?"

"—어쩐지 힘이 안 들어가요."

풀이 죽은 마음에 이끌렸는지, 현기증과 구역질이 났다.

"나도 어쩐지 기분이……."

"응, 몸이 무거워."

나 말고 다른 간부들도 차례차례 몸이 안 좋다고 호소했다.

마음의 문제가 아니라 「레벨 업 멀미」라는, 급격한 레벨 업에 몸이 따라가지 못해서 일어나는 몸의 이상이라고 쿠로 님이 가르쳐 주었다.

"오늘은 이걸로 특별 임무 종료다."

모두를 데리고 왕도의 에치고야 상회로 귀환한 쿠로 님이 누가 레벨 몇까지 상승했고, 어떤 스킬을 얻었는지 가르쳐 준 뒤에 해산하게 됐다.

"운이 좋군, 티파리자. 희귀한 『보물 창고』 스킬을 얻었다."

"감사, 합니다."

구역질이나 빈혈은 나아졌지만, 긴장을 풀면 잠들어버릴 것처럼 눈꺼풀이 무겁다.

쿠로 님의 칭찬을 들었는데도 담백한 대답밖에 못했을 정도다.

"다들 방까지 돌아갈 수 있나?"

"잠깐은 무리 같아요."

쿠로 님의 물음에 에르테리나가 대표로 대답했다.

"그러면, 내가 모두를 옮겨주지."

쿠로 님이 간부들을 한 명씩 안아 들고 방으로 옮겨주게 되었다.

잠에 빠져 버린 몇 명은 조용히 옮겨졌지만, 중간부터는─.

—얼굴! 쿠로 님의 가슴에 얼굴을 묻는 건 반칙이야!

—잠깐! 이때라는 듯 끌어안다니 상스러워요!

—메리나! 쿠로 님의 엉덩이를 만지다니! 부러— 파렴치해요!

—에르테리나! 잠든 척하면서 쿠로 님의 냄새를 맡는 건 아무리 그래도 숙녀로서 괜찮지 못한 게 아닌가 생각합니다.

마음속으로 항의하고 있는데, 어느샌가 잠에 빠졌는지 방 안에 나 말고는 없었다.

"마지막은 티파리자군……."

조금 지친 쿠로 님의 목소리가 들렸다.

살짝 뜬 눈동자에, 평소처럼 늠름한 쿠로 님의 모습이 비쳤다.

기분 탓인지 쿠로 님의 의복이 조금 흐트러진 것 같다.

분명히 간부들 중에서 적극적인 애가 쿠로 님을 유혹하려고 억지를 부린 게 틀림없다.

쿠로 님이 내게 다가오자, 코롱의 향기가 내 코를 간질였다.

쿠로 님이 안아 들어주셨다.

생각보다 가녀린 몸이지만, 탄력 있는 근육이 약동하는 게 전해졌다.

나를 깨우지 않도록 상냥하게 걷는 쿠로 님에게 몸을 맡기고 있자, 행복이 몸을 가득 채웠다.

하지만 그런 행복한 시간은 오래 이어지지 않았다.

천천히 내 방의 침대에 내려졌다.

"……쿠로 님."

쿠로 님의 온기가 사라지는 쓸쓸함에 무심코 말이 흘러나와 버렸다.

잠자는 척하는 게 들키지 않을까 걱정했지만, 쿠로 님은 아무 말 없이 몸을 돌렸다.

나는 쿠로 님을 붙드는 것도, 유혹하는 것도 하지 못했다.

내가 할 수 있는 건, 문이 닫힐 때까지 쿠로 님의 등을 바라보는 것뿐.

"—겁쟁이."

다른 애들처럼 적극적으로 행동하지 못하는 자신을 탓했다.

"지금은 아직. 하지만, 언젠가 분명히—."

—똑바로 내 마음을 고백할 수 있을 정도로, 자신에게 자신감을 가지게 되면.

그때는 노예의 신분 따위 잊고서, 사랑이라는 전장에 발을 들이자.

사랑스런 동료들처럼!

■작가 후기

안녕하세요? 아이나나 히로입니다.

이번에 「데스마치에서 시작되는 이세계 광상곡」 제15권을 집어주셔서 정말 고맙습니다!

무사히 권수를 거듭할 수 있는 것도 독자 여러분의 응원 덕분입니다.

애니판의 블루레이도 무사히 전권 발매가 끝났고 이벤트도 무사히 끝났습니다만, 그걸로 긴장이 풀려버리지 않도록 하면서 앞으로도 작품을 재미있게 꾸며갈 테니 앞으로도 변함없는 지지를 부탁드립니다.

늘 하는 볼거리를 논하기 전에, 조금 개인적인 일입니다.

인터넷 인터뷰 기사를 보신 분은 이미 알고 계시겠지만, 1년쯤 전부터 샐러리맨과 겸업을 관두고 전업 작가로 활동을 시작했습니다.

후기에 쓰자쓰자 생각하면서, 계속 보고를 잊고 있어서 죄송합니다.

집필 시간 대량 획득이라네! 하며 만족했었지만, 뚜껑을 열고 보니 그렇게까지 월간 집필량이 늘어나는 것도 아니며 간행 페이스는 겸업 시절 그대로이기도 합니다.

다만, 겸업할 때는 수면 시간을 깎아내면서 작업을 했기 때문에 그런 부분은 상당히 개선됐습니다.

전업화 직전의 건강 상태가 어지간히 위험한 느낌으로 보였었는지, 가족들이 전업화를 대단히 환영을 해줬습니다……

자택에서 작업을 하기 때문에 자가용을 쓰지 않으면 이래저래 불편해져서, 교습소의 연수에서 장롱 면허 재훈련을 했습니다.

대학 시절에 면허를 딴 뒤에 전혀 운전을 안 해서 불안했습니다만, 교습소 선생님이 가르쳐주는 방식이 좋아서 몇 번 교습을 받으니 어떻게 운전이 가능해졌습니다. 뭐 익숙해지는 건 조금 더 걸릴 것 같지만요.

이런 부분의 경험은 데스마치의 에피소드에 써볼까 꾸미고 있습니다.

어디 그러면 후기를 읽고 나서 사주시는 분들을 위해서 본권의 볼거리로 가보죠.

본권은 지난 권에 이어 제나 씨의 턴으로 이야기가 시작됩니다.

전권 마지막에 「들어주세요, 사토 씨」, 「저, 사토 씨를—」이라는 러브를 예감하게 만드는 발언을 한 장면에서 이어집니다.

발매가 4개월 전인 책의 내용 따위 기억 못한다는 분은, 14권을 살짝 펼쳐서 마지막 몇 페이지를 읽어 보세요. 그때 제나 씨의 의상을 주목해주시면, 본권 처음 부분의 흐름을 납득하실 수 있을 겁니다.

이세계에서 처음으로 만난 친구이기도 해서, 제나 씨에 대해 생각보다 가드가 무른 사토지만, 딱 쥐고 있어야 할 부분은 단단히 쥐고 있으니 안심하세요. 그에게 제일은 동료들이니까요.

그리고 카리나 양!

전권에서 짜잔하고 등장한 것치고 공기 같은 느낌이었던 마유의 그 사람 카리나 양의 차례나 활약의 기회는 WEB판보다 늘어났습니다. 어떤 활약이나 등장을 하는지는 본편을 확인해 주세요. WEB판에서는 뒷부분에 등장한 그 킥도 일찍부터 보여줍니다~.

전권에서 등장한 미궁 하층의 동료들도 또 다시 빛을 받으며, WEB판에서는 수수께끼였던 「계층의 주인」을 소환하는 문언의 의미나 무쿠로의 아내의 정체에 대해서도 명백해졌습니다.

또한, WEB판에서 호평이었던 에치고야 상회나 양육원 아이들의 에피소드도 브러쉬업해서 전달해 드립니다.

그리고, 도착한 왕도에서는 그 사람의 창끝이 사토에게!

서적판에서는 WEB판과 달리 왕도 도착 이전에 시가8검의 헤르미나 양과 알게 되고, 미궁도시에서 리자와 대전하여 본래의 실력을 일부 드러내게 되었으니까 나비효과가 발현해버린 거겠죠.

너무 본편누설을 하면 혼나니까, 제15권의 내용에 대해서는 이쯤에서 마무리하겠습니다.

그러면 늘 하는 인사를!

담당 편집 A 씨와 I 씨 두 사람의 적절한 지적과 개고 조언으로, 이해하기 어려운 부분이 해소되고 장면의 매력이나 현장감이 올라갔습니다. 앞으로도 오래도록 지도 편달을 부탁드립니다.

또한, 매번 멋진 일러스트로 데스마치 세계를 선명하게 표현해주시는 Shri 씨에게 아무리 감사를 해도 모자랍니다.

그리고, 카도카와 BOOKS 편집부 여러분을 비롯하여, 이 책의 출판이나 유통, 판매, 선전, 미디어믹스에 관련된 모든 분께 인사를 올립니다.

마지막으로, 독자 여러분에게 최대급의 감사를!!

본 작품을 마지막까지 읽어주셔서 정말 고맙습니다!

그러면 다음 권, 왕도편에서 만나요!

아이나나 히로

■역자 후기

안녕하세요? 불초 역자 돌아왔습니다.

여러분 역자가 해냈습니다. 쾌거입니다.

요즘엔 밤에 자고 낮에 일해요! 규칙적인 생활에서 불규칙적인 생활로 돌아온 겁니다! 이야 대단해요! 그럼요! 사람이 이렇게 살아야죠. 끄덕끄덕.

농담이고 나름대로 규칙적은 생활 패턴으로 지내고 있습니다. 14권 후기를 쓴 이후로 꽤 열심히 조절을 해서 드디어 염원하던 오전 3~4시쯤 취침 및 오전 10~11쯤 기상을 이룩해냈죠. 힘들었어요.

그리하여 낮 시간이라는 것을 손에 넣었습니다만, 그러고 나니까 문제가 생겼습니다.

낮 시간에 할 수 있는 게 많네요. 뭘 사러 나간다거나, 산책을 한다거나 쓰잘데없이 햇빛을 쬔다거나 목공을 한다거나.

저녁에 일어났을 때는 어차피 해도 떨어졌으니까 밥 먹고 일이나 하면 되는 거였는데 말이죠. 집이 방음은 잘 되는 편이지만 혹시나 민폐일까 싶어서 목공도 삼갔었는데.

여러분, 전동 공구를 사세요. 그거 하나만 있어도 목공이라는 게 가능합니다. 꽤 예전에 후기에서 의자용 발받침에 대한 장황

한 불만을 토로했었던 거 기억하시는 분이 있을까 싶은데요. 역자는 그 이후로 기어이 발받침을 자작하고 말았습니다. 오픈마켓 뒤져 보면 원목 판재를 원하는 사이즈로 재단해서 배송해주는 곳들 있어요. 원하는 사이즈의 판재를 주문하다가 사포질을 쓱싹쓱싹한 다음에 그렇게 자주 쓰는 건 아니지만 꺼내서 쓸 때마다 뿌듯한 전동 공구를 꺼내다가 나사를 박아서 조립해주면 완성입니다. 신중하게 잘 맞춰서 나사를 박아주면 목공용 접착제 같은 것도 안 쓰고 만들 수 있습니다. 친환경이죠. 하일 피톤치드!

까이꺼 뭐 그렇게 거창한 것도 아니니까 사포질은 욕실 같은 데서 하면 되고, 나사못 예쁘게 박으면서 나무 갈라지는 걸 막기 위해 드릴링을 조금 하는 것도 뭐 까이꺼 톱밥 쬐끔밖에 안 떨어집니다. 여기저기 휘날리지 않도록 조심하고서 청소기로 한 번 밀면 돼요. 소음도 뭐 사포질하는 소리나 전동 드라이버 돌리는 소리인데 까이꺼 선풍기 세게 틀어놓은 소리만큼 정도니까 딱히 민폐는 안 됩니다. 오히려 청소기 돌리는 소리가 더 크죠.

그래서 현재 Mk.2를 쓰고 있습니다. 그래요. 이미 두 번째 작품입니다.

첫 작품은 단순하게 대형으로 만들었습니다. 널찍한 가로 85센티미터에 너무 낮았던 기성품에 반발하여 높이를 20센티미터까지 확 올렸더랬죠. 결론적으로 튼튼하고 나쁘지는 않았는데 높이가 좀 오버였습니다. 쓸만했지만 완벽하지 않았죠.

그리하여 두 번째 작품이 나왔습니다. 높이는 12센티미터까지 낮추고, 가로 20센티미터에 세로 32센티미터로 양발에 하나씩 분리형으로 해봤죠. 한동안은 만족스럽게 잘 썼습니다.

그런데 낮 시간이 생겼단 말이죠? 그러니까 찔끔찔끔 개조하고 싶은 생각이 뭉클뭉클 솟아오르는 겁니다. 허허허. 그래서 했어요.

판재를 하나 더 주문하고 경첩을 이용해 발받침 2개를 연결해봤습니다. 그러면 가로 길이 48센티미터의 발판이면서 필요할 때는 부채꼴로 변형할 수 있는 발판이 되죠. 오케이. 조금 더 발전했어. 다음으로 고무발에 더해 플라스틱발을 달아서 필요할 때 움직이기 쉽도록 했습니다. 고무발만 달면 위치 고정은 잘 되지만 발만 가지고 위치 조절이 어렵거든요. 근데 고무발 바깥쪽에 플라스틱발을 달아주면 한쪽을 살짝 들어주면 발판이 쉽게 살살살 움직입니다. 좋아요. 점점 더 마개조가 되어 드디어 현재 쓰고 있는 Mk.2가 되었습니다.

만족감이 더해가지만 아직 나는 배고프다. 더 개선할 점이 없는지 개조를 해보고, 완성형이 되면 재료를 더 견고하고 비싼 목재로 바꿔보려고 합니다. 뿌듯해라.

일 안 하고 뭐하는 짓이냐고 하시는 분들이 있을 겁니다. 그러나, 이게 다 작업효율성이라는 것으로 변환이 된다 이 말입니다! 좋은 번역은 좋은 자세에서 나온다니까요!

그리고 낮에 목공을 하고서는 결국 해 지고 나서 늦게까지 일을 하게 되었다는 슬픈 이야기가 생겼습니다. 쳇.

다음에 또 봐요!

데스마치에서 시작되는 이세계 광상곡 15

초판 1쇄 발행 2019년 10월 10일

지은이_ Hiro Ainana
일러스트_ shri
옮긴이_ 박경용

발행인_ 신현호
편집장_ 김은주
편집진행_ 최은진 · 김기준 · 김승신 · 원현선 · 권세라
편집디자인_ 양우연
국제업무_ 정아라 · 전은지
관리 · 영업_ 김민원 · 조은걸 · 조인희

펴낸곳_ (주)디앤씨미디어
등록_ 2002년 4월 25일 제20-260호
주소_ 서울시 구로구 디지털로 26길 111 JnK디지털타워 503호
전화_ 02-333-2513(대표)
팩시밀리_ 02-333-2514
이메일_ lnovelpiya@naver.com
ㄴ노벨 공식 카페_ http://cafe.naver.com/lnovel11

DEATH MARCHING TO THE PARALLEL WORLD RHAPSODY Vol.15
ⒸHiro Ainana,shri 2018
First published in Japan in 2018 by KADOKAWA CORPORATION, Tokyo.
Korean translation rights arranged with KADOKAWA CORPORATION, Tokyo.

ISBN 979-11-278-5281-8 04830
ISBN 979-11-278-4247-5 (세트)

값 9,000원

피학의 노엘 1권

원작 카나오 | 저자 모로쿠치 마사미 | 옮긴이 안수지

노엘 체르퀘티는 항상, 언제나 1등이어야만 한다.
명가의 딸로서 장래를 촉망 받으며 피아노 콩쿠르에 도전하지만,
친구 질리안에게 패하며 우승을 놓친 노엘.
실의에 빠진 노엘은 시장 버로우즈의 유혹에 넘어가
인생을 바꾸고 싶다며, 악마를 소환한다.
"대악마 카론. 소환의식에 따라 찾아왔다."
소원을 들어준 《〈대가〉》로 팔다리를 빼앗기며
노엘은 시장에게 속았다는 것을 깨닫는다.
"구해줘."
절망의 늪에서 죽어가는 노엘의「제2의 소원」을 들어준 카론은,
노엘에게 버로우즈에 대한 복수를 제안하는데—.

대인기 호러게임『피학의 노엘』대망의 소설화!

변변찮은 마술강사와 금기교전 1~14권

히츠지 타로 지음 | 미시마 쿠로네 일러스트 | 최승원 옮김

알자노 제국 마술 학원의 계약직 강사인 글렌 레이더스는 수업 중
자습 → 취침 상습범.
그러다 웬일로 교단에 서나 싶으면 칠판에 교과서를 못으로 고정해놓는 등,
그야말로 학생들도 기가 막혀 하는 변변찮은 강사다.
결국 그런 글렌에게 진심으로 화가 난 학생,
「교사 킬러」로 악명이 자자한 시스티나 피벨이 결투를 신청하지만—
이 해프닝은 글렌이 허무하게 패배하는 안타까운 결말로 막을 내린다.
하지만 학원에 닥친 미증유의 테러 사건에 학생들이 휘말리자,
"내 학생에게 손대지 마!"
비로소 글렌의 본성이 발휘된다!

TV애니메이션 방영 화제작!!

방과 후, 이세계 카페에서 커피를 1~2권

카자미도리 지음 | u스케 일러스트 | 이진주 옮김

마법의 숨결이 닿은 아이템이나 음식물이 산출되는 『미궁』.
이를 중심으로 번영한 미궁도시의 외곽에 위치한 한 카페에서는
이 이세계에서 유일하게 커피를 마실 수 있다.
현대에서 온 고등학생 점주 유우가 꾸려나가는 이 가게에는,
오늘도 커피의 구수한 향기에 이끌려 카페 식도락을 추구하는
엘프와 드워프, 모험가들, 그리고 도시의 유력자까지 단골로서 찾아온다.
근처에 있는 마술학원에 다니는 소녀 리나리아도 그 중 한 명.
아직 커피는 달콤하게 타야만 마실 수 있지만,
유우가 있는 이 가게의 분위기는 무척 마음에 들었다.
하지만, 그 외에도 라이벌인 여자아이들이 잔뜩 있는데……?

**사랑의 향신료가 풍미를 더한 맛있는 이야기를
이세계 카페에서 보내드립니다!**

달이 이끄는 이세계 여행 1~8권

아즈미 케이 지음 | 마츠모토 미츠아키 일러스트 | 정금택 옮김

어느 날, 부모의 사정으로 인해 츠쿠요미노미코토에 이끌려
이세계로 가게 된 나, 미스미 마코토.
치트 능력도 하사받고 이건 그야말로 용사 플래그인가! 라고 생각했더니
이 세계의 여신에게 「너 얼굴 못생겼다」라는 이유로 거절당하고
나는 『세계의 끝』으로 전이당하고 말았다……
……뭐, 어쩔 수 없지. 기왕에 이렇게 된 거 이세계를 즐겨볼까!
이렇게 오직 내 한 몸만 가지고
타인의 온기를 찾아 여행을 시작하게 되었지만,
만난 것은 향기로운 냄새가 나는 오크 소녀, 시대극에 심취한 드래곤,
마조히즘 속성을 지닌 변태 거미 etc—
……내 주위는 멋들어질 정도로 이종족 페스티벌입니다.
젠장! 웃기지 마! 난 절대로 지지 않을 거니까!!

제5회 알파폴리스 판타지 소설 대상 『독자상 수상작』!